Dunkle Wahrheit I

Von Enike Kirsch

Buchbeschreibung:

Elinas Ehemann wird urplötzlich entführt, sodass für die schwangere Frau eine Welt zusammenbricht. Ihr Weg führt die psychisch angeknackste LKA-Ermittlerin zu dem polizeibekannten Kneipenschläger Jeremias, einem Anwalt auf beruflicher Talfahrt.

Sie arrangiert ein Projekt, dass es ihr ermöglicht Jeremias vor seiner Gefängnisstrafe zu bewahren, zwei Jugendliche bei ihm unterzubringen und sich selbst als Verdeckte Ermittlerin einzuschleusen.

Der Plan scheint aufzugehen bis sie etwas findet, was sie nicht gesucht hat. Wird sie die Vergangenheit des einen Schützlings soweit aufrollen können, um ihn aus seinen Albträumen zu befreien?

Über die Autorin:

Enike Kirsch schrieb ihren ersten Roman bereits mit 15 Jahren. Für Freunde schrieb sie zudem ein Spielbuch sowie die Texte für ein Hörspiel. Nach dem Abitur studierte sie Rechtswissenschaften an der Universität Bayreuth. Erst zehn Jahre später schien der richtige Zeitpunkt gekommen, eine bereits aus 2011 stammende Idee aufzuarbeiten und zu vollenden. Hieraus ist das Debut "Dunkle Wahrheit - Blick in die Vergangenheit" entstanden. Die Fortsetzung ist bereits in Planung.

Dunkle Wahrheit I

Blick in die Vergangenheit

Von Enike Kirsch

c/o AutorenServices.de

Birkenallee 24

36037 Fulda

enike.kirsch@gmail.com

2. Auflage, 2020

ISBN: 979-8-606-23099-0

c/o AutorenServices.de
Birkenallee 24
36037 Fulda
Enike Kirsch c/o AutorenServices.de, Fulda
enike.kirsch@gmail.com

Für meinen Lieblingsehemann, der es
(unabsichtlich) geschafft hat,
mir meine freien Gedanken zurückzugeben.

Einen Teil meiner Gesundheit zu opfern,
nehme ich dafür gerne in Kauf.

Ich danke dir, dass es dich gibt und du
– immer und in jeder Lebenslage –
an meiner Seite bist!

1. Kapitel

Elina (fünf Jahre zuvor)

Elina war auf dem Heimweg und seufzte. Schon wieder fast sieben Uhr am Abend, der Magen hing ihr in den Kniekehlen. Ihr Mann würde ihr zu Hause gleich verkünden, was auch er für einen Hunger hatte. Dann ein Blick in den Kühlschrank und die Feststellung, dass außer Getränken gar nichts drin sein würde. Dabei hätte ja auch er mal einkaufen gehen und etwas Essbares zaubern können. Dann also wieder eine romantische Bestellung bei der Pizzeria ihres Vertrauens.

Schrecklich, dass man nicht mal die simple Nahrungsaufnahme anständig auf die Reihe bekam. Sie würde so gerne einmal wieder kochen oder bekocht werden. Aber um diese Uhrzeit war sie wieder einmal froh, noch geradeaus laufen zu können, und hatte keinen Kopf mehr zum Einkaufen, geschweige denn zum anschließenden liebevollen Zubereiten. Sie brauchte mehr Zeit, einfach mehr Zeit, aus der man etwas machen konnte.

Nicht mehr lange, wurde sie von ihren Gedanken angefunkt und lächelte. Ja, es hatte sich Nachwuchs angekündigt. Es war also nur noch eine Frage von wenigen Monaten, bis sie Zeit zu Hause verbringen und wieder Zeit zum Kochen haben würde.

Vor der Haustür begann sie, in ihrer Handtasche nach dem Haustürschlüssel zu wühlen – bis ihr auffiel, dass die Tür nur angelehnt war. *Ah*, dann hatte ihr Mann sie vielleicht schon gesehen und die Tür für sie geöffnet. Sie betrat das Haus, das seit über zwei Jahren ihr Eigenheim war, und stellte sogleich den Geruch von gebratenem Fleisch fest. Im selben Moment überkam sie ein schlechtes Gewissen, wie sie so böse Gedanken haben konnte, wenn ihr Mann doch tatsächlich heute für sie beide gekocht hatte.

Ohne sich durch lautstarkes „Hallo“-Rufen bemerkbar zu machen, eilte sie in die Küche und warf einen gespannten Blick in den Backofen. Was sie dort erblickte, ließ ihre Gesichtszüge erstarren. Auf der mittleren Schiene bei 200 °C Ober- und Unterhitze lag ein ca. 40 cm langes Stück Fleisch. Es war noch lange nicht gar, und obwohl es verführerisch duftete und sie sich auf eine warme Mahlzeit gefreut hatte, war ihr der Appetit vergangen und sie musste sich würgend abwenden.

Sie atmete mehrmals tief ein und aus und versuchte sich einzureden, dass das nicht real sei. Sie hatte sicher nur einen Albtraum, aus dem sie in Kürze erwachen würde. Sie blickte erneut zum Backofen. Er war noch da. Er sah noch immer genauso aus.

Fassungslos starrte sie auf den abgetrennten rechten Unterarm ihres Ehemannes.

2. Kapitel

Jeremias (zwei Jahre zuvor)

Er war Anwalt in einer Wirtschaftskanzlei. Allerdings nicht *irgendein* Anwalt, sondern einer, der es verstand, Prozesse zu gewinnen. Bisher hatte er keinen Fall verloren und gedachte auch nicht, dies je zu tun. Der stetige Erfolg und sein Stolz ließen ihn mittlerweile seine Mandanten auswählen und Verluste abwenden. Ein weiteres Merkmal neben seinem nicht abreißen wollenden Gewinnstrom war seine Intelligenz – die Fähigkeit, sein Gehirn optimal zu nutzen. Anwaltszeitschriften konnte er überfliegen und noch Jahre später Zitate gewinnbringend in Schriftsätzen anwenden, ohne den Artikel oder die Quellenangabe noch einmal suchen zu müssen. Eine zugegebenermaßen bemerkenswerte Eigenschaft, auf die er sich auch etwas einzubilden verstand. Aus den Gefühlen anderer machte er sich generell nichts; er führte ein Geschäft und keine Praxis. Er musste dem Richter den Weg weisen, nicht jemanden heilen. Er war hart, kalt und streng.

Im Grunde hatte er ein übermäßiges Selbstbewusstsein, das ihn denken ließ, er sei wirklich so brillant. Die Realität war natürlich nicht so simpel gestrickt, auch er musste für seinen Erfolg hart arbeiten. Es war nur so, dass er sich tatsächlich für etwas Besseres hielt. Er war zu etwas Großem berufen, das fühlte er. Dabei verkannte er, dass er nicht nur Wert darauf legen sollte, sich mit den Großen gutzustellen, sondern auch mit dem Büropersonal.

Er war jung. *Zu* jung, um die Gefahr kommen zu sehen. Mit Mitte 30 auf der Leiter zum Sprungbrett in Onkel Dagoberts Münzbecken. Das sahen Neider nicht gern, und wenn ein Fehler passierte, musste jemand dafür bezahlen. Das musste möglichst jemand sein, der unbekannt war und noch kein großes Netzwerk aus Freunden und Bekannten, Geldgebern und politischen Interessenvertretern gesponnen hatte. Dr. Jeremias Blitz war auf einem guten Weg dorthin – was daher im Keim erstickt werden sollte, solange es noch möglich war. Der Ruf einer großen Wirtschaftskanzlei hing davon ab. Und wenn man genau darüber nachdachte, gab es eine wahre Schwemme an Jura-Absolventen, da würde schon mindestens eine neue Koryphäe dabei sein. Ein harter Hund, den man jedoch nach seinen Wünschen formen konnte und der eine reine Marionette war, ohne es zu merken. Dr. Blitz hatte dagegen zu viel Selbstvertrauen und Arroganz, sodass er in der Kanzlei bereits Gegenwind erzeugte. So war das mit seinem kürzlich verstorbenen Vater alles nicht geplant gewesen. Lange wäre Jeremias' Verhalten nicht mehr tragbar gewesen – zum Wohle des Betriebsfriedens. Es ergab sich also gut, dass für den Fehler eines Seniorpartners ein Sündenbock gefunden werden musste.

Jeremias schäumte ob der Sturheit der Sekretärin den Fehler auf ihre Kappe zu nehmen, hätte doch so das Wiedereinsetzungsgesuch zumindest eine Chance gehabt. Nein, die kalte Ziege kam ihm hier kein Stück entgegen, als er versuchte zu retten, was noch zu retten war. Und wenn der Mandant nicht so bekannt gewesen wäre wie ein bunter Hund, hätte die Angelegenheit ja auch gut unter den Teppich gekehrt werden können. Aber so wehte hier ein ganz anderer Wind.

Die Zeitungen schrieben reißerische Artikel über einen Anwaltsfehler par excellence. Einen Fehler, der nur einem jungen, unerfahrenen Anwalt passieren konnte und der einen gewaltigen Anwaltshaftungsprozess nach sich ziehen würde. Der Landespolitiker, der sich in der misslichen Lage einer Schwarzgeldaffäre befand, hatte natürlich auch noch ein Wörtchen mitzureden. Die Wirtschaftskanzlei nahm die Auswirkungen dieses Eklats zum Anlass, sich von Dr. Blitz zu trennen und so ihr Ansehen zu wahren.

Da war er also ganz unten angekommen, der Top-Anwalt, der alles besser wusste und sich bereits ein Leben im Ruhestand mit 40 ausgemalt hatte, um nur noch auszureiten, zu golfen, zu verreisen, mit einflussreichen Persönlichkeiten zu dinieren und von bildhübschen Frauen angebetet zu werden. Aber nun hatte jemand auf *Reset* gedrückt und die Einstiegskonditionen nachteilig verändert. *„Sie sind Anwalt mit summa cum laude*[1] *und haben wo zuvor gearbeitet?“, „Oh, das tut mir leid, wir können uns keine schlechte Publicity leisten, das können Sie sicher verstehen.“*

Unbestritten ein Talent, das nun aber vor dem Nichts stand. Allerdings wusste er nicht, was er sonst machen konnte, außer Anwalt zu sein. Gut zu argumentieren oder auch nachdrücklich das Maul aufzureißen und Kontrahenten damit wortgewandt auszuhebeln, war seine Gabe. Was sollte er denn sonst tun? Sein Stolz hatte Risse, aber noch war er nicht bereit, sich so weit zu erniedrigen, als angestellter Anwalt im Sinne eines Ghostwriters bzw. Korrespondenzanwaltes im Namen eines anderen zu arbeiten. Wenn er etwas konnte, dann wollte er das auch unter seinem Namen vermarkten.

In Zeiten wie diesen war es sehr wertvoll, jemanden zu haben, an dessen Schulter man sich anlehnen konnte, der einem den Rücken stärkte und sagte, dass auch wieder andere Zeiten kämen, dass man die Situation eben zusammen durchstand.

---

1 Keine bessere Benotung möglich, höchste Auszeichnung

Felicitas Blitz schrie und zeterte, auf was für einen dämlichen Idioten sie sich eingelassen habe, dessen Untergang sie nicht miterleben wollte. Brauchte sie sonst Stunden und Bedienstete, um einen Koffer für einen Ausflug zu packen, hatte sie nun innerhalb von zwei Tagen das halbe Haus ausgeräumt und war ausgezogen.

Jeremias konnte auf gefühlsduseliges Geplänkel gut verzichten, aber diese Trennung kränkte ihn umso mehr. Noch nie hatte ihn eine Frau verlassen. Er war der, dem es zu langweilig wurde und der die Reißleine zog, aber doch nicht umgekehrt. Umso mehr Spaß bereitete es ihm, im Scheidungsverfahren die Kleidungsstücke seiner Frau zurückzuverlangen, da er diese von seinem Vermögen gezahlt habe. Nichtsdestotrotz nahm sie ihm trotz der kurzen Ehedauer noch eine gewaltige Summe ab. Kurz blitzte in Jeremias‘ Kopf der Gedanke auf, ob ihm die verbliebene Summe reichen würde, um einen wochenlangen Alkoholgenuss zu finanzieren, bis über diese ganze Angelegenheit Gras gewachsen war. Bis endlich das kollektive Vergessen eingesetzt hatte und die Öffentlichkeit sich am Untergang eines anderen weiden konnte.

3. Kapitel

Kelly

Sie war Fachärztin für Neurochirurgie. Ein Beruf, der viel Sorgfalt und Fingerspitzengefühl erforderte. Da Krankenhäuser froh waren, junge und somit günstige Ärzte einzustellen, sprach für sie auch nichts dagegen, dass sie für ihr Gehalt überqualifiziert war und mehr leistete als sie musste. Sie liebte ihre Arbeit. Sie hatte das Gefühl, dass sie helfen konnte Leben zu retten, und opferte jede freie Minute, um für Schichten oder Bereitschaftsdienste eingeplant zu werden.

Obwohl sie eine so empathische Weltverbesserin war, zögerte sie, am Programm „Ärzte ohne Grenzen“ teilzunehmen. Zu viel Leid hatte sie in ihrem Leben bereits gesehen und erlebt, als dass sie sich in der Lage gefühlt hätte, jenes unerschütterliche Selbstvertrauen nach außen zu tragen, das sie brauchen würde, um in der Fremde auf sich selbst aufpassen zu können. In der Sterilität eines klimatisierten Operationssaals fühlte sie sich sicherer. Niemand konnte ihr hier etwas anhaben, hier hielt sie das Stilett in der Hand.

Bei jedem Blick in den Spiegel sagte sie sich, dass das Versteckspiel beendet war. *Du trägst ein anderes Gesicht und einen anderen Namen. Niemand wird dich finden.* Das Tragische war, dass man das Innere nicht so leicht verändern konnte und sie die Erinnerungen stets vor Augen hatte.

4. Kapitel

Elina (fünf Jahre zuvor)

Die Tür war offen gewesen, als sie angekommen war. Ob noch jemand hier war? Sollte sie um Hilfe rufen, sollte sie erst das Haus durchsuchen?

Jemand hatte ihm den Arm abgetrennt. Jemand, der in diesem Haus gewesen war oder noch immer da war, hatte ein sehr scharfes Messer dabei. *Dann eher keine Hausdurchsuchung auf eigene Faust, sondern Hilfe holen*, entschied sie.

Sie zog das Handy aus der Hosentasche und blickte, überrascht von einem plötzlichen Geräusch, nach vorn. Vor ihr stand ein fremder Mann mit schwarzem Bart und legte beschwörend einen Finger auf die Lippen: Sie solle schweigen.

Sie hatte ihn nicht kommen hören und war noch immer paralysiert von seiner Anwesenheit in ihrem Haus. Ein weiteres Geräusch weiter oben im Haus war zu hören, und reflexartig blickte Elina nach oben. Der Mann vor ihr zögerte nicht, sondern packte ihren Hals und drückte so lange zu, bis ihre Beine nachgaben und sie in seinen Armen lag.

***

Sie erwachte auf dem Sofa liegend, eingehüllt in eine Decke.

Was ist passiert? Wie spät ist es, welcher Tag ist es? Wieso liege ich auf dem Sofa?

Sie atmete tief ein und wieder aus.

Ich habe nur geträumt. Das war alles nur ein blöder Traum!

Sie stand vom Sofa auf und ging in die Küche. Der Backofen war aus, nichts war darin. Sie suchte ihren Mann, um ihm zu erzählen, was sie Dämliches geträumt hatte.

Wir sind wie Topf und Deckel, wie unsere Freunde immer sagen. Wir gehörten von Anfang an zusammen; wir hatten uns gefunden und unsere Seelen ergänzten einander. Bereits in der Schulzeit wussten wir, dass es keinen besseren Partner für uns geben konnte.

Sie rief nach ihm und suchte das Haus ab. Sie schaute in den Hof und in den Garten. Er war nicht da. Das Auto aber war da. Warum war das Auto da, wenn er nicht da war? Er hatte heute keinen Termin. Er war selten ohne Auto unterwegs.

Sie war irritiert und rief auf seinem Handy an. Kein Freizeichen – ausgeschaltet. Sie hatten zusätzlich noch eine App, um jeweils den Standort des anderen bestimmen zu können beziehungsweise den Standort des jeweiligen Handys. Er war zuletzt zu Hause, das war vor drei Stunden, und danach zeigte die App keine Aktualisierung mehr an.

Wir können uns immer alles sagen, wir haben keine Geheimnisse. Natürlich hat der Zahn der Zeit auch an unserer Beziehung genagt. Die Arbeit raubt uns viel Flexibilität, wir arbeiten beide viel, treiben unsere Karrieren voran und haben weniger Zeit für uns. Aber wir tun das für uns. Wir haben ein gemeinsames Ziel.

Es war 22:30 Uhr, als sie bei der Polizei anrief.

„Was kann ich für Sie tun?“

„Ich glaube, mein Mann ist verschwunden – er muss entführt worden sein.“

***

Was war schlimmer? Den Verstand zu verlieren, das *Gefühl* zu haben, den Verstand zu verlieren, oder zu wissen, dass man wusste, was man gesehen hatte, auch wenn man nur auf Unglauben stieß?

Elina schilderte den Vorfall, dass sie nach Hause gekommen war und einen abgetrennten Arm in ihrem Backofen vorgefunden hatte. Kurz danach sei ein bärtiger Mann vor ihr erschienen, der sie bewusstlos gewürgt hatte.

Es hörte sich auch in ihren eigenen Ohren irrational an, aber sie war dabei gewesen. Sie hatte das erlebt, sie phantasierte sich das nicht zusammen!

Die Polizei legte ihr nahe, sich psychologische Unterstützung zu holen, damit sie das Verschwinden ihres Mannes verarbeiten konnte. Der derzeitige Stand der Ermittlungen ergab, dass ihr Mann eine Tasche gepackt hatte und verschwunden war. Da eine Tasche gepackt worden war, stufte die Polizei die Angelegenheit nicht als Entführungsfall ein, sondern lediglich als unerwartete Trennung. Trotzdem sollte sich Elina verfügbar halten und sich melden, sofern eine Lösegeldforderung eingehen sollte.

Nichts geschah.

Man hört manchmal, dass Paare während der Ehe über Mord an dem jeweils anderen nachgedacht hätten, nie jedoch über Trennung.

Was tust du mir da an? Wir gehören zusammen! Es gibt keinen ernsten Grund, dich von mir zu trennen. Wir können über alles reden und Probleme wälzen, zusammen Lösungen finden und gestärkt weitermachen. Wir waren an keinem Punkt, an dem sich unsere Beziehung in einer Sackgasse befunden hätte.

Über das Online-Banking konnte sie sehen, dass keinerlei Abbuchung oder Abhebung vom gemeinsamen Konto erfolgte. Zwar hatte jeder noch ein eigenes Konto, aber auf dem gemeinsamen Konto war das gemeinsam angesparte Geld – und wenn man abhaute, dann doch nicht ohne ein finanzielles Polster, oder? Sie glaubte nicht daran, dass ihr Mann sie freiwillig verlassen hatte.

***

Nach dem Vorfall hatte sie die Kündigung eingereicht. Ihre Kollegen und Vorgesetzten hatte sie im Stich gelassen. Obwohl sie nur ein kleines Rädchen im System war, hatte sie immer eine Verbundenheit empfunden, eine hochgradige Loyalität. Immerhin war sie Chefsekretärin gewesen, aber auch nicht mehr. Sie hatte oft das Gefühl gehabt, dass ohne ihre Tätigkeit in der Firma einiges schieflaufen würde. Letztlich war auch sie aber ersetzbar. Austauschbar. Bald schon könnte eine andere junge Frau auf ihrem Stuhl sitzen, mit den Wimpern klimpern und in die Tasten hauen. Es war Zeit für einen Neuanfang. Ihre private Situation hatte sich so radikal geändert, dass sie keinen Sinn darin sah, ihr Leben so weiterzuführen, als sei nichts passiert.

Elina saß im Wohnzimmer auf dem Boden und hielt das Paket in den Händen, das heute für sie abgegeben worden war. Es enthielt einen kleinen Welpen, einen Rottweilerwelpen. Sie und ihr Mann hatten davon geträumt, einen Rottweiler zu halten. Es handelte sich um einen Listenhund, der es erforderte, dass der Hundeführer eine besondere Ausbildung absolvierte; es konnte auch nicht jeder Nachbar mit dem Hund Gassi gehen. Die Steuern waren enorm und eine solide Ausbildung für das Tier war unerlässlich. Der Plan war immer wieder aufgeschoben worden, weil beide nicht die Zeit für die Erziehung eines Welpen aufbringen konnten. Doch der Traum war da – eines Tages sollte es nicht irgendein Hund werden, sondern ein süßer Rottweiler.

Dem Paket lag ein Brief bei.

Es tut mir leid, dass Ihrer Familie so viel Leid widerfahren ist und wir dafür verantwortlich sind. Es tut mir leid, dass die Aktion so aus dem Ruder gelaufen ist. Ich kann mit dieser Schuld nicht länger leben. Auch wenn es feige ist, sich auf diese Weise der Verantwortung zu entziehen, kann ich nicht anders. Wir haben Sie bereits seit Längerem observiert und ich bitte sie, mein Geschenk an Sie anzunehmen und hieraus Kraft über den Verlust zu schöpfen.

V1375 (Die Nachricht wird sehr bald verblassen und als Nachweis unbrauchbar sein.)

Sie hatte keine Ahnung, wer ihr das geschickt und sie bereits längere Zeit beobachtet hatte.

Auf Ihre Initiative hin war ein Ermittlungsverfahren eingeleitet worden. Da jedoch gegen unbekannt ermittelt wurde und sich keine weiteren Ermittlungsansätze ergaben, wo sich ihr Mann aufhalten konnte oder wer etwas mit seinem Verschwinden zu tun hatte, holte sie am Folgetag die von der Staatsanwaltschaft ausgestellte vorläufige Einstellung des Verfahrens aus dem Briefkasten. Ihr Mann war und blieb verschwunden.

Dies bestärkte sie nur in ihrem Entschluss, von hier fortzugehen.

***

Manchmal wünscht man sich den Mut neu anzufangen, ohne sich Gedanken über die Konsequenzen zu machen. Sie hatte alles verloren und den Rest an Stabilität noch dazu aufgegeben und befand sich nun auf einer Reise auf der Suche nach sich selbst. Kevin, wie sie den kleinen Welpen genannt hatte, war ein großartiger Helfer bei der Bewältigung ihrer Sinnkrise. Sie konnte sich immer an ihm festhalten und doch sein Vorbild sein, sodass er ihr gehorchte, wie er sollte. Hinsichtlich seines Namens hatte sie keine Kompromisse eingehen müssen. Als Kindername war Kevin inzwischen auf dem absteigenden Ast, und wenn man seinem Kind keinen Stempel aufdrücken wollte, dann verzichtete man auf diesen Namen.

Aber was die Gesellschaft über ihren Hund dachte, war ihr gleich. Ein Rottweiler ist kein Hund, über den man sich lustig machte.

Kinder – ein großes Thema in einer Partnerschaft. Sie war mit ihrem Mann schon mehrere Jahre zusammen gewesen und die meisten davon mit ihm verheiratet, und dann hatten sie beschlossen, ihre Familie zu erweitern. Dennoch blieben viele Fragen offen. Blieb sie zu Hause? Gaben sie das Kind so schnell wie möglich in eine Krippe, um dem Karriereknick vorzubeugen, oder würden sie mit Kindern aufleben und die Arbeit als zweitrangig ansehen? Die Ungewissheit darüber war groß gewesen. Jetzt saß sie, hochschwanger mit Zwillingen, in diesem Zug nach Moskau, um sich einen Lebenstraum zu erfüllen und in eine neue Zukunft zu starten. Ihr aus den Fugen geratenes Leben beabsichtigte sie hinter sich zu lassen.

Sie hatte sich schon immer Zwillinge gewünscht. Nicht nur ein Kind, nicht zwei Kinder verschiedenen Alters, sondern Zwillinge. Zwei auf einmal, dann war man damit durch, und die Kinder hatten jemand Gleichaltrigen zum Spielen. Es war im Grunde perfekt, aber sie musste sich dieser neuen Herausforderung allein stellen – nur mit Hund.

***

In Moskau fand eine große Musikveranstaltung mit Parade statt. Elina, die seit ihrer Jugend aus Eigeninteresse Russisch lernte, hatte die Gelegenheit ergriffen, nach Russland zu reisen und endlich das Land zu erkunden, für das ihr Herz schlug.

Auf dem Inovskaya-Platz war eine große Bühne aufgebaut und schon von Weitem war Musik zu hören. Elina war sehr früh dran und konnte sich in den vorderen Reihen einen Platz suchen. Es würde nachher sicher noch voll werden und ein Sitzplatz kam ihr in ihrem derzeitigen Zustand auch auf einem Festival sehr entgegen.

Als der Platz bereits gerappelt voll war mit dicht gedrängt stehenden Menschen, wurde der Bürgermeister anmoderiert, der in Kürze auf der Bühne eintreffen würde, um das Festival zu eröffnen.

Sie war aufgeregt und ließ ihren Blick über die vielen weiteren erwartungsvollen Gesichter der Menschen wandern, die sich hier zusammengefunden hatten. Es mag Zufall gewesen sein, dass sie den Kameramann entdeckte, der mehr als nur eine Kamera auf dem Stativ stehen hatte, sondern hier gerade am Mikrofon etwas abmontierte, woraufhin ein Gewehrlauf zum Vorschein kam, der auf die Bühne gerichtet war. In Sekundenbruchteilen sprang die hochschwangere Frau auf und stürzte auf die Bühne, genau auf den Moskauer Bürgermeister zu, welcher in diesem Moment im Begriff war, das Publikum zu begrüßen. Nur wenige Sekunden, die zum Nachdenken über die Konsequenzen nicht ausgereicht hatten, sondern von dem reinen Reflex ausgelöst waren, einen anderen Menschen zu beschützen, sich für diesen zu opfern, obwohl man ihn weder persönlich kannte noch seine Politik unterstützte. Als der Schuss krachte, wurde sie dem Bürgermeister in die Arme geschleudert.

Das Sicherheitspersonal war sofort alarmiert und schirmte den Bürgermeister ab. Der Schmerz, der sich in ihrem Bauch ausbreitete, war so, wie sie ihn sich eigentlich erst bei der Geburt vorgestellt hatte. Wie ein Monster mit Reißzähnen, das einer Frau den Unterleib aufriss. Es war so viel Blut, so viel Blut, das aus ihr heraustropfte und das Podium besudelte. Mit Entsetzen blickte Elina dem Bürgermeister in die Augen und flüsterte: „Извините, я испортил ваш вечер.“ *Es tut mir leid, Ihnen den Abend verdorben zu haben*. Die Sicherheitsleute hakten sie rechts und links unter und führten sie von der Bühne. Sie konnte sich kaum noch auf den Beinen halten, und hinter der Bühne knickten ihre Knie ein und sie glitt zu Boden, während sie hörte, wie man nach Sanitätern rief.

***

Es war kalt, als sie aufwachte. Über ihr war eine helle Lampe angebracht. *Ich bin in einem Krankenhaus*, ging es ihr durch den Kopf. Aber es war so kalt hier drin und die Lampe sah wirklich alt aus. Zitternd schlang sie die Arme um ihren Körper. Sie spürte, dass etwas nicht stimmte. Sie war schlanker als zuvor. Ihr Bauch war kleiner, etwas fehlte. *Sie sind da*, dachte sie. *Ich muss sie nicht mehr herumtragen, zumindest nicht mehr in meinem Bauch.*

Die Erkenntnis setzte mit dem Eintreffen des Arztes ein. Das war nicht die Gynäkologie, das war bestimmt kein Arzt, der Kinder auf die Welt brachte.

„Sie sind wach – das ist gut."

„Wo bin ich? Wer sind Sie? Wo sind meine Babys?"

„Ich bin Chirurg im Militärkrankenhaus in Moskau. Es tut mir leid, Ihnen mitteilen zu müssen, dass wir sie nicht retten konnten. Doch Russland steht tief in Ihrer Schuld."

„Was?"

Aber die Frage war eher rhetorisch, da die Erkenntnis bereits einsetzte, nachdem sie sie ausgesprochen hatte. Tränen verschleierten ihr Gesicht. Sie begriff, dass sie ihre ungeborenen Kinder geopfert hatte, um dem Bürgermeister das Leben zu retten. *Wie konnte ich so dumm sein und einfach auf die Bühne laufen in dem Glauben, dass ich oder meine Kinder unsterblich seien?*

Dummheit oder übersteigerter Altruismus, sie sah sich nicht in der Lage, die Situation zu beschönigen. Vielleicht konnte man es ein Problem nennen, das sie hatte. Dass sie gerne ihre Hilfe anbot, dass es ihr

Freude bereitete, Menschen zu helfen, uneigennützig zu sein. Nur, dass sie sich dabei oftmals zu vergessen schien. Darüber hinaus war sie jetzt zu weit gegangen, es hatte Todesopfer gegeben. Sie hatte ihre ungeborenen Kinder getötet.

Dr. Mastiv unterbreitete ihr einen Vorschlag, wie ihr erneut aus dem Ruder gelaufenes Leben wieder in geordnete Bahnen zurückfinden könne, wie sie wieder zurückfinden könne. Sie hörte schweigend zu und hatte am Schluss nur eine Bitte: „Nicht ohne meinen Hund."

So kam es, dass sie wenige Tage später, als sich ihr Gesundheitszustand stabilisiert hatte, in einem klapprigen alten Zug saß, der auf dem Weg ins Nirwana zu sein schien. Sie klammerte sich an Kevin und redete sich selbst gut zu, die richtige Entscheidung getroffen zu haben.

Dass auf den Bürgermeister geschossen worden war, ließ sich bei so vielen Augenzeugen nicht unter den Teppich kehren. Dass es aber zivile Opfer, gar ausländische Opfer, gegeben hatte, wollte man auch nicht an die große Glocke hängen. Also ließ man die Person, die am direktesten am Geschehen beteiligt war, mit ihrem Einverständnis verschwinden. Elina sollte ihren Helferkomplex in den Griff bekommen. Sie hätte weiterhin die Möglichkeit zu helfen, aber sollte dann auch besser auf sich selbst aufpassen können. Sie sollte nun in einer privaten Einrichtung eine Ausbildung erhalten, die sie von der Masse abheben sollte; die ihr vermitteln sollte, wie sie den Reflex, Menschen zu beschützen, kontrollieren konnte, ohne sich oder Dritte zu gefährden. Aber wer wusste schon, ob sie jemals zurückkehren würde.

5. Kapitel

Jeremias (heute)

Es war der Galaeröffnungsabend, der die neue Wohltätigkeitssaison einleitete, ausgerichtet von einer Großbank mit genügend Kapital, um einen großen Saal zu mieten, dekorativ zu gestalten, ein erstklassiges Buffet aufzufahren und ausreichend Prominenz anzulocken, um die Spendenkasse klingeln zu lassen. Netzwerken unter dem Deckmantel der Wohltätigkeit war doch immer wieder schön. Man konnte demonstrieren, wie moralisch gut man war, und sich dann unverblümt dem Geschäftlichen zuwenden.

Dr. Jeremias Blitz war nicht untätig gewesen. Auch wenn er mit seinem Namen noch auf Argwohn und Zurückhaltung stieß, so konnte er sich diese Gelegenheit, sein Netzwerk auszubauen, doch nicht entgehen lassen. Mit Geld ließ sich so einiges machen. Jeder hielt gern die Hand auf, doch musste sein Plan bald auch einmal aufgehen, sonst hatte er alles nutzlos investiert.

Er war wie immer tadellos chic gekleidet, er hatte modischen Geschmack, und seine Garderobe sah aus, als sei sie ihm auf den Leib geschneidert. Der dunkelblaue Nadelstreifenanzug warf keine unerwünschten Falten, ließ sich problemlos zuknöpfen und setzte sich gut von seinem blendend weißen Hemd ab. Den letzten Akzent setzte die silbern schimmernde Krawatte. Er fiel somit positiv auf und zog die Blicke, besonders die der Damen, auf sich. In erster Linie ging es ihm heute darum, die gelangweilten Unternehmertöchter zu unterhalten und sich dann ihren Vätern vorstellen zu lassen. Mit einem guten Anwalt war man immer gut beraten, er musste nur wieder den Fuß in die Tür der Mächtigen bekommen.

***

Elina betrat den Saal und verschaffte sich einen Überblick über die Gäste, die Stimmung im Saal, das Sicherheitspersonal, die technische Ausstattung und die Notausgänge. Routine – alles sicher. Zeit zu entspannen, Zeit wieder zu leben.

Ihr fiel ein blonder junger Mann mit athletischem Körperbau und perfekt sitzendem Anzug auf. Einen schlecht sitzenden Anzug würde sie heute Abend zwar auch nicht zu sehen bekommen, doch dieser Mann hob sich von der Masse ab, da er Selbstbewusstsein und einen Hauch Arroganz versprühte. Er gab sich hübschen Frauen gegenüber galant und verteilte dezente Komplimente, die den Damen ein Lächeln auf die Lippen zauberten, aber nicht zu forsch waren, um als plumpe Anmache zu gelten.

Er war überhaupt nicht Elinas Typ, blond und blauäugig, wenn auch mit intensiv blauen Augen, die auf den Grund der Seele zu blicken schienen. Die wenigen Minuten, die sie zu seiner Beobachtung genutzt hatte, reichten ihr aus, um darüber zu urteilen, dass er möglicherweise bei der Verfolgung seiner Ziele forsch und ehrgeizig war, dass aber emotional nicht viel zu erwarten war. Vielleicht war das auch gut so. Sie war noch nicht bereit für eine Partnerschaft, für Zweisamkeit, in der man seinem Partner seine Seele offenbarte, ohne Angst haben zu müssen, verstoßen zu werden. Sie brauchte eigentlich nur einen „Wirt“, quasi im biologischen Sinne. Es musste nicht in Parasitismus münden – eine Symbiose wäre auch in Ordnung. Sie war auf einer Mission.

***

Er führte die blonde Schönheit mit den Modelmaßen zur Tanzfläche und wiegte sich mit ihr im Rhythmus zur Musik. Dass sie nicht tanzen konnte, war eine Tragödie, aber er war bereit, darüber hinwegzusehen, um sein Ziel zu erreichen. Er war ja nicht nur zum Spaß hier, und wenn er heute eine mit zu sich nach Hause nahm, musste sie nicht zwingend tanzen können. Morgen war ihm egal, was aus ihr werden würde.

Der Abend plätscherte dahin, es wurden angeregte Unterhaltungen geführt, es wurde gegessen und teurer Wein getrunken. Jeremias tanzte mit verschiedenen Frauen und verteilte Komplimente, die so ehrlich wirkten, wenn er ihnen dabei offen in die Augen sah. Nein, er starrte nicht auf ihr Dekolleté, dafür war er wirklich zu professionell.

Gerade neigte sich ein langsamer Walzer dem Ende zu, den Jeremias mit einem Kompliment abschließen wollte, um seine Tanzpartnerin dann an den Tisch ihrer Eltern zu führen. Sie könnte dann gar nicht anders, als ihn dem hoch angesehenen Vorstandschef des vor Ort ansässigen Automobilkonzerns vorzustellen. Er holte tief Luft und lächelte sein Gegenüber verträumt an, dann hörte er Worte aus einer Zeit, die er so gerne hinter sich gelassen hätte:

„Hey, ist das nicht *der* Dr. Blitz?“

„Wo?“

„Etwa der, der die Sache damals so dermaßen verpatzt hat?“

Auch wenn er sich gerne in Luft aufgelöst hätte, kam er nun nicht mehr raus. Schnell löste sich seine Partnerin aus der Tanzhaltung und ließ ihn einfach stehen. Es war ihm, als hätte man einen Suchscheinwerfer auf ihn gerichtet, damit ihn alle wie ein Tier im Zirkus begaffen konnten. Er fühlte sich wie eine Seerobbe auf einem Ball, die versuchte, nicht herunterzufallen. Er wollte sich rechtfertigen, er wollte ausrasten, er wollte alles richtigstellen. Nicht er hatte den Fehler begangen, dieser wurde ihm nur untergeschoben. Er wollte Gerechtigkeit. Er wollte seinen Namen reinwaschen, damit er nicht immer solchen Situationen ausgesetzt war. Er war nicht imstande, irgendetwas zu sagen.

Elina nahm den letzten Schluck aus ihrem Glas und stellte es auf dem Stehtisch ab. *Er hat ein dunkles Geheimnis. Wie spannend! Ich werde es herausfinden,* dachte sie bei sich. Sie löste sich aus dem Schatten der Wand und steuerte zielstrebig auf die Tanzfläche zu. Das Helfersyndrom hatte wieder zugeschlagen.

Laut rief sie: „Ist das *der* Dr. Blitz, von dem ich hörte, dass er ein so begnadeter Tänzer sei, dass er alle Männer in den Schatten stellt?“

Ein Raunen ging durch die Menge und die Menschen wandten sich zu der Frau um, die zielstrebig auf die Tanzfläche zuging und auf den allein dastehenden Mann zusteuerte, den alle verstohlen mit Blicken musterten.

Er hatte andere Worte gehört. Er hatte ein Lob von einer Frauenstimme gehört. Von der Stimme einer Frau, die zielstrebig ihren Weg auf ihn zu verfolgte. Er kannte sie nicht. Sie war keine Prominente, war kein Model. Sie war einen Hauch zu muskulös, um als feminin schlank bezeichnet zu werden, eher klein, mit braunen Haaren, die auch als straßenköterblond durchgehen konnten. Gewiss hatte sie sich an diesem Abend in Schale geworfen und strahlte Eleganz aus, aber sie fiel nicht in sein Beuteschema und musste so seinem Radar entgangen sein.

Sie stand vor ihm und reichte ihm die Hand zum Tanz.

„Darf ich bitten?“, fragte sie keck.

Mit einem Lächeln nahm er ihr Angebot an. Alles, was ihn aus dieser unangenehmen Prangersituation rettete, war ihm recht. Sie hatte Feuer und sie hatte Taktgefühl. Sie fanden in den Takt der Musik und fegten über das Parkett, dass der Kreis der Schaulustigen sogleich auseinandergesprengt wurde. Das Kompliment war für Jeremias jedoch kein Grund, sich zu einer Danksagung herabzulassen. Es untermauerte nur seine Arroganz. Zudem galt es, diese Frau zu zähmen und sich nicht das Gefühl geben zu lassen, dass sie ihn im Tanz führen lasse, weil sie es wollte – sondern, dass er sich diese Machtposition nahm, weil er es konnte. Er würde sehen, wie weit ihr Widerstand reichte, wie viele Tänze sie beherrschte oder wie lange ihre Füße in den hohen Schuhen bereit waren, die Situation zu ertragen.

So hatte er früher seine Wahl des Abends getroffen: Die Frau, die sich am tapfersten auf dem Parkett geschlagen hatte, war es wert, von ihm erobert zu werden. Die Fußlahmen hatte er dann unbeachtet gelassen. Die uneingeschränkte Gewinnerin war Felicitas, seine Exfrau, gewesen. *Oh, Felicitas, du kleiner Teufel, du hattest mich damals verhext. Das passiert mir kein zweites Mal…*

***

Vier Stunden später spielte die Live-Band das letzte Lied und der Abend ging dem Ende zu. Elina hatte gekämpft und gewonnen. Ihre Füße brannten und fühlten sich amputationsreif an, doch sie ließ sich nichts anmerken. Sie hatte nicht erwartet, dass er sie in Grund und Boden zu tanzen versuchte, nur um seine Macht zu demonstrieren. Doch diese Herausforderung hatte sie sich nicht entgehen lassen können – schließlich war sie nicht mehr die junge, unerfahrene Frau, die einfach akzeptierte, was man ihr sagte. Sie hinterfragte und insistierte. Man konnte ehrlich verlieren, aber man musste niemanden gewinnen lassen. Außerdem hatte sie gelernt, Schmerz zu ertragen. Verglichen mit ihren früheren Erfahrungen, war das hier gar nichts.

Sie verließen gemeinsam die Tanzfläche und nahmen an der Garderobe ihre Jacken entgegen. Wie sollte sie das Spiel ausgehen lassen? Zu ihm mitgehen, in ein Hotel? Gar nicht zu persönlich werden, sondern das Kräftemessen rein professionell betreiben? Sie war noch unentschlossen.

Sie hatte ihn in Erstaunen versetzt. Sie hatten so harmonisch miteinander getanzt und sie kam bei keiner Figur aus dem Tritt. Natürlich war er sich bewusst, dass er sie auch einwandfrei geführt hatte und dann keiner Frau ein Fehler beim Tanzen unterlaufen konnte. Doch sie hatte auch Durchhaltevermögen bewiesen und faszinierte ihn. Ob er sie über Nacht einladen sollte?

Eine Stimme riss ihn aus seinen Gedanken, als sie gerade die Außentreppe hinuntergingen.

„Herr *Doktor*, Sie hätte ich hier ja nicht erwartet! Leute mit Rang und Namen ja, aber Sie? Sie sind eine Schande für die Anwaltschaft und hätten Ihre Lizenz schon lange freiwillig abgegeben, wenn Sie Anstand hätten, statt sich hier einzuschleusen und beifallheischend den Damen die Köpfe zu verdrehen. Ich kann Sie nur warnen, meine Dame: Tun Sie sich das nicht an. Lassen Sie sich nicht von diesem Hochstapler das Leben kaputt machen.“

Da stand er wieder wie auf dem Präsentierteller und hatte das Gefühl, den Halt zu verlieren. Dieses Mal jedoch ließ ihn die Frau an seiner Seite nicht einfach stehen.

Sie wandte sich ihm zu und flüsterte: „Ich halte es für sehr erstrebenswert, die Nacht bei dir zu beenden.“

Es klang in seinen Ohren wie ein Befehl, zumal sich Elina unterhakte und ihn den Rest der Treppe hinunterdirigierte und sich dann von ihm zu seinem Wagen führen ließ.

6. Kapitel

Kelly

Es kam nicht oft vor, dass sie Zeit gehabt hätte, dies zu empfinden, aber man konnte sie nicht Tag und Nacht für die Arbeit einplanen. Irgendwann hatte sie dann ausgeschlafen und wurde sich bewusst, dass sie alleine war. Nicht nur das, sondern auch dass sie sich allein fühlte.

Es war auch wirklich nicht so, als hätte sie ein Händchen für Männer gehabt. Aber manchmal war die Verzweiflung, nicht alleine sein zu wollen, so groß, dass Kelly sich mit Männern verabredete. Männer, die teilweise auch sympathisch waren und die früher oder später mit ihr ins Bett wollten. Wenn es dazu kam, ließ sie es nur in der Dunkelheit zu und versuchte nicht zu weinen. Es war ja nicht jedes Mal schlimm, manche Männer konnten vorsichtig sein, doch empfinden konnte sie dabei nichts. Nichts außer Ekel, den sie sich nicht anmerken lassen wollte. Obwohl es wahrscheinlich keine Rolle gespielt hätte, denn es kam niemals vor, dass sich ein Mann nochmal bei ihr meldete, wenn er mit ihr geschlafen hatte. Aussagen wie die, dass es mit der eigenen Hand aufregender sei oder dass sie sich nicht vorstellen wollten, Leichenschänder zu sein, so verstockt und leblos, wie sie daliegen würde, versuchte sie auszublenden. Das ließ sie nicht an sich herankommen.

Es war nicht so, dass sie nicht wusste, wie es ging. Sie hatte das schon recht früh „gelernt“ und war früher „erfolgreich“ darin gewesen. Doch seit sie frei war, hatte sie keine Motivation mehr, etwas für sie persönlich Abstoßendes zu tun. Sie müsste nur mal einen Mann kennenlernen, der gar keinen Sex wollte. Ob es so etwas überhaupt gab? Sie war sich unsicher. Nicht mal bei einem 90-Jährigen würde sie darauf vertrauen, dass er nicht doch noch Interesse an sexuellen Handlungen hatte.

Die Narben der Operation im Gesicht waren so gut unter dem Haaransatz versteckt, dass man ihr nicht ansah, dass es eine Operation gegeben hatte. Die Narben in ihrem Intimbereich ließen sich allerdings nicht beschönigen. Sie strich über die Wulst, die sich über den Schamhügel bis zu den beiden äußeren Schamlippen zog. Sie konnte nichts Positives mehr fühlen, sie konnte sich gar nicht mehr wie eine Frau fühlen oder deren biologische Funktion erfüllen. Sie war nicht mehr in der Lage, Kinder zu gebären.

Sie kniff die Augen zusammen und seufzte.

Ein hoher Preis, aber ich lebe noch. Ich bin noch hier. Keiner kennt mein wahres Gesicht und ich habe einen wunderbaren Beruf. Ich brauche nichts weiter.

Ein Mantra, das sie in Gedanken gerne sprach. Doch da war sie nicht ganz ehrlich zu sich selbst. Selbst in der Dunkelheit wollten Männer sie anfassen und spüren und befühlten die Narbe. Es kam auch vor, dass hier schon für die Männer die „Stimmung" verdorben war. Sie sollten nicht sehen, was sie bekamen, aber wenn sie es sich vorstellten, erzeugte es grauenvolle Bilder in ihren Köpfen.

„Das ist die Last, die ich trage, die ich gerne teilen würde, wenn mich nur jemand verstehen würde", murmelte sie.

7. Kapitel

Jeremias und Elina

In seinem roten Porsche 911 verließen sie beide die Stadt. Es war mitten in der Nacht und sie war mit einem Mann im Auto, den sie erst seit ein paar Stunden kannte. Leichtsinnig? Sie hatte keine Angst, ihr konnte nichts mehr Angst machen.

Jeremias parkte seinen Porsche in der Auffahrt des Anwesens. Das war es wirklich: ein Anwesen. Nach dem Tor an der Straße führte die Auffahrt durch eine begrünte Allee von etwa 100 Metern bis hin zu einem Schloss. Es war ein altes Schloss, das etwas Düsteres an sich hatte. Es war kein Prinzessinnenschloss, und wenn, dann jenes, in dem Rapunzel auf ihre Rettung wartete. Man konnte nicht sagen, dass es in die Jahre gekommen wäre, sondern es strahlte Massivität aus. Jeremias führte Elina in den Vorraum und, nachdem er ihre Jacke entgegengenommen hatte, ins Wohnzimmer.

Sie eröffnete das Gespräch: „Wie ich bemerkt habe, bist du gerade nicht auf dem aufsteigenden Ast. Es mag ein Zufall sein, dass ich gerade auf der Suche nach jemandem bin, der Kompetenzen hat und mit mir eine Firma eröffnet.“

Er entgegnete: „Wer bist du überhaupt? Niemand kennt dich? Ich kann nicht beurteilen, was für Kompetenzen du mitbringst, ob sich das Geschäft also für mich lohnen würde oder ob es mich noch mehr in den Ruin treibt.“

„Das ist richtig. Du kennst mich nicht. An dieser Stelle müsstest du mir vertrauen.“

„Was für eine Kanzlei hattest du dir vorgestellt? Was für Leistungen kannst du anbieten?“

„Ich kann sein, was du willst“, erwiderte sie herausfordernd. „Es kann ein Architekten- und Maklerbüro mit Rechtsberatung sein, es kann sich um eine Therapeutenpraxis mit familienrechtlicher Unterstützung handeln, es kann eine reine Strafrechtskanzlei sein. Der Fantasie sind hier nur bedingt Grenzen gesetzt. Solange mein Name mit an der Tür steht, gibt es auch keinen Grund, dass du nur negiert wirst.“

„Aber niemand kennt dich. Wie soll das funktionieren?“

„Oh, vielleicht habe ich Kontakte und vielleicht habe ich Mut.“

„Ich weiß wirklich nicht, ob ich mich darauf einlassen soll. Das klingt mir doch recht vage.“

„Überleg‘ es dir einfach. Ich werde ja die Nacht hier verbringen, und vielleicht bist du nach einer Nacht, in der du darüber geschlafen hast, zu einer Entscheidung gekommen.“

Sie blickte ihn an, streifte die Absatzschuhe ab und knöpfte ihr Kleid auf. Sie ließ es über ihre Schultern und Hüften gleiten und stand bald nackt vor ihm.

„Sei so gut und mach‘ das Licht aus, wenn du gehst“, sagte sie zu ihm, nahm eine Decke vom Sofa und machte es sich darunter bequem.

„Gute Nacht.“

Konsterniert schaltete Jeremias das Licht aus. Er verließ das Wohnzimmer und ging wie in Trance in sein Schlafzimmer. Sie hatte ihm gerade eine Abfuhr erteilt. Was erlaubte sie sich eigentlich? Das hatte noch keine gewagt. Das war unverzeihlich. Sein Charme war so betörend, dass sich dem keine entziehen konnte. Sie schliefen alle mit ihm, wenn er es nur wollte!

Er lag mit dem Rücken auf dem breiten Bett und blickte an die Decke. Hatte er das gerade wirklich mit sich machen lassen? Hatte er eine Frau mit in dieses Haus gebracht, mit der er jetzt keinen Sex hatte? Die nackt auf seinem Sofa schlief und ihn gebeten hatte, das Licht auszumachen?

Das war eine neue Form der Demütigung, die sich gut in seine Abwärtsspirale einfügte.

Er fühlte sich schwach und wie ein Versager.

8. Kapitel

Krösus

Er zählte die lila Scheine erneut. Doch es stimmte nicht.

„Du hast mich beschissen!"

Er warf das Geld betont unachtsam auf den vor ihm stehenden Tisch.

„Nein, hab' ich nicht", beteuerte sein Gegenüber.

„Doch, klar hast du mich beschissen. Du hast dir vorher was rausgenommen, bevor du mir das Geld gegeben hast."

„Nein, nein, das hab' ich wirklich nicht", begann er zu stottern.

„Ich habe gesagt, dass es Konsequenzen haben wird, wenn mich wer bescheißt. Ich kann dir das nicht durchgehen lassen. Dann denken die anderen noch, ich wäre schwach und *rede* nur von Konsequenzen."

Er zog die Waffe und entsicherte sie.

„Nein, nein – bitte nicht!", flehte ihn sein Gegenüber an.

Er drückte ab. Am Kopf getroffen, sackte der andere zusammen und blieb bewegungslos liegen.

Das würde jedoch nicht lange so bleiben. Mit höllischen Kopfschmerzen würde der Typ erwachen, aber Gott danken, dass er nochmal verschont wurde. Er würde Krösus nicht nochmal versuchen abzuziehen, dessen war er sich sicher. Er nahm sich das Geld vom Tisch und die weiteren Scheine aus der Jackentasche des Bewusstlosen und zählte erneut. Jetzt stimmte es. Er lehnte sich im Sofa zurück und steckte sich eine Zigarette an. Das Leben war schön.

9. Kapitel

Samuel

Samuel stand an der Ecke und wartete. Er war bildschön. In seinen Augen mit dem kindlichen Ausdruck konnte man sich verlieren.

Ein Auto hielt neben ihm: „Komm, Kleiner! Steig ein, ich will dir was zeigen."

Samuel brauchte unbedingt neuen Stoff, aber er brauchte auch Geld, um sich Heroin kaufen zu können. Also hatte er heute wohl keine andere Wahl, als die Sache nüchtern hinter sich zu bringen.

Er zog eine DIN-A6-große Karte aus seiner Hosentasche und hielt sie an das geöffnete Fenster. Darauf stand: „Blasen kostet 50, wenn du hinten rein willst 500."

„Was, 500? Was hilft mir dein hübsches Gesicht, wenn ich dich dabei nicht sehen kann?"

„I-Ich bin J-j-jungfrau."

Der ältere Mann im Wagen sah ihn schweigend an, dann setzte er ein Lächeln auf.

„Okay, alles klar, wir werden uns schon einig werden. Steig schon ein, bevor du noch einfrierst und wir viel Zeit mit dem Aufwärmen verbringen müssen. Das gibt es ja mit Sicherheit auch nicht umsonst."

Samuel hatte eine Scheißangst, und er war nüchtern und wusste nicht, wie er das ertragen sollte. Sonst, wenn er etwas Geld verdienen musste, war er so dicht, dass er gar nichts mehr spürte. Aber irgendwie hatte er den Zeitpunkt verpasst und saß nun ohne Stoff und dazu noch ohne Geld da. Jetzt musste er es nur hinter sich bringen, bevor der Entzug einsetzte, denn dann war er zu gar nichts mehr in der Lage.

Der ältere Mann legte vertrauensvoll seinen rechten Arm auf Samuels linken Oberschenkel und streichelte ihn. Samuel wollte sich auflösen oder seine Empfindungen abstellen. Aber das würde diese Nacht nicht klappen.

10. Kapitel

Jeremias

Jeremias erwachte durch Vogelgezwitscher, stand auf und stellte sich an das bodentiefe Fenster, um den Ausblick zu genießen. Er blickte auf die beiden Pferde, die im Offenstall hinter dem Haus weideten. Er musste diesen Wohlstand erhalten. Er war nicht bereit, das hier aufzugeben. Er war noch jung, er konnte noch so viel erreichen. Notfalls musste er eben über das Alter von vierzig Jahren hinaus arbeiten. Es war Zeit für einen B-Plan.

Er dachte an den gestrigen Abend, der zwar nicht wie geplant verlaufen war, doch es hatte sich ihm auch eine Option geboten, die er nutzen konnte.

Er stieg die Treppen ins Erdgeschoss hinab und betrat das Wohnzimmer.

Sie war weg.

Die Decke war zusammengelegt auf dem Sofa platziert, als wäre sie nie da gewesen. Jeremias torkelte zur Arbeitsplatte mit dem freistehenden Herd der offenen Küche, um sich festzuhalten. Das durfte doch nicht wahr sein!

Seinen aufkeimenden Ärger niederringend, atmete er bewusst ein und aus und ließ seinen Blick schweifen, um sich zu vergewissern, dass er nicht nur etwas übersehen hatte. Dabei fiel sein Blick auf den Zettel, der auf der Arbeitsplatte lag:

„Ich bin nicht bereit, deine Unentschlossenheit zu akzeptieren. Melde dich, wenn du dich entschieden hast, und dann werden wir sehen, ob du schnell genug warst."

Darunter hatte sie eine Telefonnummer notiert. Er war einfach nur platt, als wäre er in seinem eigenen Haus betrogen worden. Er wollte erst die Risiken abwägen und die Möglichkeiten diskutieren; er war nicht bereit, hopp oder top zu sagen, auf die Gefahr hin, dass sie zusammen Schiffbruch erlitten. Noch mehr Niederlagen konnte er sich nicht leisten.

11. Kapitel

KOK van Boiten

„Wo bist du jetzt, Patrick?“, murmelte Kriminaloberkommissar van Boiten vor sich hin, während er seine Unterlagen wälzte. Er setzte seine Brille ab und rieb sich die müden Augen. Warum tat er sich diesen verdammten Job eigentlich noch an? Sie kämpften täglich gegen einen nicht enden wollenden Strom aus kriminellen Machenschaften. Er war auf der Spur des Geldes, in der Hoffnung, endlich ein paar große Fische in seinem Netz zu finden. Zudem gab es einen neuen großen Fisch im Teich: Patrick, besser bekannt als „Krösus“. KOK van Boiten seufzte angesichts der Absurdität, dass sie es hier mit einem 15-jährigen Jungen zu tun hatten. Man konnte nicht abstreiten, dass er ganz schön gerissen war und sie gekonnt an der Nase herumführte; aber es war ein verdammtes *Kind*, das ein Drogenkartell führte, ohne dass man seiner habhaft werden konnte. Er konnte sich wirklich gut verstecken und andere ins Messer laufen lassen. Doch die kleinen Fische halfen nicht viel, sie wussten teilweise auch nichts Hilfreiches, selbst wenn sie reden wollten.

„Ich kriege dich schon noch“, raunte van Boiten. „Dein Geld wird dich irgendwann verraten.“

12. Kapitel

Samuel

Samuel blieb mit zittrigen Beinen an der Straße stehen, an der er gerade das Fahrzeug verlassen hatte. Der ältere Mann war schon wieder unterwegs, schnell heim zu Frau und Kindern. Samuel blickte auf die knittrigen Scheine in seiner Hand. War es das wert? Nein, kein Geld der Welt war das wert, aber jetzt konnte er sich wieder ein paar Stunden Paradies und süßes Vergessen kaufen. Samuel kaufte nur bei Patrick direkt, seinem einzigen Freund auf dieser großen bösen Welt.

***

Patrick öffnete dem zitternden Samuel und holte ihn schnell rein.

„Mann, was ist passiert, Sam?"

„I-Ich, ich habe Geld. I-Ich brauche dringend neuen St-Stoff."

„Mann, Sam! Du musst aufhören mit dem Scheiß! Du musst doch nicht draußen auf der Straße dein Geld verdienen, du kannst doch ..."

„G-Gib mir b-bitte einen Sch-Schuss ..."

***

Wenige Minuten später setzte Samuel sich die Nadel und wartete auf die entspannende Wirkung. Kopf aus, Körper aus. Tränen rollten ihm über die Wangen und er ließ es zu, dass Patrick sich zu ihm auf den Boden setzte, um ihn in den Arm zu nehmen. Eine Berührung, die sonst nur mit feindlichen Gefühlen verbunden war, ihm aber durch seinen Kumpel so viel wert war.

Patrick hielt Samuel fest umklammert, bis er eingeschlafen war. Samuel roch nach fremdem Aftershave und sollte seine Klamotten vielleicht mal wieder waschen.

Patrick traf täglich wichtige Entscheidungen, damit sein Geschäft rund lief, ohne Skrupel zu haben, wer seine Drogen kaufte oder verkaufte. Dann aber saß er hier mit seinem Freund, den er eher als seinen kleinen Bruder ansah, und fühlte sich in der Pflicht, ihn von den Drogen fernzuhalten, ihm ein anderes Leben zu ermöglichen. Dabei war er selbst es gewesen, der ihn erst dazu gebracht hatte, damit es leichter für ihn werden sollte, damit die Erinnerungen schwächer wurden, damit er nicht mehr so viel an vorher dachte.

Kennengelernt hatten sie sich mit zehn Jahren im Kinder- und Jugendheim. Patrick wurde von seinem alleinerziehenden, alkoholkranken Vater oft verprügelt. Irgendwann hatte es doch jemand bemerkt. Das Jugendamt hatte ihn dann an das Kinderheim vermittelt. Patrick machte sich wenig Hoffnung, in eine Pflegefamilie zu kommen; er würde einfach bis zu seinem 18. Geburtstag abwarten müssen und dann sein Ding durchziehen.

Dann war dieser verstörte Junge im Kinderheim aufgetaucht. Samuel – ein Opfer in jeder Hinsicht, gleich, wenn man ihn sah. Er war im selben Alter wie Patrick, konnte aber weder lesen noch schreiben und stotterte so stark, dass man fast sagen musste, dass er auch nicht sprechen konnte. Er hatte ein puppenhaftes Gesicht, das aussah wie gemalt, und große Kulleraugen, die meistens angsterfüllt aufgerissen waren, weil er sich nie in Sicherheit wähnte. Und das war er auch nicht. Patrick hatte keine Ahnung, was Samuel zugestoßen war oder wo er herkam, aber er hatte schnell bemerkt, dass Samuel auch im Kinderheim seine Opferrolle nicht ablegen würde. Nicht ablegen *konnte*. Er nässte sich mit zehn Jahren noch ein und wurde von den anderen Kindern dafür ausgelacht; beim Essen nahmen sie ihm den Nachtisch weg und er wehrte sich nicht. Wenn er ansetzte, etwas zu sagen, äfften sie ihn nach, bis er es aufgab, seinen Satz zu vollenden.

Kinder konnten grausam sein.

Aber hierauf konnte Patrick Einfluss nehmen. Er war der typische Rabauke, ein Rambo, ein unkontrollierbares Wutpaket. Wenn er mitbekam, wie Samuel drangsaliert wurde, verprügelte er sie einfach alle. Er hatte ja gelernt, dass Prügel einen zum Schweigen brachten. So konnte er zumindest erreichen, dass sie Samuel in Ruhe ließen, wenn er sich ebenfalls in der Nähe aufhielt.

Doch er konnte nicht auf alles Einfluss nehmen. Er konnte nicht immer in seiner Nähe sein. Er verstand nicht, warum Samuel so oft über Bauchschmerzen klagte und sich weinend in der Toilette einschloss. Es verwirrte ihn, wenn er Wäschedienst hatte und Blut in Samuels Unterhosen fand. Was war da los?

Sie wurden älter und Samuel lernte das Alphabet und ein bisschen lesen. Er tat sich sehr schwer damit, und wenn er mit dem Finger unter dem zu lesenden Wort entlangfuhr, verharrte der Finger so lange unter einem Wort, weil er nicht nur Probleme hatte zu formulieren, was dort stand, sondern das Wort auch in seinem Kopf zu formen und auszusprechen. Sein Stottern war nicht besser geworden.

Patrick schrieb die besten Noten und es war ihm egal, ob sie ihn Streber nannten. Niemand sagte es ihm ins Gesicht, weil er demjenigen sonst eine geklatscht hätte. Er schrieb die Noten nicht, weil er jemanden beeindrucken wollte, sondern weil er es konnte. Die Aufgaben waren so einfach, so ein Babykram, und es gab so viele Non-Checker in seiner Klasse. Wieso konnten die keine zweistelligen Zahlen miteinander multiplizieren, wieso konnten die nicht verstehen, wie das biologische Gleichgewicht funktionierte, und warum waren sie nicht in der Lage, Buchstaben in Formeln anzuwenden? Ein Trauerspiel.

Sie waren 13 Jahre alt, als Patrick bereits das Gymnasium besuchte und Samuel mit der Hauptschule kämpfte. Für ihn waren das alles nur böhmische Dörfer. In Samuels Kopf bestand kein Drang zu wissen, wie lange der Bremsweg bei 30 km/h war oder warum Flugzeuge am Himmel weiße Streifen hinterließen. Ihn hätte es vollkommen ausgefüllt, den ganzen Tag auf einer großen Wiese zu sitzen und den weiten Himmel über sich zu bestaunen. Er malte gerne und richtig gut, seine Bilder glichen gestochen scharfen Fotos. Die Motive waren düster. Kellerräume mit Ketten, Männer mit Masken auf dem Gesicht, angst- möglicherweise auch schmerzverzerrte Kindergesichter.

Es war Abend, als Patrick von einem kleinen Experiment, das er im Wald veranstaltet hatte, ins Kinderheim zurückkehrte. Leise hörte er ein immer wiederkehrendes Geräusch wie von einem winselnden Hund. Als er näherkam, hörte er die Stimme des Sozialpädagogen, der das Heim betreute und an den sich die Kinder mit allen Fragen wenden konnten: „Sei still jetzt, du sollst keinen Mucks von dir geben!"

Patrick ging weiter in die Richtung, aus der er die Stimme vernahm. Sie kam aus dem Außenkeller, das Fenster war gekippt.

„N-nein, n-nicht."

Samuel! Patrick legte sich auf den Boden, um durch das Fenster sehen zu können, um zu erfahren, was da vor sich ging.

Er hatte Mühe zu begreifen, was er sah. Samuels Oberkörper lag auf der Werkbank und der Sozialpädagoge drückte seinen Rücken mit einem Arm runter auf die Bank, während seine andere Hand in die Hüfte von Samuel gekrallt war. Was machte er da? Beide hatten keine Hose an. Samuel schluchzte und jammerte und flehte die vermeintliche offizielle Vertrauensperson an aufzuhören, bis diese ihre Hand von der Hüfte löste und sie auf den Mund von Samuel legte. Dann war es still. Patrick hielt die Luft an. Still, bis der Sozialpädagoge Geräusche von sich gab. Ekelhafte Geräusche, wie Patrick fand. Die Geräusche erinnerten ihn daran, wie er selbst im Bett lag und masturbierte. Das war okay, aber an dieser Situation hier war etwas verkehrt. Die war nicht okay. Er rappelte sich leise auf, griff sich einen Stein und schleuderte ihn durch das Fenster. Dann rannte er weg.

13. Kapitel

Jeremias

Was für ein mieser Start in den Tag, dachte Jeremias.

Er ging raus zu seinen beiden Pferden, dem Rappen und der weißen Stute. Passenderweise hatte er sie Nigrum und Alba genannt. Obwohl er seinen Kopf oft und gerne benutzte, um Informationen zu speichern, zu verarbeiten oder abzurufen, war er jetzt froh, seinen Kopf ausschalten und einfach die Nähe der beiden Tiere genießen zu können. Sie hatten eine beruhigende Wirkung auf ihn. Er mistete den Stall aus und äppelte die Koppel ab – oh, der große Staranwalt räumte Scheiße vom Feld. Er lächelte in sich hinein; jede Arbeit war wertvoll. *Nein, Spaß,* dachte er bei sich. *Mein Talent ist wertvoll und die Arbeit, die ich damit erbringen kann, ist wertvoll.* Sein Stolz erlaubte ihm nicht, jedem Respekt zu zollen, er hielt sich für zu besonders, um sich mit etwas Einfachem zufriedenzugeben oder die Leistungen anderer anzuerkennen.

Er sattelte die Stute und ritt eine Runde aus. Die Felder zogen an ihm vorbei, er spürte die Freiheit, die ihn umgab, er atmete die Luft ein. Hier fühlte er sich frei von gesellschaftlichen Zwängen – niemand, der ihm auf die Finger schaute, dem er sich beweisen musste. Natürlich musste er die Pferde anleiten, aber sie gehorchten ihm und kritisierten ihn nicht.

Nach dem Ausritt wieder in der Realität angekommen, hielt er es für das Beste, den Abend in einer Bar bei etlichen Gläsern Was-auch-immer ausklingen zu lassen. Nur alleine zu trinken, war auf Dauer auch langweilig.

In einer schäbigen Kaschemme, in die er in letzter Zeit öfter ging, kehrte er ein und setzte sich an die Bar, damit er auf die Getränke nicht allzu lange warten musste. Sein Plan ging sogleich auf und er bestellte bei dem Wirt mit dem speckigen, weißen Shirt einen doppelten Whiskey on the Rocks. Einen guten Whiskey würde er hier nicht bekommen, aber auch das Trio Jim, John und Jack machte betrunken. Manche erinnerten einen am Folgetag noch an die Sünden des Abends. Sollten sie – er hatte morgen nichts vor.

Stunde um Stunde, Glas für Glas. Jeremias' Welt verschwamm bereits, da legte sich ihm eine Hand auf die Schulter.

„Das glaube ich ja nicht. *Der* Dr. Blitz hier! Hey, Ede, mach gleich zwei Shots für mich und meinen abgestürzten Freund hier."

Jeremias erstarrte. Toni? Hier? Toni Beckhammer war noch immer Anwalt in der Wirtschaftskanzlei. Sie hatten dort zur gleichen Zeit angefangen und waren natürlich Kontrahenten, obwohl sie ihre eigenen Mandanten hatten. Dennoch wollten sie sich gegenseitig an Leistung und Ertrag überbieten. Die Mittel dabei waren nicht immer koscher, beide waren fiese Schweine, die nur auf ihren Vorteil bedacht waren. Es bestand durchaus auch die Möglichkeit, dass Toni an der Verschwörung gegen Jeremias beteiligt gewesen war. Jeremias wusste es nicht, aber Toni wollte auch keinen Hehl daraus machen, woher sie sich kannten. Er hob sein Shotglas, als wolle er einen Toast ausbringen.

„Meine lieben Freunde. Hier haben wir das Musterexemplar einer gescheiterten Existenz. Mist gebaut, Job weg, Frau weg und übrig bleibt ein begossener Pudel."

Toni leerte das Glas über Jeremias' Kopf aus. Jeremias ließ sich das nicht bieten. Er sprang auf, griff sich sein Whiskeyglas, das um einiges größer war als das Shotglas, und zog es Toni über den Kopf. Nach seinen bisherigen Drinks bereits selbst schwankend nahm er wahr, wie Toni mit den Armen ruderte und versuchte, sich an der Bar festzuhalten. Er sackte zusammen und glitt auf den Boden. Aber Jeremias war noch lange nicht fertig.

„Ihr wollt euch über mich lustig machen, über mich urteilen? Ein' Scheiß wissdir!"

Der letzte Satz ging lallend unter. Blindlings packte sich Jeremias einen Mann neben sich, legte ihm den Arm um den Hals und drückte zu, als wolle er ihn erwürgen. Die Situation geriet außer Kontrolle. Jemand packte Jeremias, um ihn von dem anderen Mann wegzuziehen, und wieder jemand anderes drosch auf Jeremias ein. Es entbrannte eine wilde Kneipenschlägerei, der die ebenfalls anwesenden Hooligans nicht abgeneigt waren. Endlich mal wieder richtig auf die Kacke hauen …

14. Kapitel

Patrick

Patrick hielt Samuel noch immer in seinen Armen und dachte an die Nacht zurück, in der er die beste Entscheidung seines bisherigen Lebens getroffen hatte.

Samuel war damals zusammengerollt wie ein Baby in seinem Bett gelegen und hatte an seinem Daumen gelutscht. Getrocknete Tränen verunstalteten sein ansonsten so ansehnliches Gesicht.

Patrick kam mit einem gepackten Rucksack herein und vergewisserte sich, dass Samuel alleine war.

„Komm, steh auf – wir hauen ab hier."

Samuel rührte sich nicht. Patrick war sich nicht einmal sicher, ob Samuel ihn überhaupt bemerkt hatte. Er ging zum Bett.

„Sam?" Samuel starrte durch ihn hindurch und nuckelte weiter an seinem Daumen.

Patrick ging in die Knie und beugte sich zu Samuel hinunter. Er blickte ihm genau in die Augen.

„Sam, wir müssen hier raus. Ich habe einen Plan. Lass uns abhauen."

Keine Reaktion.

„Verdammt, wir haben nicht viel Zeit!“

Er wandte sich ab, schnappte sich Samuels Schulrucksack und leerte ihn aus. Dann ging er zum Kleiderschrank und stopfte ein paar Sachen hinein.

„D-Darf ich m-meine H-H-Hose a-anlassen?“

Patrick hatte nicht bemerkt, wie Samuel aufgestanden war. Er blickte ihn sprachlos an. Die Hose war verdreckt und Patrick würde sich vor dem Abhauen definitiv eine saubere Hose anziehen. Er wusste ja noch nicht, ob sein Plan aufgehen würde und wann sie wieder Gelegenheit hätten, sich zu waschen. Aber das sollte jetzt das kleinste Problem sein.

„Klar, lass sie an. Ich habe für dich Wechselklamotten eingepackt. Komm jetzt.“

Sie schlichen aus dem Heim und verschwanden in den Wald, ohne sich noch einmal umzusehen.

Das würde sein ganz großer Durchbruch werden, dachte Patrick. Er hatte auf dem Schulhof schon ein bisschen gedealt und hatte Kontakte. Jetzt hatte er selbst schon ein paar, die er mit Stoff versorgte, damit sie für ihn was vertickten. Es war aufgebaut wie ein Schneeballsystem: Jemanden werben, der jemanden kennt, der jemanden kennt, der … Das Prinzip war einigen aus seiner Klasse nicht klar. Samuel würde es wohl auch nicht verstehen. Egal, er hatte sie beide da rausgeholt und würde jetzt fett Karriere und Kohle machen.

„Hey, Sam! Ich kenne da jemanden, der gibt dir was, damit du besser schlafen kannst. Danach fühlst du dich wirklich gut.“

Schüchtern lächelte Samuel ihn an. *Besser schlafen? Überhaupt mal schlafen, ohne Angst zu haben? Ohne Angst zu haben, dass jemand kommen könnte, oder ohne, dass tatsächlich jemand kommt?*

Dabei hatte Patrick ihn, ohne es zu wissen, nur von einer Hölle in die nächste geführt.

15. Kapitel

Jeremias

Bis zum Eintreffen der Polizei waren viele Barhocker schon zu Flugobjekten geworden und etliche Flaschen im Regal zu Bruch gegangen.

Die Polizisten nahmen Jeremias in Gewahrsam. Er war nicht mehr aufbrausend, das Adrenalin war aufgebraucht. Er war dösig, schläfrig und ließ sich widerstandslos abführen. Sein Bewusstsein klärte sich auf dem Polizeirevier wieder auf, als man ihm seine Rechte vorlas und ihm einen Bogen zur Beschuldigtenvernehmung vorlegte.

Einen Anwalt lehnte er ab. Er war ja selbst einer. Er würde das schon hinkriegen. Er verweigerte die Aussage und ließ sich in die Ausnüchterungszelle führen, nachdem ihm noch Blut abgenommen worden war.

Er sank auf die Liege und fiel in einen traumlosen Schlaf. Was für ein mieser Tag.

16. Kapitel

Samuel

Samuel war frisch geduscht und seine Klamotten waren gewaschen. Sie waren zwar schon alt und ein bisschen ausgefranst, aber die optische Erscheinung war die halbe Miete. Eine Gratwanderung. Er hatte nichts dagegen, in vor Dreck starren Klamotten zu stecken, und schon zwei Meter vorauszustinken. Dann machten die Leute einen Bogen um ihn und kamen ihm nicht zu nah. Selbst sein hübsches Gesicht verlor dann ein bisschen von seiner Anziehungskraft, weil die Nase den Geruch nicht ausblenden konnte. Aber wenn er Kohle brauchte, musste er ansehnlich wirken. Frisch gewaschen hatte für ihn nicht den Effekt, dass er auf sich selbst sauber oder rein wirkte. Dann fühlte er sich sogar in Klamotten nackt. Sein Haar war verwuschelt, als wäre er erst aufgestanden, mit den leicht zerrissenen Klamotten erregte er Mitleid, sodass ihm ab und zu auch Geld ohne Gegenleistung zugesteckt wurde. Aber das kam selten vor, meistens wollten sie ihn sehen, anfassen, spüren, spüren lassen. Dass er stotterte, störte sie nicht unbedingt, das ließ ihn insgesamt jünger wirken, so wie sie ihn wollten. Sie wollten ein Kind, keinen heranwachsenden Mann. Er verkörperte mit seinen großen Kulleraugen und dem melancholischen Blick das Kind, das sie diese Nacht besitzen wollten.

Ein Auto rollte langsam heran. Samuel zeigte seine Karte und stieg ein. Sie fuhren auf einen abgelegenen Parkplatz außerhalb der Stadt. Auf dem Parkplatz stand ein Wohnmobil, vor dem zwei Männer mit je einem Bier in der Hand saßen. Als der Wagen heranfuhr, erhoben sie sich und winkten dem Fahrer zu.

„W-was w-w-wird d-das?“, fragte Samuel. „M-mehr L-Leute, t-t-teurer.“

Der Wagen stoppte. „Jetzt haben wir erstmal eine schöne Zeit zusammen und dann schauen wir, was uns das wert ist.“ Die Beifahrertür wurde aufgerissen und einer der Männer schnappte sich Samuel und zog ihn in das Wohnmobil. Scheppernd fiel die Tür ins Schloss. Samuel fühlte sich so allein.

17. Kapitel

Henry

Henry nahm das verkündete Urteil gelassen entgegen. Er empfand nichts dabei. Lebenslange Freiheitsstrafe für einen Mord.

Mehrere Male hatte er angesetzt zu erklären, dass es sich um einen einvernehmlichen Akt gehandelt habe und die Sache nur aus dem Ruder gelaufen war, weil ihm nicht klar gewesen war, dass sie wirklich keine Luft mehr bekommen hatte. Eine verfahrene Situation, aus der ihm nur die eine Person heraushelfen konnte, die jetzt tot war.

Er spürte nichts, keinen Schmerz, nur die Anspannung der Muskeln. Nicht das Aufplatzen seiner Haut, nicht das ausfließende Blut, kein negatives Gefühl, als sich seine Fingernägel weiter in seine Handflächen gruben.

Sie war anders gewesen als die anderen. Sie war abenteuerlustig, experimentierfreudig, und ein bisschen weh tun durfte es auch. Darunter konnte sich

Henry zwar nichts vorstellen, aber man konnte sie deutlich fester anpacken und musste nicht immer mit Samthandschuhen hantieren.

Vielleicht war es aber auch ganz gut, wenn er jetzt von der Außenwelt abgeschottet wurde und weder eine Gefahr für die anderen noch für sich darstellte. Man würde schon auf ihn aufpassen und die Hand verbinden, die er sich gerade selbst aufgerissen hatte. Es war nicht die erste und würde nicht die letzte Wunde sein.

18. Kapitel

Samuel

Samuel stand wieder vor Patricks Tür.

Seine Hose war blutig eingefärbt und stank nach Fäkalien, seine Muskeln schienen ihm nicht mehr zu gehorchen. Patrick war entsetzt, als er ihn reinließ. Samuels Zustand wurde von Mal zu Mal schlimmer und es schien Patrick nicht mehr der richtige Weg für Samuel zu sein, sich danach den Kopf auszuschießen in der Hoffnung, dass der Schmerz aufhören und auch die bösen Erinnerungen verschwinden würden. Patrick gab ihm den gewünschten Stoff und ging in die Küche, um für sie beide eine Pizza aufzubacken.

„So, in 15 Minuten gibt‘s was zwischen die Kiemen."

Er trat zurück ins Wohnzimmer und erstarrte. „Sam?" Er eilte zu seinem Freund.

„Sam, was ist mit dir? Sag doch was!"

Aber Samuel sagte nichts, er saß zusammengesunken mit dem Rücken an der Wand, die Nadel steckte noch in seinem zerstochenen Arm.

„Sam, verdammt, wie viel hast du denn genommen? Sam!"

Patrick rappelte sich auf und atmete tief durch. Er musste schnell handeln. Er packte Samuel und zog den bewusstlosen Körper hoch. Verdammt, war der schwer. Das sah sonst ja gar nicht so aus. Er taumelte mit ihm zur Tür und in die Garage. Er ließ Samuel auf die Rückbank des Golfs fallen, drehte ihn noch auf die Seite, falls er doch von selbst erwachen und sich übergeben sollte. Das konnte bei Patricks Fahrweise durchaus vorkommen. Patrick setzte zurück und schoss im GTA-Stil aus der Garage auf die Straße hinaus. Er wollte zum Krankenhaus und gab Gas, als müsse er um die Führung beim Autorennen bangen.

Wenige Minuten später schoss er mit quietschenden Reifen die Einfahrt zur Notaufnahme hinauf und verursachte eine Reifenspur, als er bis zum Stillstand abbremste. Er zerrte Samuels Körper aus dem Auto und rollte ihn in die Einfahrt. Er drückte auf die Sprechtaste, um anzukündigen, dass ein Notfall vor Ort war.

„Hallo? Hier draußen liegt ein bewusstloser Junge, er scheint eine Überdosis Heroin genommen zu haben.“

Dann eilte Patrick zu dem Golf zurück und brauste davon. Es tat ihm in der Seele weh, dass er den Jungen, der wie ein kleiner Bruder für ihn war, einfach so zurücklassen musste, ohne ihn weiter beschützen zu können. Aber er konnte doch jetzt nicht alles aufgeben. Allerlei Leute waren hinter ihm her, das Kartell befand sich in einer Krise. Mächtige

Männer waren nicht erfreut darüber, dass er ihre Transportwege aufgedeckt und kurzentschlossen zu seinem Vorteil umgeleitet hatte.

Patrick war so in Gedanken, dass er die rote Ampel vor sich übersah und auf die Kreuzung zog. Der Aufprall folgte unmittelbar. Er hatte nicht wahrgenommen, dass sich seitlich ein Wagen näherte. Der Golf wurde vorne links an der Motorhaube getroffen und machte einen Satz nach rechts. Das andere Fahrzeug versuchte möglicherweise ein Ausweichmanöver, drehte sich um 180 Grad, und nun standen sich die beiden Fahrzeuge auf der Kreuzung gegenüber. Der Golf blickte auf die Schnauze des blau-silbernen Opels. *Ich bin in einen Unfall mit der Polizei verwickelt*, begriff Patrick. Die Türen des Opels öffneten sich und zwei Männer in Uniform stiegen aus. Der eine eilte auf die Fahrertür des Golfs zu und öffnete sie. Nachdem er sich vergewissert hatte, dass Patrick weitestgehend unverletzt war, fragte er: „Sagen Sie, dürfte ich mal Ihren Führerschein sehen?“

„Ich befürchte, den bekomme ich erst in drei Jahren.“

„Vielleicht auch nicht“, entgegnete der Beamte.

19. Kapitel

Elina

Elina war in die Liste an ihrem Rechner vertieft, während ihr die Sonne auf den Rücken schien. Bald würde sie eine Pause einlegen müssen, da sie den Bildschirm mit ihrem Körper nicht mehr würde abschirmen können. Da hatte bei der Büroplanung auch einer wieder nicht mitgedacht. Ab 15 Uhr eignete sich ihr Rechner mehr als Spiegel denn als Arbeitsgerät. Sie beabsichtigte niemandem etwas zu unterstellen, aber dieser Arbeitsplatz zeigte ihr deutlich, dass sie unerwünscht war, dass sie Mist gebaut hatte, dass sie auf der Ersatzbank saß. Nach der Ausbildung in Russland war sie nach Deutschland zurückgekehrt und hatte daraufhin im Staatsdienst Auslandseinsätze wahrgenommen. Und jetzt saß sie hier beim Landeskriminalamt im Büro auf einem quietschenden Stuhl. Sie war zum Innendienst verdonnert worden, bis sie wieder „stabil“ wäre – was auch immer das heißen sollte. Dezentes Mobbing konnte man es nennen. Nicht wirklich auffällig und unverschuldet ja auch nicht. Sie hatte seit ihrer Strafversetzung keinen Wert darauf gelegt, integriert zu werden. Im Gegenteil, sie war mit ihren Ecken und Kanten in diese homogene Gruppe eingefallen. Der einzige, der sich beliebt gemacht hatte, war Kevin. Er war als Bürohund überaus gerne gesehen und ließ sich von allen streicheln. Möglicherweise war er der Grund, warum sie im Großraumbüro im Kreise aller geduldet war, auch wenn ihr die fensterlose Abstellkammer manchmal lieber gewesen wäre.

Sie wandte sich von ihrer Liste ab und sah nach draußen. Schönes Städtchen! Von hier aus betrachtet, wirkte alles so friedlich. Surreal allein die Vorstellung, dass nur etwa 30 km entfernt Menschen aus Südamerika Drogen in ihren Kleidungsstücken, sämtlichen Körperöffnungen und sogar in ihren Mägen einzuschmuggeln versuchten. Bestenfalls, um sich und ihre Familien zu finanzieren, und schlimmstenfalls, um Drogenringe zu unterstützen. Elina war dabei, die diesmonatige Statistik der am Flughafen festgenommenen Drogenschmuggler fertigzustellen, um hieraus Rückschlüsse auf die Versorgungsrouten ziehen zu können. Sie wandte sich wieder ihrem Rechner zu und sah, dass eine Sofort-Nachricht über das Intranet eingegangen war. Das musste ja wichtig sein! Sie klickte auf die Nachricht:

+++ Krösus gefasst +++
+++ 15-Jähriger in U-Haft +++
+++ Drogen beschlagnahmt +++
+++ Bargeld nicht sichergestellt +++

Nicht schlecht, staunte Elina. Endlich ein Erfolg. Vielleicht gab es später noch einen ausführlicheren Bericht, wo er sich die ganze Zeit unentdeckt aufhalten konnte oder was jetzt passieren würde. Er war ja schließlich noch minderjährig.

Sie wollte sich wieder ihren letzten Daten zuwenden und musste bereits angestrengt die Augen zusammenkneifen, um auf dem Bildschirm überhaupt noch etwas erkennen zu können, als der Klingelton ihres Smartphones ertönte. Die Nummer an sich war ihr unbekannt, es handelte sich um eine Behördennummer der Polizei. Die Durchwahl sagte ihr nichts. Sie würde doch nicht etwa zu einem Außeneinsatz berufen werden?

Leicht aufgeregt nahm sie das Gespräch entgegen und bemühte sich um professionelle Kälte in ihrer Stimme.

„Melderun, was kann ich für Sie tun?“

„Hey… ich bin‘s.“

Atmen und Schweigen in der Leitung.

Nicht das Drogendezernat, nicht die OK-Abteilung. Schade.

„Also, ich bin‘s – Jeremias. Ähm, wir hatten uns vor ein paar Tagen kennengelernt, wenn du dich erinnerst...“

„Ja – ja, klar. Was gibt‘s denn?“

Warum ruft er denn von der Polizei aus an, fragte sie sich.

„Ich bin gerade auf der Wache… und habe ein Problem. Also, ich war in eine Schlägerei verwickelt… wieder einmal, ja, es war nicht die erste in den letzten Monaten und ich muss vielleicht ins Gefängnis."

Sie hörte ihn in der Leitung atmen, während sie darauf wartete, dass er fortfuhr. Mit veränderter Tonlage, als würde er nicht mehr von sich, sondern einer anderen Person sprechen, setzte er an: „Als Anwalt würde ich das Ganze ja auch gerne schön reden, aber das ist jetzt doch so, dass der gleiche Tatbestand innerhalb der letzten Monate mehrmals erfüllt wurde und aus diesem Grund Wiederholungsgefahr besteht. Somit ist kein Strafbefehl mit zu zahlender Geldstrafe unter 90 Tagessätzen angedacht. Über dieser Grenze erfolgt ein Eintrag im Führungszeugnis und ich gelte als vorbestraft."

Er räusperte sich und schien wieder im Hier und Jetzt angekommen zu sein.

„Und was genau soll ich mit dieser Information?", erkundigte sich Elina. „Soll ich bei dir zu Hause die Blumen gießen?"

„Nein, ähm, ich dachte eher, dass du vielleicht eine Möglichkeit siehst, wie unser gemeinsames Projekt doch noch in die Tat umgesetzt werden kann."

„Unser gemeinsames Projekt?", echote Elina.

„Ja, ja, die Kanzlei – ich sehe da Potenzial, dass meine Sozialprognose positiv bewertet wird und ich vielleicht sogar in den offenen Vollzug komme, wenn ich nicht… arbeitslos bin."

Er verstummte.

Was für eine absurde Idee! Elina fixierte wieder den Bildschirm und konnte durch die Sonnenstrahlen hindurch noch den Satz *„Bargeld nicht sichergestellt“* lesen. In ihrem Kopf formte sich eine wahrlich kreative Lösung. Sie seufzte.

„Du willst nicht in den Knast?“, hakte sie nach.

„Nein“, bestätigte Jeremias.

„Ich kläre noch was ab und melde mich bei dir. Halte dich bereit.“

„Ja, ich werde wohl nicht weglaufen“, erwiderte er ironisch.

Sie legte auf. Jetzt musste sie nur noch ihren Chef von ihrer Idee überzeugen.

***

„Sie wollen *was*?“

Sein Gesicht war rot angelaufen und Elina fürchtete, dass er gleich einem Herzinfarkt erlag. Sie räusperte sich, atmete tief ein und aus, um äußere Gelassenheit zum Ausdruck zu bringen, und setzte erneut an: „Also, bislang wurde das Drogengeld aus Krösus‘ Geschäften nicht sichergestellt...“

Mit einer unwirschen Geste brachte er sie zum schweigen.

„Ja doch, ich habe es gehört. Ich zweifele nur einmal mehr an ihrem Verstand. Haben Sie uns eventuell eine Kopfverletzung verschwiegen?“

„Nein, *Sir*.“

Wieder wiegelte er mit der Hand ab und setzte einem eventuell aufkommenden Redefluss ein Ende.

„Ich fasse den *Plan*“, er betonte es explizit, um seine Abneigung darüber zum Ausdruck zu bringen, „wie folgt zusammen: Sie schlagen ein soziales Projekt vor, bei dem Krösus unter Aufsicht einer verdeckt ermittelnden Person im selben Haushalt wohnen soll. Getarnt ist das Ganze als Resozialisierungsprogramm. Gekrönt wird die Idee von der Vaterfigur, für die Sie sich einen bald vorbestraften Säufer und Schläger ausgesucht haben, der an einem Rehabilitationsprojekt mit schwer erziehbaren Jugendlichen mitwirken soll und als Vorbild in Verbindung mit einer Familie vorangeht.“

„Wenn er an dem Projekt teilnimmt, ist er ja nicht vorbestraft“, warf Elina ein.

„Wenn, Sie sagen es, wenn“, fuhr ihr Vorgesetzter dazwischen. „Ihm soll das bei der Bewältigung seiner Aggressionen helfen. Wieso interessiert uns dieser Dr. Blitz eigentlich? Wo haben Sie den denn ausgegraben?“

Elina holte Luft und wollte gerade ansetzen.

„Lassen Sie es gut sein, ich will es eigentlich gar nicht wissen.“

Er wischte sich mit einer Hand über seine überaus hohe Stirn. Von Geheimratsecken konnte man hier nicht mehr sprechen. Elina stand aufrecht in abwartender Position.

„Wie kommen Sie darauf, dass Sie für die Position der verdeckten Ermittlerin geeignet sind?“

Irritiert erwiderte Elina: „Ich war zuvor als verdeckte Ermittlerin eingesetzt, das ist mein Job.“

„Das war Ihr Job… naja wie auch immer… sehen Sie sich der Mutterrolle gewachsen?“

„Ja, natürlich!“ Was sollte Sie bei einem 15-Jährigen schon groß erwarten? Der war doch schon aus dem Gröbsten heraus.

„Ich kann nicht bestreiten, dass Kevin gut ernährt und gut erzogen ist, aber Ihre Zimmerpalme hat die letzte Dürre nicht überlebt.“

Er schielte an ihr vorbei zu der einsamen Pflanze, die ihrem Arbeitsplatz am nächsten stand.

„Das ist nicht meine Pflanze!“, begehrte Elina auf und nahm den kläglichen Rest mit den trockenen, braunen Blättern zur Kenntnis. In der Tat schien es ein harter Sommer für die Pflanze gewesen zu sein. Genau genommen, der letzte harte Sommer.

„Frau Melderun – *wie* haben Sie sich die Umsetzung dieses abenteuerlichen Plans vorgestellt?“

„Das gebe ich ganz in Ihre Obhut, für das Wie bin ich nicht qualifiziert genug.“

Geschlagen ließ er sich im Sessel zurückfallen.

„Gehen Sie Gassi und lassen Sie mich telefonieren. Ich versuche den Polizeipräsidenten von Ihrer Furz-Idee zu überzeugen.“

***

Bereits eine halbe Stunde später hielt sie einen überzeugend aussehenden Flyer in den Händen, den sie ausgiebig bewunderte. In Form gebracht und auf Papier gedruckt, gewann die fixe Idee an Glaubwürdigkeit.

Familie statt Knast
Werden Sie jetzt Teil des Rehabilitationsprojekts!

Nehmen Sie noch heute Ihr Leben in die Hand und finden Sie einen Weg aus der Aggressionsspirale! Seien Sie ein Vorbild für vom Weg abgekommene Jugendliche!

Mit freundlicher Unterstützung der Jugendfürsorge, die Ihnen bei Fragen mit Rat und Tat zur Seite steht.

Sie hatte Jeremias ein Exemplar zufaxen lassen und gab ihm die Möglichkeit, sich zuvor damit zu befassen, bevor sie auf der Wache anrief und sich mit ihm verbinden ließ.

„Und, was denkst du?“

Ich hasse Kinder – nein, ganz so stimmt es nicht. Ich hasse Einschränkungen, ich liebe meine Freiheit. Ich hasse Komplikationen, ich mag Struktur. Kinder oder Knast, Kinder oder Knast. Seine Gedanken rasten.

„Ja, also ich denke… ich habe keine Wahl.“

Elina jubilierte innerlich. Sie konnte es noch nicht ganz fassen. Zuerst wurde sie schwanger und verlor ihre Zwillinge bei einer dummen Heldentataktion und jetzt bekam sie eine zweite Chance sich für ein Kind zu entscheiden. *Am Ende werde ich doch noch Mutter!*

20. Kapitel

Patrick

Patrick saß im Verhörraum, stützte die Ellenbogen auf die Tischplatte und hatte den Kopf in die Hände gelegt. Er war erschöpft und fühlte sich, als wäre er hundert Jahre alt.

Kriminaloberkommissar van Boiten ließ sich Zeit damit, seine Papiere neu zu sortieren. Nachdem Patrick erst einmal hier war, hatte er nahezu alle Zeit der Welt.

„Also, Patrick, wie war das noch gleich mit dem Geld, das in Mexiko gerade vermisst wird?“

„Ich weiß nicht, wovon Sie reden“, lamentierte Patrick.

„Oh, tatsächlich, Patrick – oder soll ich dich lieber ‚Krösus‘ nennen?“

Patrick blickte auf. Verdammt, irgendwie war das ganz schön schief gegangen. Hier wusste einer ganz schön viel, ohne dass er selbst irgendetwas von sich gegeben hatte. Ob vor ihm schon einer geredet hatte? Wenn er gar nicht alleine geschnappt worden war, sondern von seinen Dealern doch auch einer mit ausgehoben worden war? Was, wenn der schon den Mund aufgemacht hatte? Einen auf 31er[2] gemacht hatte?

Er presste die Lippen aufeinander. *So leicht kriegt ihr mich nicht.* Es war nur ein dummer Zufall, dass er heute geschnappt worden war. Nur weil er diesen saublöden Unfall gebaut hatte. Sonst wären sie ihm nicht auf die Schliche gekommen. Er war ja auch nur unterwegs, weil er Sam ins Krankenhaus gefahren hatte, weil Sam eine Überdosis gespritzt hatte. Ob es ihm gut ging? Ob sie ihn rechtzeitig gefunden hatten?

Van Boiten beobachtete Patrick, der zu schwitzen begann und sich die Hände an seiner Hose abwischte. Den würde er heute schon noch kleinkriegen.

Wenn ich nichts sage, was werden sie wohl für Beweise haben? Was, wenn sie doch etwas gegen mich in der Hand haben?

Erst als er bereits auf den Fingernagel seines Daumens gebissen hatte, wurde er sich seiner nervösen Handlung bewusst und führte die Hand wieder unter den Tisch.

Was wird aus Sam, wenn ich in den Knast muss? Was, wenn er es schafft und dann bin ich nicht mehr da? Wer passt dann auf ihn auf?

---

2 § 31 Betäubungsmittelgesetz (BtmG), in der Jugendsprache einem Verräter gleich

Patrick erschien es, als würden er und van Boiten sich minutenlang in die Augen starren. Jeder tastete den anderen ab, ob er nicht zuerst einknickte. Inzwischen kaute Patrick unbewusst auf den Wangeninnenflächen und traf eine Entscheidung.

„Na schön, ich bin bereit, mir in die Karten gucken zu lassen, und hätte da eine ganze Reihe von Namen, die sicherlich hilfreich für Sie wären – Namen, Preise, Warenbestände, Versorgungsrouten, Zeiten. Ich kann Ihnen verraten, wann der nächste Coup startet, und Sie legen sich mit Ihren Jungs auf die Lauer. Sie müssen mir aber zusichern, dass mein Name nirgendwo auftaucht, sonst bin ich ziemlich schnell erledigt."

Van Boiten war beeindruckt. Patrick hatte auf einen Anwalt verzichtet, einen Erziehungsberechtigten habe er nicht, sein Vater habe das Sorgerecht schon lange verloren, und beim Jugendamt war gerade bürokratisch Land unter, um Patricks Rechte zu wahren.

Der Beamte wollte mal sehen, wohin das hier heute noch führen würde. Möglicherweise rückte Patrick ja wirklich mit ein paar wertvollen Informationen heraus.

Er räusperte sich: „Ja, diese Informationen sind für uns durchaus von Interesse und ich werde definitiv ein gutes Wort bei der Staatsanwaltschaft für dein

Entgegenkommen einlegen und mich dafür einsetzen, dass du aus dieser Sache herausgehalten wirst.“

Patrick nahm einen Schluck aus der Coladose vor ihm. Wahrscheinlich wurden später seine Fingerabdrücke von der Dose genommen und in die Datenbank eingepflegt. Er lächelte matt und sagte: „Machen Sie lieber das Tonband an, so schnell können Sie nicht mitschreiben.“

Van Boiten tat wie geheißen und war erstaunt über die detaillierten Informationen, die Patrick in der folgenden Stunde herunterratterte. Es blieben nahezu keine Rückfragen.

Der nächste Coup war für den kommenden Tag angesetzt. Van Boiten hatte den genauen Ort, an dem umgeladen werden sollte, und die Uhrzeit. Er würde das SEK ins Boot holen, und wenn sie morgen erfolgreich waren, könnte der Junge weiterverschoben werden. Heute Nacht wollte er ihn aber noch nicht gehen lassen; akute Fluchtgefahr war wahrscheinlich. Immerhin war er vor zwei Jahren auch aus einem Kinderheim ausgebüchst und hatte sich bis jetzt gut versteckt gehalten.

Der Beamte drückte die Stopp-Taste.

„Ich werde nun einen Anruf bei der Staatsanwaltschaft tätigen. Wenn sich deine Aussage als wahr erweist, können wir über deine Zukunft reden.“

21. Kapitel

Kelly

Kelly hatte Bereitschaftsdienst, unter anderem für die Notaufnahme. Soeben war an der Pforte geklingelt worden und ein Junkie mit Verdacht auf Überdosis war gemeldet worden. Als der Piepser ging, war sie in Sekundenschnelle aus dem Bett und in ihrem Kittel. *Die Arbeit ruft. Meine Arbeit ist wertvoll, ich rette Menschenleben*, sagte sie sich und eilte in die Notaufnahme.

Die Flügeltüren schwangen auf und sie war in ihrem Element. Im Kopf arbeitete sie eine Liste ab mit dem, was zu tun war: Puls, Herzschlag, Infusion.

Erst dann fiel ihr Blick auf das Gesicht des jungen Mannes. Er war eher noch ein Kind, ein unglaublich schönes Kind. Sie hatte dieses Gesicht schon lange nicht mehr gesehen und gehofft, es niemals wiederzusehen. Die Vergangenheit hatte sie eingeholt.

„Naloxon, ich brauche Naloxon!“, rief sie.

22. Kapitel

Patrick

Patrick hatte die Nacht in einer Arrestzelle verbracht und sich gefragt, welche Arten zu töten Domingos wohl kannte und auf welche Art er Patrick töten würde. Es war anzunehmen, dass er sich Zeit ließ, ihn leiden ließ. Patrick hatte Domingos‘ Imperium verraten, sein Leben war keinen Pfifferling mehr wert.

***

Van Boiten und das SEK lagen auf der Lauer. Exakt zur angegebenen Zeit rollte ein LKW auf den Parkplatz, auf dem bereits ein weiterer Lastwagen wartete. Als der Ladevorgang der Fässer begann, erfolgte der Zugriff. Festgesetzt wurden 900 kg Kokain, verborgen zwischen anderen Fässern, die Öl beinhalteten. Volltreffer!

***

„Soooo“, verkündete van Boiten freudestrahlend und schloss die Tür des Verhörraumes hinter sich. „Das ist heute gar nicht so schlecht gelaufen.“ Er ließ sich Patrick gegenüber auf den Stuhl fallen.

Patricks Gesicht war reglos. „Was wird aus mir?“

„Du wirst untergebracht.“

„Ich gehe nicht zurück ins Jugendheim.“

„Nein, das musst du auch nicht. Wir haben eine Familie für dich gefunden.“

„Was?“

Patrick konnte es nicht fassen. Eine Familie für ihn, das konnte er wirklich nicht brauchen, dass ihm jetzt noch jemand sagte, was er zu tun oder zu lassen hatte.

„Sie warten bereits draußen, ich werde euch jetzt alleine lassen, damit ihr euch kennenlernen könnt.“ Damit wandte er sich ab und rief in den Flur hinaus: „Frau Melderun und Herr Dr. Blitz, Sie können jetzt hereinkommen.“

23. Kapitel

Elina und Jeremias

Elina und Jeremias betraten den Raum. Elina hatte sich bei Jeremias untergehakt, um den Anschein von Vertrautheit zu erwecken. Es ließ sich ja nicht verhehlen, dass sie kein Ehepaar waren, aber eine intakte Beziehung durfte es nach außen hin schon sein.

„Hallo Patrick“, versuchte Elina das Eis zu brechen. „Wir würden uns freuen, wenn du mit uns kommst und uns nach Hause begleitest.“

Patricks Kiefer mahlten aufeinander. Er versuchte die Situation einzuordnen. „Ich gehe nicht ohne meinen Bruder.“

Perplexes Schweigen legte sich über den Raum. Jeremias taxierte Elina und fing ihren Blick ein. Davon war keine Rede, verhieß sein Blick.

„Deinen Bruder? Wo ist denn dein Bruder?“, fischte Elina nach Informationen.

„Er ist im Krankenhaus, aber ich weiß nicht, ob es ihm gut geht.“

„Was ist denn passiert? Was hat er denn?“

Betreten schaute Patrick weg und erwiderte mit leiser Stimme: „Er hat sich eine Überdosis Heroin gespritzt. Und ich habe es ihm gegeben.“

***

Elina und Jeremias hatten nach dem Gespräch und dem ersten Kennenlernen den Raum verlassen, um sich auszutauschen; um nicht alles übers Knie zu brechen, sondern eine sinnvolle Entscheidung zu treffen. Sie verließen das Präsidium, um eine Runde zu gehen. Jeremias hatte sämtliche Wertsachen vor Ort lassen müssen, um ihm ein eventuell spontanes Verschwinden zu erschweren. Sie gingen zunächst, jeder seinen Gedanken nachhängend, schweigend nebeneinander her.

„Was denkst du?“, fragte Elina schließlich.

Sie musste seine Position kennen, um zu erfahren, ob es sinnvoller war, ihn zu beeinflussen oder einen anderen Weg einzuschlagen.

„Ich denke, dass es ein großes Risiko ist. Wir beide sind derzeit ohne festes finanzielles Standbein. Ich habe zwar die Möglichkeit und auch die Gelegenheit, ein schwer erziehbares Kind aufzunehmen, aber es will nicht alleine mitkommen, sondern ein drogensüchtiges, weiteres Kind mitbringen. Ich weiß nicht, ob ich das schaffe. Ich sehe mich dem nicht gewachsen.“

Elina blieb stehen und wandte sich zu Jeremias um, um ihm in die Augen zu sehen.

„Ich verstehe deine Bedenken und sehe gleichfalls die Risiken. Ich kenne und erkenne aber auch dein Potenzial, das nur genutzt werden will. Natürlich müssen wir sehen, wie es mit dem Kind oder den Kindern anläuft; es kann auch gut sein, wenn sie zu zweit sind und nicht eines alleine. Ich war auch nicht untätig die letzten Jahre, insofern habe ich ein finanzielles Polster, das uns helfen kann. Wir nehmen uns zunächst Zeit, bis wir uns alle eingewöhnt haben, und dann starten wir unsere berufliche Karriere. Wir schaffen das zusammen."

Jeremias starrte sie an. „Ihr zieht bei mir ein?"

„Klar", erwiderte Elina. „Es wird Zeit, dass wieder Leben in das alte Gemäuer einzieht."

„Okay", lachte Jeremias. „Und was machen wir jetzt?"

„Jetzt fahren wir ins Krankenhaus und gucken uns das zweite Kind erst mal an."

***

Im Krankenhaus fragte sich Jeremias nach dem eingelieferten Kind durch, das eine Überdosis Heroin genommen hatte. Glücklicherweise gab es in den letzten Tagen nur das eine. Es soll aber auch schon andere Tage gegeben haben. Als sie vor der Station standen, wurden sie von der Stationsschwester bemerkt.

„Frau Dr. Mechert, ich wusste nicht, dass sie heute arbeiten. Oder sind Sie nur zu Besuch? Schließlich sind sie ja gar nicht im Kittel.“

Jeremias blickte verwirrt nach links und rechts, doch sie standen der Schwester alleine gegenüber.

Elina nutzte die sich ihr bietende Gelegenheit: „Oh, ich bin heute nur in zivil hier, ich wollte mich nur noch versichern, dass bei dem Jungen alles wieder in Ordnung ist.“

„Oh, Samuel meinen Sie? Ja, der Arme! Wirklich schlimm. Was da wohl passiert sein muss. Er spricht auch noch nicht und ist die meiste Zeit apathisch. Sie können gerne reingehen, nehmen Sie sich Zeit.“

Das ließen sich Jeremias und Elina nicht zweimal sagen. Das hätte ihnen jetzt noch gefehlt, aus Datenschutzgründen abgefangen zu werden und sich den Jungen vor ihrer Entscheidung nicht anschauen zu können. Dass sie quasi die Katze im Sack hätten nehmen müssen.

„Wer ist denn Frau Dr. Mechert?“, raunte Jeremias.

„Ich habe keine Ahnung, aber ich bin froh, dass sie mir ähnlich sieht“, erwiderte Elina.

Sie betraten das Krankenzimmer. Es befand sich nur ein belegtes Bett darin. In diesem Bett lag ein Kind und starrte mit geöffneten Augen an die Decke. Es drehte nicht einmal den Kopf, obwohl es die Neuankömmlinge gehört haben musste.

Sie traten ans Fußende des Bettes.

„Hallo Samuel“, versuchte Elina Samuels Aufmerksamkeit zu erregen.

Er reagierte nicht, sondern starrte weiterhin unverwandt an die weiße Decke.

„Dein Bruder hat gesagt, dass wir dich hier finden“, setzte Elina an.

Samuels Kopf ruckte und er starrte Elina in die Augen. Was sie sah, versetzte ihrem Herzen ein Stich. Sie blickte in große, braune Kulleraugen, die verzweifelt schienen und aus denen sich nun Tränen lösten, lautlos über das Gesicht rannen und auf dem Kissen landeten, wo sie versanken.

***

„Wir nehmen sie beide“, verkündete Elina auf der Fahrt zurück zum Präsidium. Jeremias seufzte schwer. Vater über Nacht – ein Seitensprung und die Zahlung von Unterhalt wäre ein so viel milderes Schicksal gewesen. Er sah sie dahinschwinden, die Zeiten der langen Nächte, wilden Partys, teuren Weine und der Unabhängigkeit. Vor allem der Unabhängigkeit – lang konnten die Nächte ja durchaus noch werden, wenn auch weniger aus eigenem Antrieb. Seine Hände krallten sich ins Lenkrad. Jetzt war wohl auch eine Familienkutsche fällig.

Elina blickte aus dem Beifahrerfenster und ließ die Landschaft an sich vorbeiziehen. *Ich werde doch noch Mutter, und eine junge dazu*. Sie lächelte.

Auf dem Revier gingen sie mit Frau Staatsanwältin Reusert die Formalitäten durch.

„Zur Überprüfung der Fortschritte ist es erforderlich, einen wöchentlichen Bericht abzugeben. Hierzu wird sich ein Mitarbeiter des Jugendamtes bei Ihnen vorstellen und sowohl angekündigte als auch unangekündigte Kontrollbesuche durchführen."

Frau Staatsanwältin Reusert blickte über ihre Brille hinweg zu Elina und Jeremias, was ihr eine gewisse Strenge verlieh.

„Der Jugendschutz ist einzuhalten, kriminelle Handlungen der Kinder sind zu unterbinden, eigene natürlich ebenfalls."

Sie fixierte Jeremias, der langsam nickte.

„Die Kinder unterliegen der Schulpflicht und sind bislang ohne Abschluss. Zudem umfasst die Vereinbarung nur ein Kind – es ehrt sie, dass sie zwei Kinder aufnehmen, hat aber verfahrenstechnisch keine weiteren Vorteile für sie. Verstehen Sie das?"

Zustimmendes Nicken.

„Darüber hinaus", fuhr die Staatsanwältin fort und setzte gekonnt eine Pause, „hat Patrick noch keinerlei Angaben zu einer großen verschwundenen Geldsumme gemacht. Sollten Sie hierzu etwas in Erfahrung bringen, sind diese Erkenntnisse umgehend weiterzuleiten. Sollten Sie etwas darüber wissen und mich nicht in Kenntnis setzen, machen Sie sich strafbar. Die Folgen dieses Handelns sollten Ihnen bewusst sein."

Aus professionellen Gründen hatte Frau Reusert dieses Mal keinen Blick in Elinas Richtung ausgesandt. Immerhin war sie eine der wenigen, die um die Rolle der Verdeckten Ermittlerin wusste. Zustimmendes Nicken. Das geheime Projekt startete genau jetzt. Elina erhoffte sich, das Vertrauen von Patrick gewinnen zu können, und dass ab und zu das Jugendamt vorbeikommen wollte, beruhigte sie auch ein wenig. Da konnte nicht allzu viel schiefgehen.

„Gut, dann gehören die beiden Herzchen jetzt Ihnen."

Frau Reusert setzte ein Lächeln auf, das auch als hämisch hätte bezeichnet werden können, und stöckelte aus dem Raum.

***

„Patrick, wir können jetzt fahren und deinen Bruder abholen", verkündete Elina und betrat den Raum, in dem Patrick bereits die letzten Stunden verbracht hatte. Sie schob ihm die Papiere über den Tisch.

Patrick Blitz und Samuel Melderun stand auf den Papieren.

„Das ging aber schnell", meinte Patrick.

„Ja, da ist wohl jemand der Meinung, dass du ziemlich in der Klemme steckst und aus dem Milieu entfernt werden solltest."

Sie sah ihm direkt in die Augen und beugte sich über den Tisch, um ihm zuzuraunen: „Ich hoffe, du hast das Geld wirklich gut versteckt, damit es niemand findet."

Patrick erkannte den Versuch, ihn zu ködern und sein Vertrauen zu gewinnen. Er brauchte Zeit, um die neue Situation beurteilen zu können, aber zunächst wollte er hier weg.

„Okay, Mutter. Ich denke, es ist Zeit, meinen Bruder abzuholen."

Er stand auf und verließ den Raum. Ja, es könnte anstrengend werden.

24. Kapitel

Kelly

„Oh, Frau Dr. Mechert“, hörte Kelly es hinter sich rufen und drehte sich um. „Frau Dr. Mechert, heute wieder im Dienst, wie ich sehe“, lachte die Oberschwester. „Wie geht es Samuel denn? Hat er sich gut eingelebt? Ich bin ja so begeistert, dass sie ein so großes Herz haben und ihn zu sich genommen haben“, sprudelte es aus der Schwester hervor.

Kellys Unterkiefer sank herab. Wie bitte? Was? Bevor sie antworten konnte, piepste das Mobiltelefon in der Hand der Schwester.

„Oh, die Pflicht ruft, Sie kennen das ja“, lachte sie und lief davon.

Wie es Samuel ging? Wie er sich eingelebt hatte? Kelly stürmte zu ihrem Büro und loggte sich ein. Sie rief die Patientendaten auf. Hier stand es schwarz auf weiß: Samuel war entlassen worden. Er war abgeholt worden. Wer hatte ihn denn abgeholt? Wer um Himmels willen hatte dieses Kind jetzt schon wieder in seinen Klauen? Würde dieses Martyrium nie ein Ende haben? Sie musste der Sache auf den Grund gehen, sie konnte Samuel nicht im Stich lassen. Nicht noch einmal.

25. Kapitel

Jeremias

Jeremias fuhr den Mietwagen, in dem sie zu viert Platz hatten, in die Hofeinfahrt und parkte vor dem Schloss.

„Nicht übel", ertönte es von hinten. Samuel sagte nichts.

Patrick musterte die neue Umgebung genau.

„Ihr könnt euch eure Zimmer aussuchen, es sind genügend da. In vielen Zimmern stehen auch keine Möbel mehr und vielleicht wollt ihr lieber etwas Zeitgemäßeres haben", verkündete Jeremias und drückte Patrick einen Stapel Prospekte von Möbelgeschäften in die Hand. Die beiden Jungs zogen los und erkundeten das erste Obergeschoss.

Jeremias ging in die Küche und öffnete den Kühlschrank. Er starrte hinein. Am liebsten hätte er die Whiskeyflasche angesetzt und mit einem großen Schluck den Tag ausgelöscht. Andererseits hatte er sich mindestens zwei Kriminelle ins Haus geholt, und wenn er nicht im Schlaf getötet werden wollte, sollte er lieber einen klaren Kopf behalten. Er entnahm die Apfelsaftpackung und schloss die Tür.

***

„W-was m-meinst du? I-ist d-das g-gut hier?“, rang sich Samuel die ersten Worte ab.

„Ich habe keine Ahnung, Sam. Ich habe wirklich keine Ahnung und es tut mir leid, dass alles so entsetzlich schiefgelaufen ist.“

Sam blickte auf die Prospekte, nahm sich einen und begann zu blättern.

„W-was m-machen wir? H-hast du einen P-plan?“

„Wir nehmen mit, was geht“, verkündete Patrick entschlossen und ließ sich auf das 70er-Jahre-Bett plumpsen.

„Such dir aus, was du magst. Wir nehmen einfach mal alles mit.“

„B-bleibst du h-heute bei m-mir?“, fragte Samuel schüchtern.

„Ich lass’ dich nicht allein, Kleiner. Ich lasse dich nie wieder allein. Ich bleibe hier.“

***

Elina fand Jeremias auf der Wohnzimmercouch vor dem ausgeschalteten Fernseher. Er stierte durch die Mattscheibe hindurch. Sie ließ sich auf einen Sessel fallen und erregte damit seine Aufmerksamkeit.

„Warum schlafen sie in einem Raum?“, fragte er.

„Sie misstrauen uns“, stellte sie fest.

„Ich misstraue ihnen auch“, ließ Jeremias sie wissen. Er setzte sein Glas Apfelsaft ab, atmete durch und fragte: „Schläfst du dann auch bei mir?“

26. Kapitel

Tag eins in der Familie

Sieben Tage vor dem Besuch des Jugendamtes

Am Morgen, als Elina die Kinder zum Frühstück rufen wollte, stellte sie fest, dass Patrick zwar noch wie erschlagen im Bett lag, Samuel jedoch verschwunden war.

Wo war er hin?

Elina verließ das Zimmer und ging Richtung Küche, wo Jeremias für das erste gemeinsame Frühstück alles zusammensuchte.

„Hast du Samuel gesehen?“, fragte sie.

Jeremias deutete nach draußen. „Er ist beim Stall. Prinzipiell können Tiere den Kindern ja guttun, aber ich weiß nicht, ob er Erfahrung mit den Tieren hat. Außerdem waren sie zu teuer, um ihn das im Selbstversuch herausfinden zu lassen.“

Elina trat über die Terrassentür ins Freie und genoss für einen Augenblick die Wärme der aufsteigenden Sonne. Sie schlenderte zu Samuel und den beiden Pferden. Ein weißes und ein schwarzes, hell und dunkel, Tag und Nacht, Gut und Böse, sinnierte sie. Samuel stand am Zaun und beobachtete die Tiere.

„Willst du sie mal streicheln?“

Er antwortete nicht, legte jedoch den Kopf auf die Seite, als überlegte er. Elina schwang sich über den Zaun auf die Innenseite des Geheges und sprach beruhigend auf die Pferde ein. Das weiße entfernte sich, doch das schwarze blieb und ließ sich berühren. Es schien entspannt zu sein, sodass sie sich dem Zaun näherte und das Tier ihr neugierig folgte.

„Schau‘ mal, hier am Hals kannst du es anfassen.“

Zögernd streckte Samuel die Hand aus und legte sie an den Hals des Hengstes. Ein winziges Lächeln umspielte seinen Mund.

Ein paar Minuten später kehrten sie zusammen zum Haus zurück. Jeremias war fertig mit den Vorbereitungen und auch Patrick war zwischenzeitlich erwacht und saß am Tisch. Er musterte Samuel und im Anschluss Elina.

Jeremias und Elina versuchten, das vorherrschende Schweigen zu brechen.

„Habt ihr schon etwas gesehen, das euch für die Zimmer gefallen könnte?“, setzte Jeremias an.

Nicken, aber Schweigen.

„Okay, und welche Zimmer wollt ihr haben und wie sollen sie aussehen?“

Schulterzucken und Schweigen.

„Na gut“, versuchte sich jetzt Elina, „Ihr habt auch gar keine Klamotten. Ich gebe euch Geld mit, damit ihr was holen könnt, was euch gefällt.“

„Wir brauchen euer Geld nicht“, erwiderte Patrick in scharfem Ton. „Wir sind nicht zu kaufen“, setzte er nach.

Ein dunkles Knurren folgte. Verunsichert blickte Patrick in die Ecke, aus der das Geräusch gekommen war. „Was war das?“

„Darf ich vorstellen?", eröffnete Elina feierlich. „Das ist Kevin. Komm her.“

Kevin setzte sich nach der Aufforderung in Bewegung, und aus dem Schatten der Couch schälte sich der Rottweiler.

Jeremias kippte die Kinnlade herunter. Wo kam das Untier denn jetzt her? Das wurde ja immer schöner.

„Und was kann der?“, versuchte sich Patrick unbeeindruckt zu geben.

„Der kann Drogen aufspüren, und dann sagt er mir, welche und in welcher Menge. Dieses Haus ist drogenfrei und das wird es bleiben. Insofern solltet ihr das Taschengeld annehmen.“

Schweigen erfüllte den Raum. Jeremias fühlte sich noch nicht wieder wohl in seiner Haut. Hoffentlich war der Hund gut abgerichtet.

Patrick schäumte. Das würde noch ordentlich Krach geben, dafür würde er schon sorgen.

Samuel betrachtete den Hund, der sich unter dem Tisch hingelegt hatte. Ob der auch so ein weiches Fell hatte wie das große schwarze Pferd draußen?

Elina seufzte innerlich. Diesen beginnenden Kleinkrieg musste sie gleich im Keim ersticken. Sie war dazu ausgebildet, dass man ihr ohne Widerworte gehorchte.

***

Elina drückte Patrick und Samuel jeweils 300 Euro sowie ein Handy in die Hand und fuhr sie mit dem Mietwagen zurück in die Stadt.

„Macht nicht zu viel Unsinn und meldet euch, wenn ihr abgeholt werden wollt."

Sie fuhr zurück. Die Kinder waren beschäftigt, jetzt musste sie Jeremias' Vertrauen wiedergewinnen, damit auch der Geschäftsplan bald starten konnte.

***

Sie fand ihn bei den Pferden. Er hatte beide für einen Ausritt vorbereitet. Kevin lag etwas weiter entfernt in der Sonne.

„Wie ich sehe, konntet ihr euch arrangieren."

Jeremias blickte zu ihr. „Ja, er folgt mir, aber macht glücklicherweise die Pferde nicht scheu."

„Ich sollte euch einander vorstellen, dann musst du nichts befürchten."

„Ist er wirklich ein Drogenspürhund?", erkundigte sich Jeremias und kam Elina entgegen.

„Das ist er. Du kannst dir sicher sein, dass keine Droge auf dem Grundstück unentdeckt bleiben wird."

Sie knieten sich neben Kevin und Elina nahm Jeremias Hand und erzählte dem Hund, dass Jeremias zu trauen sei. Er streichelte den Hund.

„Glaubst Du, dass er das verstanden hat?“

„Nein, die Worte sind nur für dich. Dass ich dich an meiner Seite akzeptiere, hat er schon vorher festgestellt.“

Jeremias lächelte. „Schön, dass ein anderer Mann meine Anwesenheit so kampflos akzeptiert. Bei Alba bin ich mir nicht so sicher, ob sie dich neben mir duldet.“

Er zeigte auf die weiße Stute, die prompt schnaubte.

„Wir werden sehen“, erwiderte Elina schelmisch.

Jeremias hatte noch Reitbekleidung für Elina auftreiben können. Sie saßen beide auf und die Pferde setzten sich in Bewegung. Nigrum war ein ruhiges, ausgeglichenes Tier, das sich nahezu problemlos von einer fremden Hand führen ließ. Elina entspannte sich. Sie musste nicht flüchten, sie musste das Pferd nicht bis zur Erschöpfungsgrenze antreiben. Sie konnte das erst mal hinter sich lassen.

Teilweise überließ sie Nigrum das Sagen, sodass Jeremias ab und zu korrigierend eingreifen musste. Sie ließ ihn gewähren. Sie konnte ihm doch nicht schon am Anfang die Zügel aus der Hand nehmen. Sie lächelte über den Wortwitz.

***

Patrick und Samuel ließen sich am späten Nachmittag abholen. Sie zeigten ihr die Kassenzettel, anhand derer sie nachkontrollieren konnte, dass sie auch wirklich Klamotten für sich gekauft hatten. Es bestand ein Schwund von 20 Euro bei beiden, wobei sie das hinnehmen konnte. Kriminelles und Unsinn waren teurer.

Patrick hatte die Hand bereits auf dem Geländer zum ersten Obergeschoss, als er sich noch einmal umwandte.

„Ach, übrigens, ich habe die Spyware bei den Handys deaktiviert. Du musst nicht immer wissen, wo wir sind.“

Sie bemühte sich, ertappt auszusehen, wobei sie sich gleichzeitig darüber freute, dass er sich nun unbeobachtet fühlte. Dabei hatte sie beide über die Handys noch genau im Blick.

***

Samuel hielt sich im Garten auf und freundete sich langsam mit Kevin an. Vorsichtig streichelte er ihm über den Rücken. So ein knuffeliger Hund! Ob es so bleiben konnte? Friedlich, es gab etwas zu essen, er wurde nicht angefasst und es gab keinen dunklen Keller. Wobei – das wusste er nicht. Die Frage war also eher, wie lange würde es so bleiben.

Samuel fröstelte. Der Tag war anstrengend gewesen, so viel zu laufen, so viele Stunden wach zu sein. Er fühlte sich müde und erschöpft. Samuel ging in Richtung Stall. Dort oben auf dem Boden konnte er sich verstecken und in Ruhe schlafen. Er kletterte die schmale Leiter hinauf und legte sich in das aufgestapelte Stroh. Bald würde der Entzug einsetzen und die Albträume würden wieder anfangen. Wie sollte er das nur hinkriegen? Würde Kevin ihn wirklich verraten? Über diese Gedanken brütend, sank er in einen traumlosen Schlaf.

27. Kapitel

Tag zwei in der Familie

Sechs Tage vor dem Besuch des Jugendamtes

Am nächsten Morgen beim Frühstück roch es am Tisch dezent nach Pferd. Samuel hatte noch Stroh an seinen Klamotten. Er würde sich schon noch waschen, dachte Elina.

Jeremias führte die Gabel zum Mund und konnte den penetranten Geruch, nein, es war eher ein Gestank, nicht ausblenden. Er ließ die Gabel wieder sinken, ohne von dem Rührei probiert zu haben.

„Samuel?“

Er setzte eine Kunstpause, um sich sicher zu sein, dass Samuel ihm seine Aufmerksamkeit schenkte.

„Könntest du dich bitte waschen? Ich kann nicht essen.“

„N-nein.“

Es war nur ganz leise.

„Was hast du gesagt?“

Samuel räusperte sich: „N-nein.“

„Das habe ich schon gehört, das ist aber keine adäquate Antwort auf meine Frage.“

Er starrte Samuel an und versuchte ihn mit seinem Blick zu der erwünschten Handlung zu bewegen. Aus den Augenwinkeln nahm Jeremias die Körperbewegung von Patrick wahr, dem die Situation unangenehm zu werden schien. Samuel blieb unbewegt und sah auch nicht zu Jeremias hinüber. Er stierte nur auf die Gabel vor sich und ließ das Rührei wieder zurück auf den Teller plumpsen.

„Falls es jetzt immer noch nicht angekommen ist: Steh gefälligst auf, wasch dich, zieh dir etwas Nicht-Stinkendes an, und dann kannst du wieder zum Essen kommen!"

Stille senkte sich über den Tisch. Jeremias' Blick schweifte zu Elina, die die olfaktorische Belastung ausblenden zu können schien. Jeremias' Kiefer mahlten aufeinander. War es denn wirklich zu viel verlangt, nicht wie ein Schwein oder ein Penner riechend am Esstisch zu sitzen?

Da schob Samuel seinen Stuhl zurück und ging wortlos nach oben.

***

Der gewünschte Zustand trat jedoch nicht von alleine ein. Also versuchte Elina es damit, die dreckige Wäsche zu waschen, und sie versuchte Samuel zu überreden, doch etwas von den neuen Sachen anzuziehen. Zwar empfand sie Mitleid mit Samuel, der sich ziemlich in die Ecke gedrängt fühlen musste. Aber sie musste von Anfang an Regeln aufstellen, die einzuhalten waren. Routine schaffen.

Samuel atmete schwer und begann zu zittern. Er zog den Pullover über den Kopf und ließ ihn auf den Boden fallen.

„N-noch m-m-mehr?“, stotterte er fast tonlos, den Blick zu Boden gerichtet.

Elina war entsetzt.

„Nein, nein“, stammelte sie, vollkommen aus der Fassung gebracht.

Samuels Ellenbeugen waren zerstochen vom Heroinmissbrauch. Die Unterarme hatten ältere Narben vom Ritzen. Obwohl sie beim Ablegen des Pullovers nur einen kurzen Blick erhaschen konnte, hatte sie auch die Narben auf dem Rücken gesehen. Samuel schlang die Arme um seinen Bauch und bedeckte die Nadelstiche und Ritzernarben. Elina wollte ihn umarmen und schreckte doch zurück. Hier war viel Vertrauensarbeit zu leisten … Sie verließ den Raum. Es schien ihr besser, Samuel nicht das Gefühl zu geben, noch weiter bedrängt zu werden.

28. Kapitel

Kelly

Kelly saß in ihrer Wohnung, eine halbleere Flasche Wein vor sich, das Glas bereits geleert. Sie grübelte, was sie tun konnte, und drehte die Karteikarte in ihrer Hand.

Blasen kostet 50, und wenn du hinten rein willst 500.

Sie hatte sie Samuel beim Ausziehen aus der Hose genommen und einbehalten. Warum war er nicht losgekommen, sondern hatte sich nahezu freiwillig in diese Barbarei begeben? Warum hatte er nicht, wie sie auch, einfach neu starten können? Was war in der Zwischenzeit passiert?

Sie füllte das Glas erneut und nahm einen Schluck.

Natürlich konnte sie nicht durchschlafen, aber sie hatte auch keine Angst, gefunden zu werden. Sie war ausgestiegen und hatte die Vergangenheit hinter sich gelassen.

Sie dachte an den kleinen, fünfjährigen Jungen, der eines Tages mitgebracht wurde. Durch Zufall hatten ihn Janus‘ Schergen auf einem Autobahnrastplatz aufgefunden. Sein großer Bruder habe ihn stehen lassen und er wisse nicht, wo er das Auto seiner Eltern finden könne. Er war arglos eingestiegen. Er sollte seine Familie nicht mehr wiedersehen.

Er war ein hübsches Kind mit neugierigen Augen.

Janus hatte sich sogleich seiner angenommen und verboten, ihn mit bleibenden Narben zu versehen. Mit diesem hübschen Kind hatte er besondere Pläne. Samuel gab er auch nicht an jeden frei, im Gegensatz zu seiner Tochter. Kelly würgte, als sie wieder fremde Hände auf sich zu spüren glaubte.

Samuel, wo bist du?

29. Kapitel

Jeremias

Jeremias wartete im Wohnzimmer, während er eine Zeitung durchblätterte.

„Wie sieht es mit unserer Zukunft aus? Sollten wir das nicht auch in Angriff nehmen? Ich schaue gerade nach geeigneten Objekten ..."

„Ich habe bereits ein Objekt gekauft."

„Was?"

Jeremias ließ perplex die Zeitung sinken.

„Komm mit, ich zeig dir was."

Sie nahmen den Porsche und brausten zurück in die Stadt. Elina navigierte ihn durch die Straßen bis zu einem Gebäudekomplex in der Innenstadt.

„Hier geht's zur Tiefgarage, auch mandantengeeignet, der Diskretion wegen."

Sie nannte ihm eine Zahlenkombination, die er an der Schranke eintippte, woraufhin sich diese öffnete. Er fuhr ein und suchte sich einen Parkplatz.

Sie betraten den Fahrstuhl und fuhren nach oben.

„Du hast das Gebäude gekauft?"

„Ja."

„Das ganze?", hakte Jeremias nach.

„Ja, das ganze. Vermietetes Ärztehaus in den ersten drei Etagen, ganz oben vermieteter Wohnraum und dazwischen eine freie Bürofläche."

An dieser Stelle meinen herzlichen Dank an die Behörde und ihre Häuser, auf die man bei Bedarf zugreifen kann, sinnierte Elina.

„Du hättest es also nicht nötig, bei mir zu wohnen", setzte er an.

„Nein, das mache ich, weil ich es will", grinste sie ihn an.

Die Fahrstuhltüren glitten auf und Elina revidierte.

„Freie Fläche ist wahrscheinlich übertrieben, ich habe bereits eine Vorausstattung vorgenommen, du darfst dir aber deinen Bürostuhl noch selbst aussuchen."

Jeremias trat aus dem Fahrstuhl und seine Schuhe sanken in weichen Teppich, der jedes Schrittgeräusch schlucken würde. Er blickte geradeaus auf den Empfangsbereich: eine lange, gewundene Theke mit ausreichend Stauraum. Er ließ sich nach rechts in die Küche führen und im Anschluss nach links einen Gang entlang zu zwei weiteren Büros und einem geräumigen Besprechungszimmer mit einem großen, ovalen Tisch, Ledersesseln und einem halb gefüllten Bücherregal mit Nachschlagewerken.

„Wow", entfuhr es ihm.

Das Büro war nicht nur gut geschnitten und stilvoll eingerichtet, es lag auch in der Innenstadt und hatte dank der Tiefgarage keine Parkplatznot. Er trat an ein bodentiefes Fenster in einem der Büros. Er stand zwar nicht im 37. Stock und überblickte die Skyline, aber er konnte zumindest in die Richtung der Hochhäuser blicken. Er sinnierte. So hatte er sich das alles nicht vorgestellt. Er strebte schon immer danach, in einer Großkanzlei zu arbeiten, geschäftiges Treiben auf den Fluren und auf dem Briefkopf eine lange Liste von Namen. Sein Name mit darunter als Partner dieses Großprojekts. Und jetzt? Einzelanwalt? Bürogemeinschaft im kleinen Stil? Andererseits konnte das hier wirklich ein Neuanfang werden. Hier konnte er neu durchstarten ... mit einer Frau an seiner Seite, die er nicht wirklich kannte.

Er ging auf Elina zu und legte ihr von hinten die Hände auf die Schultern. Sie sahen beide aus dem Fenster.

„Möglicherweise bist du ein Teufel und ich weiß noch nicht, was du von mir willst, aber ich werde dein Angebot annehmen und hier mit dir etwas aufbauen."

Seine Lippen näherten sich ihrem Hals und er biss ihr leicht in die Haut.

Sie drehte sich langsam zu ihm um.

„Du bist mein Teufel", raunte er, nahm ihren Kopf in seine Hände und küsste ihren Mund.

Sie erwiderte seine Berührungen und ließ sich auf den noch leeren Schreibtisch gleiten. Mit ihren Beinen umschlang sie Jeremias' Hüfte.

Im Hintergrund ging die Sonne langsam unter.

30. Kapitel

Henry

Henry lag auf seinem Bett in seiner Zelle der Justizvollzugsanstalt und dachte nach. Er würde in den nächsten Jahren eine Menge Zeit mit seinen Gedanken verbringen können. Raum für Zukunft war dort eigentlich nicht, er konnte nur die Vergangenheit aufarbeiten.

So richtig war ihm nicht klar gewesen, wie tief er abgerutscht war. Er suchte bereits sein Leben lang nach Gefühlen, nach Liebe, Trauer, aber vor allem nach Schmerz. Was war das? Wie *fühlte* sich das an?

Er hatte sie in einer dunklen Bar kennengelernt und sie hatten ihm versprochen, ihm zu zeigen, was Schmerz sei, sodass er auf jeden Fall mitfühlen könne.

Es war mit Sicherheit brutal gewesen, was er zu sehen bekommen hatte, aber angerührt hatte es ihn nicht. Es hatte mit viel Blut zu tun gehabt und die Opfer schrien meist sehr laut und wimmerten. Die Geräusche verfolgten ihn noch manchmal in der Nacht, aber er wusste nicht, warum. Er hatte einige der gesehenen Szenen an sich nachgestellt. Zwar hatte er sich keinen Arm abgetrennt, weil der nicht nachwachsen würde, aber auch das Schneiden in sein eigenes Fleisch hatte in ihm keine Empfindung ausgelöst. Wie konnten sie ihn dann glauben machen, dass er den Schmerz einer für ihn fremden Person spüren würde?

Irrational, wie er jetzt erkannte. Nichts hatte er je gefühlt. Nichts Gutes, nichts Schlechtes.

Dass es jedoch falsch war, jemanden zu quälen, der damit nicht einverstanden war, leuchtete ihm ein. Aber er war schon zu tief in alles verwickelt gewesen, als dass sie ihn einfach hätten gehen lassen können. Er wusste zu viel.

31. Kapitel

Elina und Jeremias

Es war bereits dunkel, als sie ihre Sachen zusammensuchten und das Büro wieder verließen.

„Dann können wir also bald das Schild an die Tür nageln und los geht‘s?“, fragte Jeremias übermütig.

„So sieht es aus“, stimmte Elina lachend ein. „Es ist Frühjahr, wir können uns auf dem Arbeitsmarkt umsehen, ob noch ein Azubi umherirrt.“

„Oh, das Personal hast du noch nicht eingestellt? Ich hätte es durchaus für möglich gehalten, dass am Montag auch der Empfang bereits besetzt ist, wenn ich ins Büro komme.“

„Nein, ich musste ja sichergehen, dass du auch dabei bist. Eine Privatsekretärin brauche ich nicht“, sagte sie. „Was hältst du von einer Bürogemeinschaft, bestehend aus einer Kanzlei mit den Bereichen Familienrecht und Strafrecht sowie einem Immobilienmaklerbüro?“

„Nun ja, berufsrechtlich steht der Verbindung nichts entgegen.“ Jeremias wiegte seinen Kopf hin und her. „Und du bist dann also die Frau fürs Grobe?“

„Genau. Wenn jemand geschieden wurde, wird ja eventuell ein Haus frei, das umgestaltet wieder auf den Markt gebracht werden muss. Für innen und außen hätte ich Kontakte, die mit anpacken, und bei neu zu bauenden Häusern habe ich eine Spitzensoftware, mit der man sich sein neues Haus bereits in 3D auf dem Rechner ansehen kann."

Jeremias entriegelte den Wagen.

„Ich bin schon gespannt, Frau Maklerin-Melderun. Das gibt definitiv ein doppeltes M auf dem Schild."

„Und bei Dr. Blitz gibt es schnelle Hilfe nicht nur, wenn man zu schnell unterwegs gewesen ist."

32. Kapitel

Domingos

Domingos fluchte. Schon wieder war ihm eine Fuhre abhandengekommen. Dieses Mal hochgenommen von der Polizei. Wer hatte da sein Maul nicht gehalten? Wenn er denjenigen erwischte, würde er ihm nicht nur die Kehle aufschlitzen und ihn an die Hunde verfüttern. Dann würde er sich mehr Zeit nehmen. Wenn er den Kerl erst hatte, würde er unendlich viel Zeit haben.

33. Kapitel

Elina und Jeremias

Der Porsche glitt in der Dunkelheit aus der Tiefgarage und verschmolz mit dem fließenden Verkehr. Außerhalb der Stadt, bereits auf der Landstraße, wurden sie zunächst von zwei Rettungswagen mit eingeschalteten Martinshörnern überholt. Nach einer Weile näherten sich von hinten zwei Feuerwehrwagen mit Blaulicht.

„Seltsam, hier draußen ist doch nichts, und für Wald- und Heubrände ist es noch zu früh im Jahr“, wunderte sich Jeremias.

Elina wurde von Unruhe erfasst.

„Fahr schneller, Jerry, es ist irgendwas passiert!“

Der Porsche schoss die Einfahrt hoch, in der bereits die Feuerwehr und die Krankenwagen abgestellt waren. Beide sprangen aus dem Wagen. Sie fanden die Jungen in Begleitung der Sanitäter.

„Was ist passiert?“, fragte Elina.

Patrick atmete, als ob er zuvor gerannt wäre und sprudelte hervor: „Da ist irgendwas schief gelaufen bei dem Exper...“

„Ihr seid ja ganz verstört!“, fuhr Jeremias, dessen Berufsinstinkt wach geworden war, dazwischen und schlang die Arme um Patrick. Dabei beabsichtigte er eher, ihn zum Schweigen zu bringen als zu beruhigen.

„Kein Wort mehr vor Dritten zu dem, was hier passiert ist“, raunte er Patrick ins Ohr und machte einen Schritt zurück. Seine Hände beließ er an Patricks Oberarmen.

„Seid ihr okay? Ist euch was passiert?“, erkundigte er sich lauter.

Patrick hatte sich wieder einigermaßen gefangen und schüttelte den Kopf.

„Uns ist nichts passiert.“

***

Samuel stand etwas abseits und sah wie Patrick leicht verrußt aus. Er hatte seine Hände zu Fäusten geballt und kämpfte mit den Tränen.

Elina hielt es dennoch für besser, sich nur zu nähern und ihn nicht in die Arme zu nehmen.

„M-m-müssen w-wir g-gehen?“

„Wohin?“, fragte Elina irritiert.

„W-weg ... M-müssen P-Patrick und i-ich w-weg v-von h-h-hier?“

Er blickte zum Haus.

Von außen konnte man dem Haus nichts ansehen. Elina deutete dies als gutes Zeichen, dass wohl nicht alles abgebrannt sein dürfte und die Statik nicht zwingend beeinträchtigt war.

„Nein“, setzte Elina an, „nein, wir werden nur heute Nacht alle im Stall übernachten und den Pizzadienst in Anspruch nehmen müssen.“

Als zum Schluss noch die Polizei eintraf, um den Unfallort zu begutachten, begleitete Jeremias die Beamten, um Schadensbegrenzung zu betreiben.

Die zwei Polizisten betraten mit Jeremias das Haus und fanden schnell den Ort des Geschehens. Es handelte sich um die Küche. Die Küche war nicht wiederzuerkennen. Die Wand hinter den Herdplatten war schwarz verrußt, die Rußspur zog sich an der Dunstabzugshaube entlang bis zur Decke. Hier hatten sich die Paneele bereits verformt, geradezu verflüssigt, und nach der umfassenden Wässerung durch die Feuerwehr wieder verfestigt. Die Möbel der Küchenzeile waren ausgebrannt, das Geschirr auf dem Boden zerbrochen, nachdem es in den Schränken keinen Halt mehr gehabt hatte. Was nicht dem Feuer zum Opfer gefallen war, hatte letztendlich das Wasser der Feuerwehr zerstört. Die Küche war absolut dahin.

In den angrenzenden Räumen herrschte ebenfalls starker Brandgeruch. Das Feuer hatte nicht übergegriffen, anscheinend war die Küchentür geschlossen gewesen oder konnte zumindest die Ausbreitung des Qualms und Feuers unterbinden. Anderenfalls wäre vermutlich eine Komplettsanierung notwendig geworden. Das schien noch einmal gut gegangen zu sein.

Der Übeltäter war ein kohlrabenschwarzer Klumpen auf den ehemaligen Herdplatten.

„Ach, dieses verdammte, alte Ding!“, stieß Jeremias hervor.

Die Fritteuse war nicht mehr als solche wiederzuerkennen.

Er konnte nicht anders, als mit anzusehen, wie die Beamten die Fritteuse sicherten, um sie im Labor untersuchen zu lassen, ob sich die Brandursache ermitteln ließe.

***

Kevin stürmte auf Elina zu und ließ sich von ihr kraulen.

„Na, hast du die Feuerwehr gerufen oder haben die beiden Chaoten das noch selbst geschafft?“, flüsterte sie.

***

Zu viert saßen sie mit Kissen und Decken auf dem Strohboden und öffneten ihre Pizzakartons. Im Haus hatten sie Türen und Fenster zum Lüften geöffnet. Morgen würden sie die weitere Beseitigung in Angriff nehmen.

„So, was ist jetzt genau passiert?“, stellte Jeremias die Frage in den Raum.

„Wir wollten was zu essen kochen und dann ist mir eingefallen, dass ich live noch keine Fettexplosion gesehen hatte", nuschelte Patrick kauend.

„Was?", fragte Jeremias aufgebracht.

„Ja, dabei ist eine Fettexplosion gar keine Explosion im Sinne der Definition", stellte Patrick unverfroren fest.

Jeremias' Stimme wurde lauter: „Du weißt, wie du Fett zum Explodieren bringst, und nur weil du es noch nicht live gesehen hattest, wolltest du es ausprobieren?"

„Genau", bestätigte Patrick.

Ehrlich, aber explosiv.

Jeremias sprang sofort darauf an.

„Was hast du denn noch für Testreihen geplant? Willst du wissen, wie entzündlich Stroh tatsächlich ist?"

Am Ende schrie er bereits.

Patrick nahm bedächtig ein neues Pizzastück aus der Packung.

„Nein, habe ich schon mal probiert."

„Das glaube ich jetzt nicht", ereiferte sich Jeremias.

Elina hörte der Diskussion lediglich zu und beteiligte sich nicht daran. Es war nicht ihr Haus, das hätte abbrennen können. Kevin konnte sich alleine schützen, sie hatte nichts zu befürchten, und nur um alle in der Spur zu halten, musste man Patrick dort begrenzen, worauf er keinen Einfluss nehmen konnte.

Samuel war sein wunder Punkt. Samuel würde zu einem Spielball werden und seine Opferrolle nicht verlassen können.

Elina wusste nicht, was auf einmal mit ihr los war. Die Gefühle kamen wieder. Gefühle, die fünf Jahre unter Verschluss gewesen waren. An der Seite eines Mannes zu sitzen, für zwei Kinder Verantwortung zu tragen. Nicht nur zu befehlen oder zu gehorchen und Schwächen zu verpönen, sondern sie zu akzeptieren und jemanden bei der Bewältigung seiner Probleme zu unterstützen.

Seufzend erhob sie sich.

„Es war ein langer, aufregender Tag“, begann sie und klopfte sich die Pizzakrümel von der Hose. „Jeder sollte etwas Ruhe finden.“

Elina lag wach und gab nur vor, zu schlafen. Sie war darauf getrimmt, Ruhe zu finden und ihr Umfeld im Blick zu haben. Jeremias hatte den Arm um sie gelegt und schlief tief und fest. Patrick hatte sich zusammengerollt und war nach einigen Minuten ebenfalls eingeschlafen.

Samuel war im Halbschlaf und wälzte sich hin und her. Er schwitzte und murmelte unverständlich im Schlaf. Der Entzug hatte eingesetzt. Sie brauchte mehr Informationen über Samuel. Das würde ein heiterer Wochenbericht beim Jugendamt werden.

34. Kapitel

Tag drei in der Familie

Fünf Tage vor dem Besuch des Jugendamtes

Jeremias schlug die Augen auf.

„Nein, ich habe nicht geträumt. Mein Adoptivsohn hat die Küche in Brand gesteckt und ich schlafe auf dem Strohboden über dem Pferdestall. Elina, ich denke, du kannst hier im Haus schon mal mit deiner 3D-Zaubersoftware loslegen, damit ich eine Ahnung habe, wie die neue Küche aussieht.“

Er rollte sich vom Rücken auf den Bauch und blickte ihr in die Augen.

„Damit ich das Gefühl habe, dass man aus diesem Kohlenhaufen noch etwas machen kann und ich Patrick nicht aus Versehen erwürgen muss.“

„Ich denke, du kannst unbesorgt sein. Heute wird erst mal Platz geschaffen, und dann kann man den Grundriss einlesen.“

Das Frühstück fiel etwas dürftig und schweigend aus. Jeremias mimte gegenüber den Jungen noch immer den Brummbären, um in ihnen zumindest den Hauch eines schlechten Gewissens zu erzeugen.

Nach dem Frühstück suchte Jeremias die Küche auf. Die nun in ihm aufkommenden Gefühle musste er nicht mehr schauspielern. Er wurde von Wut übermannt und schrie und fluchte und schmiss das Geschirr, das den gestrigen Abend noch überlebt hatte, ebenfalls auf den Boden.

Ein verdammter Mist war das alles! Am liebsten würde er diesem Hänfling den Hals umdrehen!

***

Elina hatte Patrick beiseitegenommen, um ihm den Ernst der Situation zu verdeutlichen.

„Ich weiß nicht, was du mit der Aktion bezweckt hast, ich kann dir nur sagen, was dadurch passieren kann. Wenn das Jugendamt zu dem Schluss kommt, dass hier alles drunter und drüber geht und sich die Situation nur verschlechtert hat, platzt dieses Projekt wie ein Luftballon. Dann gehen du und Jeremias in den Knast, Samuel kommt wieder ins Heim und ich werde im Besitz eines Schlosses mit riesigem Garten, einem Stall und zwei wertvollen Pferden sein. Der Porsche gehört dann wahrscheinlich ebenfalls mir … Willst du das?“

Für Patrick war schrecklich zu wissen, dass jemand anderes tatsächlich bessere Karten als er zu haben schien. Dass sie in diesem Spiel tatsächlich nur gewinnen konnte. Noch schrecklicher war jedoch die

Erkenntnis, dass er von Samuel getrennt werden könnte. Samuel würde das alleine niemals überleben.

„Was hast du dann davon, wenn wir zusammenarbeiten?“, fragte Patrick.

Elina verzog die Lippen zu einem angedeuteten Lächeln.

„Eine Tarnung.“

Patrick starrte sie an. „Wer bist du?“

„Für dich hoffe ich, dass du das nie herausfindest. Es sollte dir reichen zu wissen, dass du mir vertrauen kannst. Dass ich auf deiner Seite stehe und dich nicht an Domingos verrate. Aguila hört sich bereits nach dir um.“

Patrick blinzelte. Aguila hatte er in seiner Aussage nicht erwähnt. Der Bote Domingos‘ hatte seine Augen und Ohren überall, und sie konnte seinen Namen nur kennen, wenn sie mit der Struktur vertraut war.

Elina musterte ihn abschätzend. Für ihre Tarnung käme ihr eine einigermaßen unauffällige Familie gerade recht, aber sie hatte sich prompt einen aufgeregten Hühnerstall ausgesucht.

Patrick kaute auf seiner Unterlippe. *Unsicherheit. Er weiß, dass seine Verhandlungsposition nicht gut ist*, dachte Elina.

„Was kannst du für meinen Bruder tun?“

Elina zögerte. Kampflos gab er sich nicht geschlagen.

„Ich kann ihm nicht helfen, wenn er mir nicht traut. Die Entzugserscheinungen werden in Kürze in körperliche Schmerzen ausarten, er wird schwach sein und sollte wissen, dass er nicht allein ist, dass jemand da ist, dem er vertrauen kann. Und er muss sich waschen“, schloss Elina.

„Und du bist dir sicher, dass du das hinkriegst?“, hakte Patrick nach.

„Ich kriege das so lange hin, wie du keinen Mist baust“, entgegnete sie.

„Okay – ausufernde Experimente auf Eis gelegt.“

„Ich will immer wissen, wo ihr seid, wo ihr hingeht, wann ihr heimkommt. Ich möchte euch nicht überwachen müssen, ich möchte es von euch selbst erfahren. Ich möchte mir keine Gedanken machen müssen, wenn ihr die Nacht unterwegs seid. Ich will euch nichts verbieten müssen, wenn ihr mir sagt, wo ihr hingeht. Ihr seid Kinder, die keine Kindheit hatten, und ich will, dass ihr davon noch etwas habt und nicht schon erwachsen tut und eine Verantwortung tragt, der ihr nicht gewachsen seid. Wenn sich das damit vereinbaren lässt, dass ihr keinen Kontakt zum Milieu habt oder regelmäßig bei der Polizei auflauft, reicht mir das vollkommen.“

„Und was will der Alte?“

Aufbegehren gegen die Regeln, Grenzen ausloten, musste Elina Patrick zugutehalten.

„Ich nehme an, es reicht ihm, wenn ihr ihn weder umbringt noch um seinen Besitz bringt.“

„Dann wäre nur noch zu klären, wie der Brand entstanden ist. Eine einheitliche Version wäre sinnvoll. Logisch sollte sie auch sein, schließlich kommt es in den seltensten Fällen zu spontanen Selbstentzündungen von Fritteusen.“

Elina zog eine Augenbraue in die Höhe und sah Patrick fragend an.

„Vielleicht stellt die Polizei fest, dass es zu einem Kabelbrand kam, den wir nicht rechtzeitig bemerkt hatten, weil die Küchentür geschlossen war und wir nebenan in unsere Smartphones vertieft waren.“

„Vielleicht?“, fragte Elina zweifelnd nach.

„Ziemlich sicher wird sie einen Kabelbrand als Ursache ausmachen.“

„Der Teil mit dem Wasser, das beim Verdampfen das heiße Fett mit aus der Fritteuse gerissen hat, lassen wir dann lieber gekonnt weg, oder?“, setzte Elina nach.

„Ja.“ Patrick hielt inne. „Interessiert dich gar nicht, wie ich es gemacht habe?“

Seine Augen funkelten.

Elina blieb gelassen. Er hatte mit Absicht einen Brand verursacht. Unter anderen Umständen, an einem anderen Ort hätte sie ihn loben können, wie ausgebufft sein Plan war, ohne sich oder andere in ernste Gefahr zu bringen. Doch hier und heute war definitiv der falsche Rahmen.

„Ich habe ein Wasserbehältnis über der Fritteuse aufgehängt, das ich von der Tür aus über eine gespannte Schnur bewegen konnte. Sonst hätte ich gar nicht sehen können, wie das Fett fliegt, als ich das Wasser in das kochende Fett gekippt habe“, setzte Patrick ungefragt seine Erzählung fort.

„Das klingt logisch, sonst wärst du um Verbrennungen nicht herumgekommen.“

Sie legte eine Pause ein: „Kabelbrand, kein Wasser, ja?“

„Kabelbrand und kein Wasser im Spiel“, wiederholte Patrick.

***

Elina fand den noch immer fluchenden Jeremias in der Küche.

„Darf ich dir ein paar helfende Arme schicken, die auch den ganzen Müll mitnehmen?“

„Ja, ist wahrscheinlich sinnvoll. Obwohl ich schon wie ein Bekloppter auf den verbliebenen Rest eingedroschen habe, ist es noch nicht weniger geworden.“

Elina lächelte und bestellte über ihren Kontakt eine Kolonne, die den Dreck, den Müll und die Überreste verschwinden lassen würde. Gewissermaßen Tatortreiniger. Mal Dinge, mal Menschen. Hauptsache, aufgeräumt.

***

Elina begab sich auf die Suche nach Samuel. Im Obergeschoss stieg ihr ein chemischer Geruch in die Nase. Sie war sofort alarmiert und sprintete die letzten Stufen nach oben. Sie folgte ihrer Nase und riss die geschlossene Zimmertür auf.

Sie taumelte zurück. Der Geruch war hochintensiv und biss in der Nase. Sie zog ihr Shirt bis unter die Augen und eilte zum Fenster, um es aufzureißen. Nach Atem ringend, setzte sie sich in das geöffnete Fenster. Nachdem sie wieder zu Atem gekommen war, betrachtete sie das Zimmer.

Der Geruch kam von der frischen Farbe an den Wänden. Wobei es keine richtige Farbe war, sondern Farbe aus Spraydosen. Alle vier Wände und auch die Decke waren besprüht worden. Erstaunlicherweise handelte es sich nicht um sinnloses Gekritzel, sondern gestochen scharfe Bilder, die den Eindruck erweckten, dass der Raum offen war und man sich draußen auf der Wiese befand. Der Himmel war blau und leicht bewölkt. Man konnte sich hinlegen und nach oben starren, um verschiedene Wolkenbilder zu erraten. Es gab einen Seitenblick auf einen Steg, der auf einen großen See hinausführte. Es schien, als müsse man nur Anlauf nehmen, um hineinspringen zu können. Gegenüber war eine Blumenwiese, auf der man einfach laufen oder seine Picknickdecke ausbreiten konnte. An der Wand mit dem Fenster, in dem sie saß, war Mauerwerk aufgesprüht, als würde man von außen auf das Fenster sehen, um in einen Raum blicken zu können. Es war grandios detailgetreu dargestellt. Gespannt blickte Elina zur vierten Wand. Es handelte sich um die Wand mit der Zimmertür. Elina erhob sich und ging auf die letzte Wand zu. Sie gab der Tür einen Schubs, sodass diese ins Schloss fiel. Jetzt war das Bild komplett. Elina war eingesperrt.

Die Tür hatte aufgesprühte Gitterstäbe, die sich an der Wand fortsetzten. Es wurde die Illusion erzeugt, dass man zwischen den Gitterstäben hindurchsehen konnte. Aber auch hier gab es nichts Erfreuliches zu sehen. Es bildete sich ein dunkler Kellerraum ab, dem anzusehen war, dass er kalt und feucht war. Auf dem abgebildeten Boden war Flüssigkeit. Wasser? Nein, rötlich. Rost? Oder Blut? Dann entdeckte sie ihn. Sie prallte zurück. Reflexartig fuhr ihre Hand zu ihrem Gürtel, an dem sie sonst ein Holster trug.

Du trägst gerade keine Waffe und du starrst auf ein Bild. Es ist nicht real! Niemand ist hier oder kommt aus diesem Bild, schalt sie sich.

Peinlich berührt, atmete sie fest durch und machte wieder einen Schritt nach vorn, um das Mysterium zu erkunden. In der Ecke des Bildes stand eine Gestalt, eingehüllt in eine dunkle Kutte, das Gesicht nicht zu erkennen. Die linke Hand streckte sich ihr aus der Kutte entgegen und offenbarte eine Tätowierung an der Innenseite des Unterarms. Bei der Szenerie könnte es sich glatt um eine Neuinterpretation von Hänsel und Gretel handeln. Verdammt echt. Elina nahm die Tätowierung weiter in Augenschein. Es handelte sich um zwei Gesichter, die in entgegengesetzte Richtungen blickten, da sie am Hinterkopf verbunden waren. Ein Doppelkopf. Ein Januskopf.

Elina konnte noch nicht nachvollziehen, warum alle anderen Wände so farbenfroh und fröhlich gestaltet waren und nur diese eine Wand sich so abscheulich darstellte.

Ein Röcheln holte sie zurück aus ihren Gedanken. Samuel! Jetzt fiel ihr wieder ein, was sie eigentlich hier gewollt hatte. Sie überflog mit den Augen den Raum, in dem die wenigen Möbel in der Mitte zusammengeschoben worden waren, damit die Wände vollständig besprühbar wurden.

Sie entdeckte seine Beine und eilte zu ihm. Elina ließ sich auf den Boden fallen, wo Samuel ausgestreckt lag. Er atmete schwer und seine Stirn war schweißnass. Er war bei Bewusstsein und blickte sie aus rotgeränderten Augen an.

„E-es t-tut so w-weh“, flüsterte Samuel.

„Das geht vorbei“, setzte Elina an und wischte ihm den Schweiß mit dem Ärmel ihres Pullovers von der Stirn.

„N-nein, n-nicht der E-entz-zug … d-die E-erinnerung.“

Er zeigte mit seiner Hand in Richtung der düsteren Wand, bevor er das Bewusstsein verlor.

35. Kapitel

Henry

Er wusste zu viel. Henry betrachtete seinen linken Unterarm. Eine große, runde Narbe zierte die Stelle über den Pulsadern. Das war wahrscheinlich sein klügster Schachzug gewesen, sich die Tätowierung herauszuschneiden, nachdem er die Gemeinschaft verlassen hatte. So hatte er sich auch äußerlich distanziert, die Verbindung gekappt, die Nabelschnur durchgeschnitten.

Was wohl aus den beiden Kindern geworden war? Die kleine Rothaarige, die Janus gerne als Vorspeise aufgetischt hatte, und der kleine Junge, den er, Henry, auf dem Rastplatz eingesammelt hatte. Damit war er in der Gunst Janus‘ weit gestiegen, weil er so ein niedliches, naives Kind mitgebracht hatte.

Das war schon so viele Jahre her. Aber in seinen Träumen verfolgten sie ihn immer noch, und er fragte sich ernsthaft, was aus ihnen geworden war.

36. Kapitel

Tag vier in der Familie

Vier Tage vor dem Besuch des Jugendamtes

Elina hatte Samuel ihre eigene Armbanduhr umgelegt. Der vorerst beste Weg, seine Vitalfunktionen zu überwachen. Sie würde die Werte auf dem Handy empfangen und immer im Bilde sein, wenn ein Wert den Normalbereich verließ. Sollte sich das Hauptquartier ebenfalls für ihre Werte interessieren, mussten sie wohl annehmen, dass sie sich in Gefangenschaft befand und ihr Körper verrücktspielte. Hoffentlich würden sie das aber erst durch einen Anruf verifizieren, bevor sie die Kavallerie losschickten.

Es war Zeit, aktiv zu planen. Es schien tatsächlich darauf hinauszulaufen, dass jeder ein eigenes Zimmer für sich beanspruchen würde. Die Möbel für die Zimmer mussten bestellt werden und Patricks Zimmer konnte noch einen Anstrich vertragen; hier hatte Samuel sich nicht ausgetobt.

Sie ergriffen auch Maßnahmen, um die Jungs in einer Schule unterzubringen. Hierfür war ein Leistungstest vorgesehen, bei dem Patrick – unerwartet –

überdurchschnittlich gut abschnitt. Es bestand kein Zweifel, dass er für das Gymnasium geeignet war, auch wenn er die letzten Jahre keine Schule besucht hatte. Es schien, als habe er nicht viel verpasst, oder zumindest nichts, was er nicht noch nachholen könnte.

Samuel tat sich hier hingegen schon schwerer. Es schien ziemlicher Nachholbedarf auch außerhalb der Schule zu bestehen.

Jeremias und Elina besahen sich die Ergebnisse der Tests, die bei der Einordnung der Schulart und der Klassenstufe helfen sollten. Da die Lage bei Samuel eine andere war, waren für ihn auch weitere Tests angesetzt worden.

„Schau mal hier beim MZT.“

„Beim was?“, erkundigte sich Elina und beugte sich zu Jeremias hinüber.

„MZT, das ist ein Mann-Zeichen-Test.“

„Er sollte ein Männchen zeichnen?“, fragte Elina belustigt nach.

„Nein, er sollte einen Mann zeichnen“, beharrte Jeremias.

„Und warum keine Frau? Warum heißt das so?“

„Weil es Mann-Zeichen-Test heißt und Frauen sich über die Jahre so in ihrer Erscheinung entwickelt haben, dass man das mit früheren Ergebnissen nicht mehr vergleichen kann. Der Mann ist, grob gesagt, gleich geblieben bei seinen Attributen. Deswegen heißt das so und deswegen soll auch nur ein Mann gemalt werden."

„Ach ja, und warum ist dann hier ein Ritter drauf?", erkundigte sich Elina.

„Die Frage ist eher", führte Jeremias aus, „warum ist hier eine Frau, die unter dem Visier wie du aussieht, in einer Ritterrüstung auf einem Pferd."

„Ja, stimmt, aber das ist richtig gut geworden."

„Darum geht es bei dem Test aber nicht. Es geht um verwendete Merkmale, anhand derer man etwas interpretieren kann. Laut dem Bericht hat er innerhalb von zehn Minuten dieses sehr detaillierte Bild von einer Frau in einer Rüstung gemalt, die seiner Pflegemutter gleicht, und sich danach geweigert, einen Mann zu zeichnen, obwohl er mehrmals dazu aufgefordert wurde, weil das der eigentliche Test ist. Was sagt uns also die Frau in der Rüstung?"

Elina zuckte mit den Schultern.

Jeremias holte Luft und erklärte: „Da ist ziemlich viel Interpretationsspielraum. Bist du sein mutiger Ritter oder trägst du eine Rüstung, um dich vor etwas zu schützen? Sitzt du auf dem Pferd, um auf andere herunterzuschauen? Und was ist mit der Weigerung, einen Mann zu malen? Kann er sich mit seinem eigenen Geschlecht nicht identifizieren?"

„Firlefanz", fuhr Elina dazwischen, „Scheiß-Maltest, war doch klar, dass er unterfordert war, ein Männchen zu malen."

„Einen Mann, Elina, kein Männchen", wiederholte Jeremias.

Da Samuel sehr stark stotterte und die weiteren Kernfächer ebenfalls nichts Gutes verhießen, entschlossen sie sich, ihn auf eine Gesamtschule mit inkludierter Förderstufe zu schicken. Hier konnte bei entsprechender Entwicklung ein Schulwechsel, ein Aufstieg, in Frage kommen. Das allerdings war Zukunftsmusik. Es konnte durchaus auch sein, dass Samuel keinen Abschluss erreichen würde.

Patrick war besorgt und äußerte gegenüber Elina seine Bedenken: „Wer passt denn auf ihn auf, wenn ich in der Schule bin? Ich glaube nicht, dass ich eine andere Schule als Sam besuchen kann."

Beinahe belustigt stellte Elina fest: „Vom Förderbedarf bist du Universen entfernt. Aber ich weiß, was du meinst. Ich habe dir versprochen, dass ich auf ihn aufpasse, und das werde ich tun. Ich will, dass du deinen Weg gehst und deinen Abschluss auf der Basis deiner möglichen Leistungen machst."

Patrick würde in Kürze die Schule besuchen können, aber Samuel wollte Elina noch bis nach dem Entzug zu Hause belassen. Dann würde sie auch mehr Gelegenheit haben, sich intensiv mit ihm auseinanderzusetzen.

***

Das Schloss lag im Dunkeln da, nur in den Fenstern spiegelte sich der Mond, der sich leise hinter den Wolken hervorschob, um ab und zu wieder dahinter zu verschwinden. Kevin hatte sich draußen einen Platz gesucht und bewachte das Grundstück. Er spitzte seine Ohren; nicht jeder im Haus schlief tief und fest.

***

Ein Schrei drang in Elinas Unterbewusstsein ein. Sie war sofort hellwach. Wie eine Schlange schälte sie sich aus Jeremias' Umarmung, der nichts gehört zu haben schien. Elina schlich lautlos zur Schlafzimmertür und schlüpfte hindurch. Der Flur lag im Dunklen, teilerleuchtet durch den einfallenden Mond. Der Schrei wiederholte sich nicht, doch es war noch nicht wieder ganz still. Geräusche, ähnlich einem Weinen, Jammern oder Wimmern, waren noch hörbar. Sie bewegte sich auf die Quelle zu. Samuels Zimmer. Sie öffnete langsam die Tür; sie wollte ihn nicht erschrecken.

Er warf sich im Halbschlaf hin und her und schien sich verzweifelt gegen einen unsichtbaren Gegner zu wehren.

„Lass mich! Nein, nein, ich will nicht!“

Er stotterte nicht.

„Du tust mir weh. Geh weg!“

Elina näherte sich dem Bett und packte seine Arme in den Armbeugen.

„Geh weg!“

Samuel riss die Augen auf. Sie waren schreckgeweitet und er rang um Atem.

„Ich bin‘s. Samuel, ich bin es. Du bist nicht in Gefahr.“

„L-lass m-mich l-los!“

„Du bist in Sicherheit.“

Sie löste ihre Hände, als sie sicher war, dass er sich beruhigt hatte. Schwer atmend bedeckte er seine Augen.

„Du hattest einen Albtraum“, beruhigte Elina ihn.

„N-nein, i-ich h-hatte ein D-Déj-jà… D-déjà-v-vu.“

37. Kapitel

Kelly

Das Martinshorn verstummte, als der Rettungswagen in die Einfahrt zur Notaufnahme einbog. Die Handgriffe saßen, das Team war gut eingespielt. Das blutüberströmte Opfer einer Schlägerei wurde auf einer Liege hereingerollt. Der Mann war nahezu weggetreten, seine Augenlider flatterten. Er wollte sich das Blut, welches ihm in die Augen zu laufen drohte, wegwischen, doch er konnte nicht. Seine Hände waren fixiert, er war festgeschnallt und bewegungsunfähig. Sie rollten ihn in einen Behandlungsraum.

„Frau Dr. Mechert in die Notaufnahme, Frau Dr. Mechert, bitte!", schallte es aus den Lautsprechern.

Kelly hatte gerade eine neunstündige Operation hinter sich und hatte sich in den Ruheraum zurückgezogen, um ihre Konzentration zu sammeln, als die den Ruf über die Sprechanlage vernahm.

„Frau Dr. Mechert in die Notaufnahme, Frau Dr. Mechert, bitte!"

Reflexartig sprang sie auf die Beine und schnappte sich im Gehen ihren Kittel. Sie stürmte den Gang entlang und auf die Notaufnahme zu.

„Frau Dr. Mechert, Opfer Schlägerei in Raum zwei."

Im Vorbeigehen nahm sie das Klemmbrett mit den ersten Angaben entgegen. Henry Ericsson, inhaftiert, Schlägerei, starke Blutungen. Sie betrat den Behandlungsraum.

„Herr Ericsscon, dann schauen wir uns die Sache einmal genauer an", begrüßte sie den Patienten schwungvoll, der in Begleitung zweier Vollzugsbeamter war.

Das Gesicht war bereits angeschwollen und großflächig blutverschmiert, seine Augen irrten umher, und es bestand die Gefahr, dass er das Bewusstsein verlor.

Sie nahm eine Taschenlampe, um ihm in die Augen zu leuchten.

„Bitte mal hierhin sehen und mit den Augen folgen ..."

Weitere Worte blieben ihr im Hals stecken, als sie ihn erkannte. Henry! Er hatte sie gefunden! *Nein*, verbesserte sie sich. Er war zufällig hier und er konnte sie nicht erkennen. Niemand konnte sie erkennen. Beruhigen und weitermachen!

„Ich werde jetzt das Blut abwaschen und danach die Wunden nähen. Tut das hier weh?“

Durch das direkte Ansprechen wurde er wachgehalten und musste sich konzentrieren. Er blickte die Ärztin an.

„Mir tut nie etwas weh. Sie können sich auch die örtliche Betäubung sparen.“

Kein Zweifel. Das war er! Einer ihrer Peiniger aus vergangenen Jahren, dem es nie zu brutal sein konnte, was er zu sehen bekam. Immer ausdruckslos ohne Gefühlsregung.

Ihr schlug das Herz bis zum Hals. Wenn sie jetzt ein Messer in der Hand hielte, würde sie genauso zustechen wie damals. Damals, als … Sie atmete durch und griff zu Nadel und Faden.

„Nun denn, gehen wir es an.“

Sie nähte ohne Betäubung und verspürte keine Befriedigung dabei, dass es ihn einfach nicht schmerzte.

38. Kapitel

Tag fünf in der Familie

Drei Tage vor dem Besuch des Jugendamtes

Jeremias fühlte sich erfrischt, als er erwachte. Er war wieder am Start, er würde heute erstmals wieder zum Arbeiten ins Büro fahren und der Dinge harren, die da kommen würden.

Er würde die letzten ergangenen Urteile überfliegen und sich so auf den aktuellen Stand der Rechtsprechung für seine teilweise neuen Fachgebiete bringen. Sein Kopf war wie eine Bibliothek, in der Neuzeit eher ein gut sortierter Großcomputer, und bislang ohne Datenverlust. Was er einmal gelesen hatte, konnte er sich so wieder aufrufen und noch einmal nachlesen oder zitieren. So hatte er doch einen entscheidenden zeitsparenden Vorteil gegenüber Kollegen, die mühsam Online-Datenbanken nach zitierfähigen Urteilen durchforsten mussten.

Er wünschte sich, es wäre so. Doch er würde wohl Einiges aufzuarbeiten haben. Der Tag würde bestimmt nicht langweilig werden.

Außerdem würde er noch ein wenig den Arbeitsmarkt sondieren, um eine geeignete Sekretärin zu finden.

***

Samuel lag noch im Bett und kritzelte auf einem Block herum. Elina kam mit einem Tablett herein und setzte sich zu ihm.

„So, und was stellen wir heute an?“

Er zeichnete Kevin. Ja, das konnte Elina mit Bestimmtheit sagen. Es war nicht einfach nur ein Rottweiler, den er malte, sondern es war Kevin. Detailgetreu, wie eine Fotografie.

„Das ist wirklich gut. Woher kannst du das so gut?“

„Mh, w-weiß n-nicht, g-geht ei-einfach. I-ist in m-meinem K-kopf d-drin.“

„Willst du nicht auch auf den Bildern unterschreiben? Kenntlich machen, dass sie von dir sind?“

„W-warum?“

„Weil … weil das alle großen Maler so machen. Damit man später noch weiß, was für Kunstwerke jemand geschaffen hat.“

Samuel lächelte leicht. „O-okay.“

Er setzte an zu schreiben. *Sa*… Er setzte ab. Mit etwas Fantasie konnte man die beiden Buchstaben entziffern. Es hätte aber auch ein Blitz und ein o mit einem seitlichen Strich sein können, ähnlich einem Strohhalm in einer Kokosnuss.

„I-ich w-will n-nicht, d-dass jem-mand w-weiß, d-dass i-ich d-das m-male.“

Hilfesuchend sah er Elina an.

„Dann… denkst du dir einen Namen aus und schreibst den da drauf. Dann weiß keiner, dass du das bist, aber man weiß, dass die Bilder trotzdem von einer bestimmten Person gemalt wurden.“

Er setzte den Stift wieder hinter dem a an und schrieb zwei Bögen und ein c mit Kringel.

Jetzt stand da: *Same*

„Das ist gut“, freute sich Elina.

„S-sa f-für m-mich u-und M-me f-für d-deinen N-nachnamen...“

Elina lächelte. „Das gefällt mir.“

Samuel begann die Buchstaben zu verändern und teilweise plastisch hervorzuheben. Bald fertigte er einen neuen Schriftzug an.

„S-so g-gef-fällt es m-mir.“

Sie frühstückten und Elina hatte das Gefühl, dass er zumindest für den Moment frei von Angst war.

***

Patrick war in der Schule und genervt. Busfahren, wie furchtbar. Nur Idioten. Er wünschte sich sein Auto zurück, Führerschein hin oder her.

Leider war nur noch in der zweiten Reihe ein Platz frei gewesen. Die letzte Bank musste er sich erst wieder zurückerobern. Da saßen aber auch so viele Pflanzen, die mal in die erste Reihe gehörten, um überhaupt irgendwas zu checken. Das hielt ihn nicht davon ab, mit seinem Stuhl zu kippeln und den

Macho zu markieren. In der zweiten Reihe fiel man allerdings noch mehr auf, sodass er immer wieder ermahnt wurde, sich richtig hinzusetzen, und ob er nicht noch die Antwort auf die Frage wüsste. Er wusste sie jedes Mal.

Die Bücher, die er erhalten hatte, hatte er grob durchgeblättert. Viel gab es da für ihn nicht mehr nachzuholen und die Klasse wurde oft genug durch dumme Fragen aufgehalten. Die wenigen, die Ahnung zu haben schienen, sahen wie stilechte Streber aus. Pullunder und Brille. Bestimmt wurden hier abends noch die Sachen von Mutti rausgelegt. Patrick lächelte in sich hinein. Es war Zeit zum Chillen. Keine Kuriere mehr umleiten, keinen Stoff mehr zuteilen und das Geld nachzählen, ob ihn wieder einer beschissen hatte. Nein, er drückte wieder die Schulbank und bereitete sich auf seinen Abschluss vor. Es war geradezu bizarr. Von Drogengeld ließ sich zwar schon gut leben, aber man hatte immer das Gefühl, sich umdrehen zu müssen, um zu sehen, was hinter seinem Rücken vorging. Außerdem war es auch nicht verkehrt, ein bisschen mehr zu können und zu wissen. Wer nicht rechnen oder eine Waage bedienen konnte, war im Drogengeschäft schlecht aufgehoben; an der Kasse im Einzelhandel allerdings auch. Schaden konnte es also nicht, auch mal ohne Taschenrechner auszukommen.

Zeit zum Chillen. So, wie er das sah, würde er nicht den ganzen Nachmittag von Hausaufgaben aufgehalten werden. Was machte er dann mit der freien Zeit? Sport? Musik?

Patrick ließ den Stuhl nach vorn plumpsen. Yeah, jetzt Chemie. Hoffentlich war ein Experiment geplant. Das würde spitze werden!

***

Elina stellte das Tablett auf dem Wohnzimmertisch ab. Ihre Jungs hatten ganze Arbeit geleistet. Zwar klaffte im Haus jetzt ein Loch, wo zuvor eine Küche war, aber das war ansehnlicher als der verkohlte Haufen.

Zufrieden vor sich hin summend, stieg sie wieder die Treppenstufen nach oben, vorbereitet auf ihren nächsten Schachzug.

Samuel hatte eine neue Zeichnung angefertigt. Neugierig warf Elina einen Blick darauf. Es war eine Küche. Nein, es war *die* Küche. Die neue Küche, die haargenau in das klaffende Loch passen würde.

„W-was d-denkst d-du? P-passt d-das?“

Elina klappte langsam ihren Mund zu. „Warte, ich hole den Laptop, dann zeige ich dir was.“

Sie hüpfte mit dem Laptop in der Hand zurück auf das Bett. Samuel kannte den Hersteller des Laptops nicht. Das abgebildete Emblem war ein Vogel, der seine Flügel ausgebreitet hatte und um den Flammen nach oben schlugen. Ein Vogel im Feuer. Ein Feuervogel. Dieses Symbol hatte er auch schon auf der Uhr gesehen, die sie ihm ausgeliehen hatte, und ihr Handy trug auch den brennenden Vogel. Dafür, dass er die Firma nicht kannte, stellten die ganz schön viel her.

Elina scannte die Zeichnung ein und öffnete ein Programm mit dem Namen *HoW – Home of Wizard*[3] und legte den importierten Scan über den bereits eingelesenen Grundriss. Mit der Software ließ sich die Zeichnung auf den richtigen Maßstab bringen, sodass man an den Schränken reelle Maße ablesen konnte und wusste, wie lang, breit und tief etwas sein musste. Es war faszinierend. Sie verbrachten die weiteren Stunden mit der Planung der Details hinsichtlich des Materials, der Farbauswahl und der Schrankgriffe.

„So sieht es perfekt aus“, lobte Elina. „Ich werde gleich jemanden informieren, der sich um die Elektrik kümmert.“

***

---

3 *HoW (Home of Wizard)* ist ein erdachtes Programm und nicht zu verwechseln mit der bestehenden App *HomeWizard*, die dabei hilft, Wohnung/Haus(-halt) zu organisieren.

Jeremias lümmelte im großen Besprechungszimmer in einem Sessel, die Beine auf dem Tisch, und scrollte durch die Juris-Datenbank. Er beschwor sein Gehirn ein Schwamm zu sein und alles aufzusaugen.

Auf einmal erklang das langersehnte Geräusch. Das Telefon klingelte! Der erste Mandant!

***

Elina wählte aus ihrer Musikdatenbank ein Lied von Linkin Park aus – „Talking to myself" – und ließ es im Hintergrund spielen, während Samuel sich wieder seinen Zeichnungen widmete. Wie zufällig begann sie zuerst mitzusummen und setzte dann beim Refrain mit ein. Samuel zeigte zunächst keine Reaktion, bis auch er im Takt mitwippte und summte. Dann schien es mit einem Mal aus ihm herauszubrechen, als er seine Stimme erhob und in den Refrain einstimmte.

Elina hätte darüber fast den Text vergessen. Samuel hatte nicht gestottert, als er sich von der Musik mitreißen ließ. Der Plan ging auf, sie war dennoch erstaunt, dass es tatsächlich funktionierte.

„W-was s-singen w-wir jetzt?"

„Was du willst", sagte sie, „was immer du singen willst."

„H-happy ..."

Sie suchte „Happy" von Pharrell Williams heraus und spielte das Lied ab.

***

Am Abend wurde gegrillt, dazu benötigte man auch keine Küche.

„Wie war‘s bei euch heute?“, fragte Elina euphorisch in den Raum.

„Gut“, meinte Patrick. „Ich habe nichts angezündet und keinen verprügelt.“

Elina zog eine Augenbraue hoch und blickte zu Patrick.

„Das klingt hervorragend für den ersten Tag.“

„Ich habe mein erstes Mandat und am Freitag ist die Hauptverhandlung im Berufungsverfahren“, schaltete sich Jeremias ein.

„Heute ist Dienstag“, stellte Elina bestürzt fest.

„Ja, das stimmt.“

„Ist das nicht ein bisschen kurzfristig? So wegen der Akten und der Besprechung und der Vorbereitung überhaupt …?“

„Das habe ich schon im Griff, mein Kalender ist nicht gerade aus den Nähten geplatzt. Da habe ich beim Landgericht einfach angerufen und die Akten vor Ort durchgesehen.“

„Durchgesehen? Das waren doch bestimmt über 100 Seiten?“

„Es waren 2.396 Seiten in acht Bänden. Ich habe mir ein paar Notizen gemacht, damit es nicht nur so aussieht, als ob ich mir die Zeit vertreibe.“

Jeremias bemühte sich um eine feste Stimme, obwohl ihm bei der Vorstellung am Freitag vor Gericht zu stehen auch flau im Magen wurde.

„Okay“, sagte sie langgezogen, „dann hast du am Freitag wohl einen großen Tag vor dir.“

„Ja, habe ich, und das habe ich nur dir zu verdanken.“

Er zauberte einen Strauß weißer Rosen hervor, der sich bereits neben seinem Stuhl befunden haben musste.

„Dafür, dass du an mich geglaubt hast, als ich selbst schon nicht mehr dachte, dass ich es wieder schaffen kann.“

Elina war perplex. Sie lachte und umarmte Jeremias. Er zog sie an sich und küsste sie leidenschaftlich.

„Wir essen noch“, grummelte Patrick im Hintergrund.

***

Im Haus kehrte Ruhe ein. Jeremias atmete gleichmäßig neben ihr. Dennoch konnte sie die Anwesenheit von noch jemandem im Raum feststellen. Sie tat weiterhin, als schliefe sie.

„M-mami? E-Elina?“

Elina schlug die Augen auf. Samuel stand vor ihr und hatte die Hand nach ihrer Schulter ausgestreckt. Er zog sie zurück.

„Sam, was ist los? Alles ok?“, flüsterte sie.

„I-ich… e-es g-gab ein U-ung-glück.“

„Was ist passiert?“, fragte Elina leicht alarmiert und setzte sich auf.

„I-ich h-hab‘ i-ins B-bett g-gemacht.“

Betreten sah Samuel auf den Boden und trat unruhig mit einem Fuß auf den anderen.

„T-tut m-mir l-leid."

„Das ist nicht schlimm", beruhigte ihn Elina. Sie stand auf und führte Samuel aus dem Raum. „Wir machen das einfach weg."

Elina war beinahe froh, darauf trainiert zu sein, wenig Schlaf zu brauchen. Früher wäre sie jetzt bestimmt schon auf dem Zahnfleisch gegangen.

Sie schickte Samuel ins Bad, damit er sich waschen und umziehen konnte. Sie war erleichtert, dass das Thema Körperhygiene jetzt ohne weiteren Widerstand erledigt zu sein schien.

Sie hatte das Bett neu bezogen, als Samuel wieder hereinkam.

„I-ich h-habe A-angst einz-zusch-schlafen."

„Warum? Was macht dir Angst?"

Samuel kletterte ins Bett und zog die Decke bis ans Kinn. Elina setzte sich auf die Bettkante.

„W-wenn i-ich d-die Au-augen sch-schließe, k-kommt er."

„Wer kommt?"

„D-der M-mann aus d-der E-ecke." Samuel zeigte mit dem Finger hinter sich an die Wand. Der schwarze Mann in der Ecke starrte unter der Kapuze hervor zurück. Er würde den Blick nicht abwenden. Die Hand war noch immer ausgestreckt. Die Tätowierung war schwach sichtbar. Im Dunkeln war das Bildnis noch schauriger.

„Es ist in der Tat ein gruseliges Bild, aber wenn du die Augen schließt und wieder öffnest, wird er immer noch dort sein, wo er jetzt auch ist: in der Ecke. Er wird nicht näherkommen.“

„N-nie w-wieder?“, erkundigte sich Samuel.

Elina blickte Samuel an. Sie musste mehr darüber erfahren. Es schien sich nicht um eine erdachte Figur wie den „Schwarzen Mann“ zu handeln.

„Ich tue mein Bestes.“

Elina rutschte neben Samuel auf das Bett und hob ihren Arm, um ihn über Samuels Rücken zu legen. Schüchtern näherte er sich ihr und legte seinen Kopf auf ihrem Oberschenkel ab. Ihr Arm legte sich auf seinen Rücken und ihre Hand kam auf seiner Schulter zum Liegen. Samuel versteifte sich bei der Berührung. Er atmete schneller. Elina bewegte sich nicht.

„Ich bin für dich da“, flüsterte sie. Langsam entspannten sich Samuels Muskeln und er schlief wieder ein.

39. Kapitel

Tag sechs in der Familie

Zwei Tage vor dem Besuch des Jugendamtes

Elina koordinierte ihre Mannschaft in der Küche, wie es mit dem Boden, den Wänden und der Decke weitergehen sollte.

Dann ging sie mit Samuel und Kevin zum Pferdestall, um einen Ausritt vorzubereiten. Alba zeigte sich aber in der Tat so störrisch, dass Elina es aufgab, sie zähmen zu wollen. Für den Anfang war es wahrscheinlich auch besser, Nigrum nur an den Zügeln zu führen, während Samuel auf dem Pferd saß.

Ehrfürchtig strich er dem schwarzen Pferd über den Hals. Elina half ihm aufzusitzen und sie setzten sich langsam in Bewegung.

Samuels Augen leuchteten und er lächelte, dass es Elina einen schmerzhaften Stich in der Brust versetzte. Diese Art von Kinderfreude war maximal bis zu einem Alter von neun Jahren angemessen, danach sollten Kinder rebellisch und launisch werden, herumdiskutieren, sich eigene Ideale suchen, statt sich die der Eltern überstülpen zu lassen, sich aus dieser Haut befreien. Auch wenn man Patrick dafür manchmal einstampfen wollte, hatte er eine eigene Meinung und Selbstbewusstsein. Samuel hingegen würde Elina am liebsten vor der Welt abschotten und ihn unter eine Glaskuppel stecken. Ihn vor allem beschützen, wobei sie dafür offensichtlich schon zu spät kam. Etwas war bereits passiert. Etwas, das Kindern nicht passieren sollte und das man immer verhindern wollte. Samuel hatte noch viel Nachholbedarf, und es würde noch dauern, bis er seinen Kükenflaum ablegen würde. In diesem Moment war er ein Kind, das sich über die Welt freute, und nicht der Jugendliche, von dem man anderes erwartete.

Sie holte ihr Handy hervor, startete die Musik und stimmte „High Hopes“ von Panic! At the Disco an.

***

Am Nachmittag hatte sich Samuel hingelegt, weil ihn der Entzug noch schwächte und er Anzeichen einer Grippe zeigte. Elina gab in der Küche weitere Anweisungen, als ihr Telefon klingelte. Das Hauptquartier. Sie trat auf die Terrasse und nahm das Gespräch entgegen.

„Ja?“

„Phönix, wie ist ihr Status?“

„Alles läuft nach Plan. Krösus ist in meiner Obhut.“

„Halten Sie es für wahrscheinlich, weitere Informationen zu erhalten?“

„Ja. Ich bin aber noch etwas anderem auf der Spur. Ich brauche Informationen zu einer Tätowierung. Es handelt sich um einen Januskopf am linken Unterarm. Melden Sie sich, wenn Sie etwas für mich haben.“

Sie beendete das Gespräch.

***

Samuel war wieder in einem Albtraum gefangen. Er schrie und kämpfte mit einer unsichtbaren Macht.

Kevin spitzte die Ohren und trippelte in den ersten Stock. Mit der Pfote stupste er die angelehnte Tür auf. Wie er es gelernt hatte, stürmte er in den Raum, bereit den ersten zu beißen, der eine Gefahr für den zu schützenden Personenkreis darstellte. Er positionierte sich und bellte die Gestalt in der schwarzen Kutte an. Das Bellen ging in ein Knurren über. Kevin war bereit zuzubeißen, sollte sich die Gestalt bewegen. Aber sie bewegte sich nicht.

„D-der i-ist n-nicht e-echt“, setzte Samuel an, der von dem Bellen aus seinem Albtraum gerissen worden war. „Z-zumindest n-nicht h-heute.“

Kevin konnte zwar keine aktuelle Gefahr ausmachen, aber der Geruch von Angst lag noch in der Luft. Es war besser, wenn er hierblieb. Auf dem Bett. Hier war aktuell keiner, der das verbot. Er sprang hinauf und kuschelte sich zu Samuel, der ihn sogleich streichelte und nach einigen Minuten wieder eingeschlafen war.

40. Kapitel

Kelly

Kelly dachte an die letzte Nacht im Dienst zurück und versuchte sich zu beruhigen. Ich bin nicht in Gefahr. Niemand kennt mein Gesicht.

Bei der Untersuchung hatte sie gesehen, dass er sich die Tätowierung entfernt hatte. Anscheinend war er nicht mehr dabei. Doch was bedeutete das schon? Es machte nichts ungeschehen.

***

Henry war zurück im Gefängnis und ließ den Abend Revue passieren. Sie wollten den Neuen aufmischen, ihm zeigen, wo sein Platz war. Das musste er sich nicht gefallen lassen, zumal er keinen Schmerz verspürte – er konnte schließlich austeilen, ohne sich in dieser Hinsicht schützen zu müssen. Gegen die fünf war er aber nicht angekommen. Irgendwann hatten die Wärter jedoch gemerkt, dass etwas nicht stimmte, und waren eingeschritten.

Ob sie es wieder versuchen würden? Es spielte keine Rolle. Er hatte keine Angst.

Er dachte an die blonde Ärztin. Sie hatte sich die Haare gefärbt, der Ansatz kam langsam wieder durch. Sie hatte in Natur rote Haare. Wie Melissa. Sie müsste jetzt ungefähr im gleichen Alter sein. Eine Frau von etwa 30 Jahren.

41. Kapitel

Tag sieben in der Familie

Ein Tag vor dem Besuch des Jugendamtes

Samuel war in melancholischer Stimmung. Er war nachdenklich und nicht wirklich davon zu überzeugen, etwas zu unternehmen. Er blieb in seinem Zimmer auf dem Bett und zeichnete seinen Block voll. Er hatte schon etliche DIN-A4-Seiten bemalt, aus dem Block gerissen und das jeweils nächste Bild angefangen.

Die Szenerie war düster. Die Bilder zeigten ein Kellergewölbe, abzweigende Gänge oder Räume und Personen. Dieses Mal mit Gesichtern.

Samuel war vor Erschöpfung erneut eingeschlafen, sodass Elina die Bilder in Ruhe sortieren und durchsehen konnte. Sie wusste nicht so recht, ob sie hoffen sollte, dass es reine Fantasie war.

Ein Bild zeigte ein kleines Mädchen von vielleicht sechs Jahren mit angsterfülltem Gesicht, den Mund zum Schrei aufgerissen. Ihre Hände waren mit einer Eisenkette gefesselt. Links und rechts von ihr standen zwei Männer. Der eine hielt einen Bunsenbrenner, der andere einen Benzinkanister in der Hand.

Der Kanister war hoch über den Kopf des Mädchens erhoben und würde sich gleich auf ihr Haar ergießen. Auf dem Boden lag ein Zettel mit der Zahl 16.

Ein weiteres Bild trug die Zahl 18. Ein Junge, der dem Bild nach eine geistige Behinderung aufzuweisen schien, war auf einer Liege auf dem Bauch liegend fixiert. Ein Mann hatte der Szene den Rücken zugedreht, sodass man nicht erkennen konnte, welches Werkzeug er von der vor ihm befindlichen Bank nahm.

Teilweise war auf den Bildern ein Bein einer Person abgebildet, die neben dem Betrachter stehen musste. Elina begriff, dass Samuel die Szenen so mit eigenen Augen gesehen haben musste. Aus seiner Position heraus und dabei hatte er dann teilweise auch den Ausschnitt einer weiteren Person erfasst.

Auf einem Bild starrte ihr ein Gesicht entgegen. Die Züge waren gestochen scharf. Na, wenn das nicht für einen Abgleich mit der Datenbank registrierter Täter prädestiniert war!

Elina sammelte alle Zeichnungen ein und schickte Kevin wieder auf seinen Beobachtungsposten. Für morgen hatte sich die Frau vom Jugendamt angekündigt. Da sollte sie so etwas nicht finden und möglicherweise noch falsche Schlüsse ziehen.

42. Kapitel

Tag acht in der Familie

Tag des Besuchs des Jugendamtes

Elina hatte Jeremias, Patrick und Kevin am Vorabend noch herumgescheucht, damit alles annähernd einen ordentlichen Eindruck machte. Das Jugendamt war für nachmittags um zwei angekündigt. Eine ungewöhnliche Zeit für einen Freitag, aber hier schien wohl spezielles Interesse zu bestehen.

Sie stellte sich Elina als Frau Kreuzer-Santos vor. Eine kleine, rundliche, robuste Frau, die keinen Widerspruch zu dulden schien. Sie hatte einen Kurzhaarschnitt, eine Brille mit dicken Gläsern und ein Klemmbrett unter dem Arm. Allerdings verströmte sie keine Hektik, sondern schien ausreichend Zeit mitgebracht zu haben.

„Frau Kreuzer-Santos, wo wollen wir beginnen? Die Zimmer der Kinder sind im ersten Stock, das Wohnzimmer ist geradeaus, wo wir uns unterhalten können.“

„Dann würde ich es bevorzugen, mir erst die Umgebung anzusehen.“

Sie stiefelte voran die Treppe hoch. *Fühlen Sie sich wie zu Hause*, dachte Elina und folgte ihr. Ohne zu fragen, öffnete sie nacheinander jede ihr in die Quere kommende Tür und steckte ihre Nase in das jeweilige Zimmer.

Ab und zu notierte sich Frau Kreuzer-Santos etwas auf ihrem Klemmbrett, das sie aber sehr gekonnt vor Elinas Blicken zu schützen wusste. Elina blieb von daher im Ungewissen, ob es sich um positive oder negative Vermerke handelte. Nur in Samuels Zimmer entfuhr ihr ein leiser Ausruf des Erstaunens. Die besprühten Wände kamen hervorragend zur Geltung. Die vierte Wand war zugestellt mit den alten Möbeln, sodass nicht zu viel von den Gitterstäben und vor allem dem Kapuzenmann zu sehen war.

Samuel lag auf dem Bett und schien in ein Buch vertieft. Es handelte sich um ein Leselernbuch und Samuel hatte ein Gesicht aufgesetzt, als ob er die Göttliche Komödie von Dante Alighieri in Originalsprache las. Er verzweifelte an der Zusammensetzung der Worte. Elina war lediglich erleichtert, dass er momentan keine dunklen Bilder malte.

Frau Kreuzer-Santos begutachtete das Haus. Das Erdgeschoss wurde in Augenschein genommen, und dann war sie auch schon zur Terrassentür hinaus, um den Garten unter die Lupe zu nehmen. Elina kam fast nicht hinterher, so schnell wieselte Frau Kreuzer-Santos herum.

Nachdem sie sich auch ausgiebig mit dem Pferdestall und dessen Tor beschäftigt hatte, wirbelte sie zu Elina herum.

„So, jetzt können wir die Details besprechen.“

Es handelte sich mehr um eine Ankündigung, denn sie eilte im Stechschritt zum Haus zurück, um auf dem Terrassentisch ihre Unterlagen sortiert vor sich abzulegen. Ein weißes Blatt lag genau vor ihr und war bereit, beschrieben zu werden.

Elina ließ sich in einen Stuhl fallen und harrte der Dinge, die da kommen würden.

„So.“

Frau Kreuzer-Santos setzte ihre dicke Brille weiter entfernt von ihren Augen auf der Nasenspitze auf und schaute über den Brillenrand hinweg zu Elina.

„Frau Melderun, wie kommen Sie denn zurecht?“

„Oh, erstaunlich gut. Wir waren auf einen schwierigeren Start vorbereitet.“

Nein, waren wir nicht, dachte sie bei sich.

„Und dass es zwei Teenager sind, macht Ihnen nicht zu schaffen?“

„Natürlich ist damit eine höhere Verantwortung verbunden, allerdings verstehen sich die beiden sehr gut, sodass sie sich auch schneller hier eingewöhnen konnten.“

„Ja, Samuels Zimmer ist sehr schön geworden, muss ich sagen“, setzte Frau Kreuzer-Santos an. „Patricks Zimmer sieht allerdings so kahl aus, als wäre er nur zu Besuch.“

„Ja, da haben Sie Recht", bestätigte Elina. „Da er bereits die Schule besucht, hatte er noch keine Zeit, sich vollständig einzurichten. Die Möbel werden ja auch erst noch geliefert."

„Ach ja, da sie es erwähnen – die Schule ..."

Sie tat, als müsse sie in ihren Unterlagen etwas suchen. „Soweit ich sehe, besucht Samuel noch keine Schule."

„Nein, er fühlte sich die letzten Tage gesundheitlich angeschlagen, sodass wir es für besser hielten, ihn erst gesund werden zu lassen."

„Sie meinen, er musste erst einen Entzug machen?", fragte Frau Kreuzer-Santos wie beiläufig, ohne Elina anzublicken.

„Wie bitte?", vergewisserte sich Elina.

„Frau Melderun, Samuel wurde mit einer Überdosis Heroin ins Krankenhaus eingeliefert. Bei der Behandlung wurden alte und neue Nadelstichwunden festgestellt. Es ist kein Geheimnis, dass er drogenabhängig ist."

„Wir hielten es für besser, ihn für die Zeit der Entzugsphase unter Beobachtung im Haus zu behalten", berichtigte sich Elina.

Frau Kreuzer-Santos machte sich Notizen.

„Wie gestaltet sich der Alltag?"

„Jeremias fährt morgens ins Büro, Patrick besucht die Schule, Samuel und ich sind zu Hause und beschäftigen uns unter anderem mit dem anstehenden Schulstoff. Abends essen wir gemeinsam."

Genau genommen üben wir lesen, sprechen und schreiben …

„Unter anderem? Was machen Sie denn noch?“, hakte Frau Kreuzer-Santos nach.

„Nun, wir verbringen auch Zeit draußen. Wir gehen spazieren, wir reiten aus. Samuel liebt Tiere … Sie tun ihm gut.“

Für einen Moment verlor Elina den Faden und hing ihren Gedanken nach.

„Wann haben Sie geplant, die Therapie zu beginnen?“, unterbrach Frau Kreuzer-Santos Elinas Träumerei.

„Therapie? Was für eine Therapie?“, fragte Elina verwirrt.

„Frau Melderun“, setzte sie an, als müsse sie einem Kind etwas erklären, und beugte sich näher zu ihr herüber.

„Frau Melderun, im Krankenhaus hat er mit keinem ein Wort gesprochen, derzeit liest er ein Leselernbuch. Bereits, als er vor zwei Jahren noch die Schule besucht hatte, war er geistig unterentwickelt.“

Sie holte Luft.

„Außerdem hatte er im Kinderheim Bindungsstörungen gezeigt. Sie sollten ernsthaft eine Therapie in Anspruch nehmen.“

Sie suchte aus ihrer Tasche eine Handvoll Flyer heraus und drückte sie Elina in die Hand.

Dann, als wäre nichts gewesen, fuhr sie in geschäftsmäßigem Ton fort: „Tiere tun ihm gut, sagten Sie. Ja, das kann ich hier auch als positiv vermerken. Soweit ich das hier sehen kann, haben Sie auch einen Hund, einen Rottweiler. Wo ist er?“

Elina hatte sich wieder gefangen.

„Er ist im Garten."

„Ich habe ihn nicht gesehen", entgegnete Frau Kreuzer-Santos.

„Das war auch seine Absicht", ließ Elina sie wissen. Sie stieß einen kurzen Pfiff aus und Kevin kam angetappt.

Frau Kreuzer-Santos versteifte sich leicht. Sie hätte ihn lieber in einem Zwinger draußen angekettet gewusst.

„Er ist sehr zutraulich und äußerst kinderlieb. Er kommt mit den beiden Jungs wunderbar zurecht."

Elina streichelte Kevin, als wäre er ein Knuddeltier und kein Kampfhund, den sie hatte ausbilden lassen, um in Gefahrensituationen auch tödlich verletzen zu können.

Nervös rückte Frau Kreuzer-Santos ihre Brille zurecht.

„So so, dann hätten wir das hier. Nächster Punkt. Ach ja, was ist denn da eigentlich mit der Küche passiert?"

Elina blickte zur Küche, einem leeren Raum mit cappuccinofarbenem Putz an der Wand. Im Grunde sah es so aus, als ob jemand frisch renoviert hätte, doch das Jugendamt war über den Brand mit Sicherheit informiert.

„Ein schreckliches Unglück", entfuhr es Elina. „Wir hatten alle so viel Glück, dass es nur einen Sachschaden gab."

Frau Kreuzer-Santos blinzelte und wartete. Damit würde sie sich nicht zufriedengeben.

„Das Kabel der alten Fritteuse muss porös gewesen sein und hat einen Brand entfacht.“

„Tatsächlich?“, hakte Frau Kreuzer-Santos nach und machte sich Notizen.

„Tatsächlich“, wiederholte Elina.

Ein Auto fuhr vor; Jeremias kam nach Hause. Die Hauptverhandlung schien bereits vorbei zu sein. Gutgelaunt trat er auf die Terrasse und stellte sich vor. Frau Kreuzer-Santos musterte ihn von oben bis unten. Der Anzug stand ihm wirklich gut, musste Elina eingestehen. Er sah in jedem Anzug einfach umwerfend aus.

„Sie kommen genau richtig, setzen Sie sich doch“, forderte sie ihn auf, als wäre er in ihrem Büro.

„Laut meinen Unterlagen haben Sie eine gemeinsame Sozietät gegründet und beabsichtigen offenbar beide, dort zu arbeiten. Wie haben Sie sich das dann mit den Kindern gedacht? Wer ist nach Schulschluss zu Hause? Wer kocht für die beiden?“

Sie sind beide 15 Jahre alt, ging es Elina durch den Kopf. Aber ja, selbst kochen lassen, barg ein gewisses Risiko.

„Eine Haushaltshilfe erledigt das. Sie kümmert sich um die Einkäufe, die Wäsche, das Putzen und das Kochen. So ist notfalls jemand da, wenn die Kinder jemanden vor Ort brauchen. Ansonsten können sie uns aber immer auch erreichen“, erklärte Jeremias.

„Sie möchten die Kinder also gleich an eine dritte Person abschieben, zu der erst noch Vertrauen aufgebaut werden muss?“, fragte Frau Kreuzer-Santos mit einem Blick über ihre Brille hinweg.

„Aber nein“, lachte Jeremias. „Frau Silas arbeitete bereits für meinen Vater und ist nach seinem Tod bei mir geblieben; sie arbeitet jetzt für mich. Die Kinder kommen bereits jetzt wunderbar mit ihr aus“, beruhigte er Frau Kreuzer-Santos.

Wer?, fragte sich Elina.

Patrick kam von der Schule heim und verkündete lautstark, dass er zu Hause sei. Er kam kurz auf die Terrasse und begrüßte Frau Kreuzer-Santos, dann verzog er sich auf sein Zimmer.

Frau Kreuzer-Santos ordnete ihre Unterlagen.

„Fürs Erste bin ich zufrieden. Den Kindern scheint es besser zu gehen. Ihr Haushalt ist aufgeräumt, sie haben einen Tagesablauf, sie haben keine offensichtlichen neuen Verletzungen. Wir sehen uns nächste Woche.“

Sie packte alles zusammen und verließ die Terrasse mit den Worten: „Ich finde alleine hinaus.“

Elina und Jeremias blieben sitzen. Geschafft!

„Wer ist denn Frau Silas?“, setzte Elina an.

„Meine Haushaltshilfe, wie ich gesagt habe. Ich bügele meine Anzüge nicht wirklich selbst“, verkündete er schmunzelnd.

„Aber wo ist sie?“

„Ich habe ihr freigegeben, als es darauf hinauslief, dass ihr hier einzieht. Ich wollte erst mal sehen, wie das alles anläuft."

Elina dachte nach.

„Wahrscheinlich ist es wirklich keine schlechte Idee, wenn sie wiederkommt und sich vorstellt und wir sehen, wie die beiden reagieren. Es würde mich sehr entlasten", schloss Elina.

„Ich weiß", sagte Jeremias. „Ich brauche dich im Büro. Ich habe da einen Klienten, der ein neues Haus bauen möchte, und seine Frau kann mit den Plänen nichts anfangen und sich nicht vorstellen, wie das mal aussehen wird."

„Das klingt doch gut", lachte Elina. „Sag, wie lief es heute?"

„Oh, das unterliegt natürlich der Schweigepflicht", sagte er zwinkernd. „Aber es geht weiter. Die Angelegenheit wurde zur Neuverhandlung zurückverwiesen. Noch ist da was zu retten. Und jetzt öffne ich erst mal den Wein, den ich zur Feier des Tages mitgebracht habe. Wir sind ein tolles Team!" Er küsste Elina und verschwand im Haus, um den Wein und zwei Gläser zu holen. Ein bisschen Alkohol würde ja wohl erlaubt sein.

43. Kapitel

Kelly

Kelly hatte die Patientenakte schon mehrere Male durchforstet und auch beim Jugendamt angerufen, um mehr Informationen über den Aufenthalt von Samuel zu erfahren. Doch sie wurde jedes Mal mit dem Hinweis auf die Schweigepflicht abgewimmelt.

Samuel, wo bist du? Geht es dir gut?

44. Kapitel

Henry

Henry hatte seinen Platz in der Knasthierarchie gefunden. Sie ließen ihn in Ruhe. Nachdem er nach der letzten Schlägerei wieder zusammengeflickt worden war und sich keinerlei Schmerzempfinden hatte anmerken lassen – das er sowieso nicht hatte – war die Ehrfurcht vor ihm gestiegen. Er hatte gezeigt, dass er keiner war, dem man auf der Nase herumtanzen konnte.

Er drehte sich von der einen Seite auf die andere. Doch die Geräusche ließen ihn keinen Schlaf finden. Sie hatten sich einen der Neuen gegriffen, der nicht in der Lage war, sich zu wehren. Er wurde heute Nacht zugeritten. Henry starrte an die Decke und dachte an früher. Sie hatten Kinder im Alter von vielleicht vier bis 13 dagehabt. Immer wieder Frischfleisch, weil die Ware nicht lange hielt, und neu war sie auch nur ein einziges Mal. Danach war sie beschädigt und konnte nur noch verscherbelt werden. Janus‘ zweites Steckenpferd waren die Videos gewesen, auf denen man das Sterben mitverfolgen konnte. Er hatte Auktionen dafür gehabt: Wer will was, wie schlachten wir heute oder ziehen wir einen Wunsch aus der Box und spielen Lotto? Eine perfide Art des russischen Roulettes – nur der Tod war gewiss, nicht aber die Art zu sterben. Es handelte sich zudem nicht um Clips, die nur fünf Minuten dauerten. Janus war ein Meister des Spannungsbogens.

Ein unterdrückter Schmerzensschrei aus der Nachbarzelle bohrte sich in Henrys Gehirn. Was passierte mit den Kindern, die überlebten? Was wurde aus ihnen? Zu was wurden sie? Was geschah mit deren Kindern?

Mit einem Mal hatte er wieder ihr Gesicht vor Augen. Auf ihrem Gesicht zeichnete sich gesprenkeltes Blut ab, das ab ihrem Hals in ein blutgetränktes Shirt überging. Ihre Hände waren blutig und mit der einen Hand hielt sie noch das Messer umklammert. Janus lag auf dem Rücken, seine Eingeweide quollen aus dem aufgeschlitzten Bauch.

„Komm nicht näher, oder ich schlitz dich auch auf!“

„Meinst du, dass ich das spüren könnte?“, hatte er gefragt und war auf sie zugegangen.

Sie war vor Angst gelähmt, als er auf sie zutrat, in die Klinge griff und ihr das Messer entwand. Sie schluchzte und er drückte ihr die andere Hand auf den Mund. Ihre salzigen Tränen rannen über seine Finger.

45. Kapitel

Samuel

Samuel zeichnete wie besessen. Die Bilder quollen aus seinem Gehirn, und nur, wenn er sie jetzt auf dieses Blatt Papier bannte, hoffte er, dass sie ihn loslassen würden. Dass sie ihn endlich loslassen würden. Er konnte nicht einschlafen, wenn sich die Szenen wieder und wieder in seinem Gehirn abspielten. Ein Gedankenkarussell. Er war eingestiegen und drehte sich mit im Kreis; Sprachfetzen eines Streits zogen an ihm vorbei und der allgegenwärtige Geruch von Blut, Fäkalien und Angst stieg ihm in die Nase.

Er hatte sie auf die freistehende Arbeitsplatte in der Küche gehoben und ihren Oberkörper nach hinten gebogen. Sie kämpfte gegen ihn an, um wieder freizukommen.

„Tu das nicht! Lass mich los!"

„Ich schneide es aus dir raus!"

„NEIN!"

Sie hatte schrill geschrien, als er ihr die Klinge zwischen die Beine rammte.

Samuel hatte sich erschrocken und war gegen die Tür gestoßen. Verräterisch quietschend, schwang diese ein paar Zentimeter auf. Die Ablenkung reichte

Melissa, um sich hochzustemmen, das Messer zu ergreifen und Janus vom Bauch bis zum Hals aufzuschlitzen.

Samuel erinnerte sich daran, wie das Blut aus Janus gesprudelt war. Er hatte so überrascht ausgesehen. Nicht überrascht davon, dass er aufgeschlitzt worden war, sondern dass es sich so anfühlte, aufgeschlitzt zu werden. Bestimmt hatte er es schon oft gesehen; und auch, wie die Ware auf der Schlachtbank reagierte. Aber jetzt war er es selbst, der mit offenem Bauch dastand und seine Eingeweide beobachtete, wie sie nach draußen quollen. Er wankte, seine Beine gaben nach und er schlug, ohne sich abzufangen, mit dem Kopf auf dem Boden auf.

Samuel zitterte noch immer. Er starrte auf die Bilder vor sich. Melissa auf dem Rücken liegend in Abwehrhaltung, Melissa mit dem blutigen Messer in der Hand und Melissa, der der Mund zugehalten wurde von dem Mann, der genau zu Samuels Versteck hinüberstarrte.

Da hatte er sich damals eingenässt.

46. Kapitel

Elina

Elina hatte ihren Rhythmus gefunden und erledigte Aufgabe um Aufgabe. Und doch schlichen sich ab und zu Gedanken ein, die sie lange Zeit verdrängt hatte. Das Gefühl, von einem Mann gehalten zu werden, der einem sagte, dass alles gut würde, dass man immer zusammenstehen würde, dass es nichts gab, was sie trennen konnte. Die sagenumwobene bessere Hälfte, die einen selbst komplettierte, weil sie konnte und hatte und verkörperte, woran es einem selbst mangelte. Elina dachte an ihren Mann. Er war mehr denn je vom Erdboden verschluckt, obwohl sie ihm bereits so nah gewesen war. Sie hätte ihn finden können.

Sie griff zum Telefon und rief im Hauptquartier an.

„Phönix hier, ich benötige ein Zertifikat, das sich in meine Legende einpflegen lässt, zum Thema Psychologie. Und zwar bis Mitte kommender Woche."

„Ich verstehe nicht, was das mit ihrem Auftrag zu tun hat."

„Ich wollte kein Gespräch führen, sondern habe einen Befehl erteilt. Mitte der Woche und lassen Sie es verdammt noch mal echt aussehen!"

Sie legte auf. Es war an der Zeit, von der Ersatzbank aufzustehen und sich wieder nützlich zu machen. Sie würde sehen, ob der Gesichtsscan von Samuels Bildern etwas ergeben würde, oder ob er tatsächlich nur böse Träume und eine überbordende Fantasie besaß.

Phönix war keine Technikmarke im eigentlichen Sinn, sondern verfügte über Spezialanpassungen, die sich für sie als hilfreich erwiesen hatten. Sie strich über den feurigen Vogel auf der Laptopoberseite und klappte den Laptop ganz auf. Sie scannte das Bild des Unbekannten, öffnete die Datenbank am Laptop und lud es hoch. Gesichtsmerkmale wurden erkannt, Abmessungen wurden erfasst. *Na, dann mal los*, dachte Elina und startete den Abgleich.

47. Kapitel

Jeremias

Jeremias konnte stolz auf sich sein. Er hatte einen weiteren großen Fisch an Land gezogen. Steuern zu bezahlen wurde manchmal auch einfach überbewertet, und schon war er wieder in seinem Spezialgebiet. Ohne Steuern zu bezahlen, konnte man sich auch einfach viel mehr leisten, und sein Mandant wollte ihm diesen Wohlstand gerne vorführen. Das Abendessen war für Donnerstag vereinbart worden.

***

Elina

Es wurde ein Treffer angezeigt. Neugierig beugte Elina sich vor. Jetzt war sie wirklich gespannt, wer identifiziert wurde. – Henry Ericsson. Der Name sagte ihr nichts. Sie öffnete die dazugehörigen Informationen. Mitte vierzig, diverse Narben als besondere Kennzeichen, diverse Tattoos, vor Kurzem erst wegen Mordes verurteilt. Er saß in der Nähe ein. Elina fasste einen Entschluss.

„W-was m-machst d-du d-da?“

Erschrocken knallte sie den Laptop zu. Samuel stand vor ihr.

„Nichts. Arbeit. Langweiliges Zeug. Und was machen wir?“

„R-raus?“

Samuel zeigte nach draußen. Elinas Blick folgte seiner Geste. Gerade regnete es. Aber das spielte keine Rolle. Sie lächelte, als sie sagte: „Los, wir suchen uns ein paar Pfützen zum Reinspringen aus!“

***

Patrick

Im Deutschunterricht behandelten sie gerade Gedichte und jeder sollte einen Teil eines Gedichtes vorlesen. Patrick hatte den Kopf auf den Tisch gelegt und versuchte alles auszublenden. Er hatte das Gefühl, in der Grundschule zu sein und den ersten Leseversuchen zuzuhören. Es war grauenvoll. Akustische Folter. Er hörte zwar kein Stottern, aber die Betonung der Worte hatte absolut nichts mit dem geschriebenen Wort zu tun. In Gedanken entschuldigte er sich bei Samuel, dem er auch nicht beim Lesen zuhören konnte. Der Satz endete, als hätte ein Fragezeichen am Ende der Zeile gestanden. Patrick wünschte sich Ohropax.

„Patrick, liest du bitte weiter?“, hörte er Frau Escorá fragen.

Ohne seinen Kopf zu heben, rezitierte er die nächste Strophe. In der Klasse trat Totenstille ein. Es dauerte einige Sekunden, bis auch Frau Escorá wieder die Fassung gefunden hatte.

„Gut, das war wirklich gut. Hamid, liest du bitte weiter?“

Während der Erste noch versucht hatte, im Satz voranzukommen, hatte Patrick das Gedicht schon durchgelesen, sodass er es bereits annähernd auswendig konnte. Gerade fühlte er sich sehr unterfordert. Er dachte an Samuel und an Elinas schier unerschöpfliche Geduld, ihm das Lesen und Sprechen beizubringen. Vielleicht war es ganz gut so, wie alles gekommen war. Klar, es war viel cooler, vollkommen unabhängig zu sein. Andererseits war er minderjährig und hatte weder das Land verlassen noch von seinem Geld Immobilien kaufen können. Dazu hätte er schon eine Zweitidentität gebraucht, die ihm Volljährigkeit bescheinigte. Zu schade, dass er da niemanden gekannt hatte, der überzeugende Papiere herstellen konnte.

***

Samuel

Samuel machte Fortschritte. Er merkte es selbst. Die Halluzinationen hatten nachgelassen, die Schmerzen im Körper waren schwächer geworden. Er hatte den Entzug bald hinter sich. Er hatte ausreichend Zeit zum Schlafen, und wenn ihn Albträume quälten, war er nicht alleine. Elina erhellte die Dunkelheit. Sie war furchtlos, und Patrick sagte, sie sei kein Spießer wie andere Erwachsene. Samuel war nur wichtig, dass sie da war. Dass er nicht wieder alleine war. Oder nicht wieder allein mit unheimlichen Männern.

Er konnte auch schon besser lesen. Nur lange Wörter verlangten ihm noch viel Konzentration ab. Meist wurde er dann nervös und verhaspelte sich komplett. Beim Sprechen klappte es noch nicht so richtig, was aber auch daran lag, dass er sofort nervös wurde, wenn er beabsichtigte, etwas zu sagen.

Wenn er mit Elina zusammen sang und den Text vom Hören kannte, dann konnte er ohne Probleme mitsingen. Er hatte das Gefühl, dass Elina nicht immer die richtigen Töne traf, aber das war auch nicht so wichtig. Er wollte sie nicht korrigieren, sie nahm es ja auch hin, dass er stotterte.

***

Jeremias

„Elina, wir haben am Donnerstagabend ein Geschäftsessen und ich möchte, dass du mich begleitest.“

„Okay, wo gehen wir hin?“, fragte sie.

„Wir sind bei einem neuen Mandanten eingeladen. Denkst du, wir können die Kinder hierlassen?“

Er zögerte.

„Ich möchte nicht, dass sie uns in Misskredit bringen.“

Elina lachte auf. „Na ja, irgendein Blödsinn wird ihnen schon einfallen.“

48. Kapitel

Frau Silas

Am Folgetag kam Frau Silas. Jeremias machte sie mit Elina, Patrick und Samuel bekannt und überließ danach Elina das Feld. Patrick ging in die Schule, und Samuel reagierte scheu und zurückhaltend und sprach kein Wort mehr.

Frau Silas begegnete der Situation gelassen und besprach mit Elina die Aufgabenbereiche. Sie würde einkaufen, kochen – sofern jemand zu Hause war –, aufräumen, putzen, Wäsche waschen. In dem Moment kam sich Elina eher wie ein Fremdkörper vor, da diese Frau das Haus bereits seit mehr als 30 Jahren in- und auswendig kannte. Sie fühlte sich wie ein Gast oder eher wie eine Prinzessin, die nicht einmal in der Lage war, einen Löffel in der Küche zu finden.

„Oh, sie haben renoviert“, meinte Frau Silas beim Blick in die Küche.

„Ja ...“, ließ Elina den Satz in der Luft hängen.

„Es war Zeit für etwas Neues.“

Samuel hielt sich in der Nähe von Frau Silas und Elina auf, um ihnen zuzuhören oder die neue Person ausspähen zu können. Er malte wieder. Seine Bilder wurden aber nicht so düster, wie wenn er allein war. Er malte die Perspektive, wenn er auf Nigrum ritt, zu Elina herunterschaute und sie zu ihm hochlachte. Er blickte in die Augen, die er gemalt hatte. Sie hatten einen leichten Schatten, als wären sie trotzdem auch traurig. Als hätten sie etwas verloren und jetzt wiedergefunden.

***

Elina hielt es für besser, Frau Silas zuerst im Haus alleinzulassen, damit sie sich wieder neu zurechtfinden konnte, nachdem es sich innerhalb einer Woche komplett verändert hatte. Sie nahm Samuel mit ins Büro und begann das erste Haus zu planen.

Für den Nachmittag hatte Jeremias ein Bewerbungsgespräch angesetzt. Frau Marquardt war eine leicht übergewichtige Siebzehnjährige mit aufwendig gestylten, langen blonden Lockenhaaren und Klimperschmuck. Die Brille mit dem robusten, neonfarbenen Rahmen setzte Akzente. Sie trug ein Bleistiftkleid, dessen Natur es war, eng anzuliegen. Jeremias hatte leicht erhöhten Blutdruck, unsicher, ob die Nähte des Kleides halten würden. Sie hatte eine aufgeschlossene, etwas überdrehte Art und begrüßte Elina und Jeremias, als seien sie beide ihre Gäste, und nicht, als hätte sie ein Vorstellungsgespräch.

„Hallo, einen wunderschönen Tag wünsche ich. Es ist so schön, dass ich heute hier sein kann!“

Frau Marquardt konnte es auch nicht bei neugierigen Blicken belassen, sondern stöckelte gleich durch die Tür und nahm die Küche in Augenschein. Elina ließ sie gewähren, Jeremias war eher vor Schreck bewegungsunfähig. Frau Marquardt kam zurück und sagte: „So, wo wollen wir uns denn nun in Ruhe unterhalten?“

Als sie zu dritt in der Bibliothek Platz genommen hatten, gab Jeremias sich unnahbar und sortierte die Bewerbungspapiere.

„Frau Marquardt, wieso denken Sie, dass Sie für diese Stelle die Richtige sind?“

„Nun, die Sache mit dem Modeljob hat leider nicht geklappt. Ich scheine doch eher die Frau für die Korrespondenz zu sein als die auf dem Tablett.“

„Wie bitte?“

Elina lächelte in sich hinein. Selbstbewusst, das gefiel ihr.

***

Nachdem Frau Marquardt gegangen war, schien Jeremias noch immer seinen Schock verarbeiten zu müssen.

„Also, ich weiß ja nicht.“

„Wir suchen jemanden zur Ausbildung und keine voll ausgebildete Kraft. Da kann man noch eine Menge daraus machen.“

Jeremias seufzte und rieb sich über die Augen.

„Wir brauchen jemand Vertrauenswürdiges, zurückhaltend, zustimmend, sortiert ...“

„Wir brauchen keine graue Maus. Wir sind nicht so altbacken. Wir brauchen was Neues, Lebendiges. Wie sie äußerlich erscheint, lässt keine Rückschlüsse auf ihr Können zu. Wir sollten es definitiv versuchen“, insistierte Elina.

Jeremias wusste, dass er sich darauf einlassen würde. Er hatte aber auch keine andere Option – gutes Personal stand derzeit nicht gerade Schlange auf dem Arbeitsmarkt.

„Gut, dann machen wir was draus.“

49. Kapitel

Jeremias

Jeremias verließ das Büro früher und unternahm noch einen Abstecher in eine Lokalität, die er zuletzt zu Zeiten seiner Ehe aufgesucht hatte. Die Boutique hatte stets exquisite Kleider anzubieten; oft hatte Jeremias hier etwas für seine Angetraute gefunden. Zwar wusste er, dass es Elina nicht wichtig war, was sie heute Abend tragen würde, und ob seine Exfrau das Kleid bereits zuvor getragen hatte, aber ihm war es wichtig. Seinem Mandanten und dessen Frau würde mit Sicherheit auch auffallen, wie sie sich kleidete. Also kam nichts anderes als ein Kleid der aktuellen Kollektion in Frage. Tiefblau glänzender Satinstoff, an einer Seite der Hüfte zusammengerafft, um für Bewegung auf dem Kleid zu sorgen. Es würde ihr hervorragend stehen. Er hatte ein Händchen dafür.

***

Elina war verblüfft über den Aufriss, der betrieben wurde – es war doch nur ein Abendessen. Aber anscheinend konnte sie hier noch etwas lernen und sich wichtige Details abschauen. Jeremias hatte sich nicht lumpen lassen und eine vollständige Garderobe für den heutigen Abend besorgt. Die perfekt sitzende Unterwäsche dürfte aber reiner Eigennutz gewesen sein; sie ging nicht davon aus, dass sie den Mandanten damit heute würde beeindrucken müssen.

Im Spiegel erkannte sie sich kaum wieder. Es saß perfekt – wie angegossen. Sie drehte sich fasziniert um ihre eigene Achse, als sie Patrick in der Tür erblickte.

„Ihr geht aus?“

„Ja, Kontakte knüpfen. Frau Silas ist noch da – es dürfte keine Gefahr bestehen, dass ihr verhungert. Wenn es sich einrichten lässt, macht keinen Mist, der lebensgefährlich ist.“

Sie drehte sich, bis sie ihn direkt ansehen konnte.

Er nickte langsam. „Zu Befehl, Madame.“

***

Jeremias parkte den Porsche in der Auffahrt und ging gentlemanlike zur Beifahrertür, um Elina beim Aussteigen behilflich zu sein. Die Wohngegend war gehoben und das Haus war sicher nicht billig gewesen. Die Lage, die Aussicht – es war leicht von einer siebenstelligen Summe auszugehen.

Sie wurden von Herrn Bährmann eingelassen, der sie ins Wohnzimmer geleitete.

„Oh, Trudi, ich denke, das Essen reicht auf jeden Fall. Sie haben die Kinder gar nicht mitgebracht.“

Gertrud Bährmann, eine kleine, schmale, agile Frau, kam aus der Küche und begrüßte die Gäste überschwänglich. Elina hatte sofort das Gefühl, dass Frau Bährmann keinerlei Ahnung von den Machenschaften ihres Mannes hatte.

Der Tisch im Esszimmer war für acht Personen gedeckt, wobei Frau Bährmann soeben zwei Gedecke wieder abräumte und nun ihrerseits die Kinder zum Essen rief.

Die Kinder der Bährmanns waren 12 und 16 Jahre alt und, wie nicht anders zu erwarten, ganz anders als Samuel und Patrick. Während des Essens und des Versuchs, hochintelligente Gespräche zu führen, wurde dazwischengekräht oder beim Versuch, sich einen Nachschlag zu holen, die Soße umgeschüttet. Einer zappelte die ganze Zeit, sodass sogar der Tisch mitwackelte, und als der andere beschloss, fertiggegessen zu haben, stand er einfach auf und setzte sich an den Flügel.

Sofern die Kinder hier seit ihrem vierten Lebensjahr bereits Musikunterricht erhalten hatten, konnte sich Elina auf mehrere Stunden klassische Musik einstellen. Als die ersten Töne erklangen, wusste Elina jedoch nicht, ob sie enttäuscht oder erleichtert sein sollte, dass keine klassische Musik aus dem Flügel erklang. Ein schiefer Ton jagte den nächsten in einem nicht auszumachenden Rhythmus. Ausgezeichneter Missklang, akustische Folter. Elina, die damit Erfahrung hatte, blendete die dissonanten Töne aus. Sie konnte jedoch sehen, dass Jeremias damit kämpfte, sich auf seinen Satz zu konzentrieren und nicht gleich ausfallend zu reagieren.

„Albert, lass das Geklimpere! Das ist ja nicht zum Aushalten!“, herrschte Herr Bährmann seinen Sohn an. Herr Bährmann atmete durch. „Wo waren wir stehen geblieben?“

Zum Nachtisch gab es eine große Schüssel Mousse au Chocolat mit Vanillesauce, die der jüngere Sohn gleich dadurch entweihte, dass er mit seinem Löffel direkt aus der Schüssel aß.

Es blieb auch nicht aus, dass dem älteren Sohn einfiel, dass er noch weggehen wollte, und seine Eltern partout nicht damit einverstanden waren. Und wo wolle er sich denn jetzt überhaupt noch herumtreiben? Die immer hitziger werdende Diskussion nahmen Elina und Jeremias zum Anlass, sich dünn zu machen.

Apathisch saßen sie im Auto nebeneinander.

„Ich hoffe, er zahlt wenigstens gut“, ließ Elina ihren Gedanken freien Lauf.

„Und ich habe festgestellt, dass ich noch nicht bereit bin für Kinder. Aber dann ist mir eingefallen, dass ich ja schon welche habe“, erwiderte Jeremias.

„Aber die sind nicht so schlimm“, kommentierte Elina.

„Das ist mit Sicherheit ein Vorurteil, dass man die eigenen Kinder immer für besser hält.“

„Lass uns aus dem Abend noch etwas machen, in dieser Stimmung ist ja doch nichts mit uns anzufangen“, schlug Elina vor.

„Okay, und wohin?“

„Ich habe um die Ecke ein kleines Tanzlokal gesehen. Das könnten wir uns ja mal anschauen.“

Jeremias startete den Wagen.

***

Patrick lag wach in seinem Bett und starrte an die Decke. Elina und Jeremias waren immer noch nicht da. Er war zwischenzeitlich eingeschlafen und wieder aufgewacht, aber das Auto war noch nicht wieder da und auch das Schlafzimmer war bis jetzt leer. Es war bereits drei Uhr. Er versuchte, wieder Schlaf zu finden.

***

Jeremias und Elina lagen auf der winzigen Rückbank nah beieinander. Jetzt kamen die neu gekauften Dessous doch noch zum Einsatz. Jeremias hatte eine Flasche Sekt in der Hand und versuchte, Elinas Bauchnabel zu treffen, wobei er den Innenraum gleich mittaufte.

***

Der Morgen dämmerte bereits, als Patrick das Motorengeräusch hörte, kurz danach die Haustür geöffnet wurde und zwei Leute hereinpolterten. Er schlich zur Tür. Elina hatte ihre Pumps bereits in der Hand und ließ sie achtlos auf den Boden fallen, während Jeremias sie an der Hüfte hochhob. Sie schlang ihre Beine um seinen Körper und ließ sich von ihm die Treppe hinauftragen. Elina lachte mehrmals laut auf, als Jeremias versuchte, ihr in den Hals zu beißen.

„Psst, du weckst ja alle auf!", zischte er.

„Warum leise sein? Sie können ruhig wissen, dass wir glücklich sind."

Elina nahm seinen Kopf in ihre Hände, bereit einen Zungenkampf auszufechten.

Patrick schüttelte den Kopf. In der Schule rebellierten die meisten Mitschüler gegen die Regeln, die ihnen ihre Eltern aufzwangen, und schimpften jene Spießer. Patrick konnte immerhin sagen, dass seine „Eltern" noch Sex hatten. Dann wären sie keine Spießer, sondern nur noch verrückte alte Leute.

50. Kapitel

Frau Kreuzer-Santos

Frau Kreuzer-Santos hatte Elina telefonisch informiert, dass sie den wöchentlichen Besuch doch bitte beim Jugendamt abstatten sollte.

Elina trat in das Büro, auf dessen Schreibtisch sich Unmengen von Akten türmten.

„Ah, Frau Melderun, da sind Sie ja. Die Akten sind hier auch irgendwo."

Sie drehte sich mit ihrem Stuhl im Kreis, griff zielsicher bei einem Stapel zu und zog zwei Akten hervor. Dabei fiel ein kleiner Berg um. Elina half ihr, den Turm wieder aufzurichten. Sie hatte nicht viel Zeit gehabt, die Informationen zu sichten, sondern nur gesehen, dass es um die Inobhutnahme eines Säuglings einer vierzehnjährigen Mutter ging. Elina beneidete Frau Kreuzer-Santos nicht um das, womit sie täglich zu tun hatte.

„Was gibt es Neues, Frau Melderun?" Sie setzte die Brille ab, als ob sie Elina dann besser sehen konnte.

„Die Haushaltshilfe, Frau Silas, ist inzwischen aus ihrem Urlaub zurück und wir ordnen unseren Tagesablauf neu. Ich war bereits im Büro und Samuel wird kommende Woche mit der Schule starten."

Aktuell befand sich Samuel wahrscheinlich in seinem Zimmer und hatte Kevin als Wachposten an der Tür abkommandiert, weil er Frau Silas noch nicht über den Weg traute.

„Und wie macht sich Patrick in der Schule, und wie geht es Herrn Dr. Blitz?“

„Gut, es läuft gut. Patrick geht zur Schule – Fehlstunden wären Ihnen wahrscheinlich noch vor mir bekannt. Und Jerry geht es gut.“

Frau Kreuzer-Santos wartete.

„Keine Eskapaden diese Woche?“

„Nein – diese Woche nicht.“

„Schön, schön“, sagte Frau Kreuzer-Santos leicht fahrig und studierte noch einmal ihre Aufzeichnungen. „Wie haben Sie sich wegen der Therapie entschieden?“

„Ich habe mich entschieden, die Therapie selbst vorzunehmen.“

Frau Kreuzer-Santos fiel die Kinnlade herunter.

„Wie meinen Sie das?“

Betont langsam kramte Elina das Zertifikat aus der Tasche und legte es vor Frau Kreuzer-Santos auf den Tisch, die es eingehend studierte.

„Wissen Sie, anfangs war ich skeptisch, ob hier nicht ein emotionaler Konflikt bestehen könnte, aber jetzt halte ich es für sinnvoller, die Therapie selbst durchzuführen. Das Vertrauen wurde bereits aufgebaut und ich möchte Samuel auch nicht mit zu vielen Menschen konfrontieren.“

Frau Kreuzer-Santos hatte sich wieder gefangen, wobei es hinter ihrer Stirn noch arbeitete.

„Okay“, nickte sie die Angelegenheit ab.

„Wir werden die Fortschritte weiter im Auge behalten.“

Sie schielte an Elina vorbei in den Gang.

„Und jetzt raus aus meinem Büro, ich muss noch meine Aktenberge sichern, bevor der nächste Termin mit seinen fünf Kindern anrückt, die hier alles auf den Kopf stellen. Wir sehen uns kommende Woche.“

51. Kapitel

Elina

Elina hatte sich etwas herausgeputzt, wobei sie über die Kleiderordnung noch einmal mit Jeremias würde reden müssen. Sie fühlte sich nicht wohl in der Bluse und dem knielangen Rock. Mit Brille würde sie jetzt vielleicht eine hervorragende Therapeutin abgeben, aber als Architektin, die auch mal mit anfasste, konnte sie in dieser Kleidung gar nichts ausrichten.

Sie begrüßte das Ehepaar und forderte es auf, es sich bequem zu machen, da sie gleich ihr neues Haus betreten würden.

Elina stellte den Laptop auf dem Tisch vor ihnen ab und schloss ein kleines Gerät an, das die Funktion eines Beamers übernehmen würde. Sie projizierte den bisherigen Entwurf über dem Laptop schwebend in den Raum, sodass er von allen Seiten besehen werden konnte. Ihre Kunden waren bereits jetzt beeindruckt, dabei kam der Clou erst noch. Elina überreichte dem Ehepaar zwei Controller, mit denen man per Laser auf die Zeichnung zeigen, diese aber auch fixieren und drehen konnte, ohne sich selbst zu bewegen. Elina schlug vor, einen Rundgang durch und um das Haus zu machen; dabei sollten ihre Kunden sofort Kritik üben, wenn etwas geändert werden solle.

Nach zwei Stunden intensiver Begehung und Änderung einiger Details waren beide restlos begeistert; vor allem Elinas Kundin war sehr angetan davon, sich jetzt vorstellen zu können, wie das Haus werden würde. So war es bereits möglich gewesen, erste Pläne für die Innengestaltung zu schmieden und Ideen mit auf den Weg zu geben. Das war wirklich gut gelaufen, befand Elina und klappte ihren Laptop zu.

Sie machte sich auf den Weg zur Justizvollzugsanstalt.

***

Samuel kaute an seinen Fingernägeln und dachte darüber nach, dass er bald wieder eine Schule besuchen würde. Patrick hatte gemeint, dass es gar nicht so übel wäre. Gar nicht so übel war allerdings ein dehnbarer Begriff. Über zwei Wochen musste er quasi seinen Arsch nicht mehr hinhalten und musste sich auch die Lichter nicht mehr mit Heroin ausschießen, um davon nichts mitzubekommen. Er brauchte es nicht, er brauchte beides nicht. Er hoffte, dass es auch nicht wieder passieren würde. Samuel zog die Füße an seinen Körper und legte die Arme darum. Er musste nur noch lernen zu vergessen, damit seine

Träume nicht mehr so erschreckend real waren. Er blickte auf das Buch und seufzte. Bis er wieder normal sprechen konnte, würde es noch dauern. Es hatte angefangen, als er fünf war und ihm die Worte einfach im Mund stecken blieben. Dann hatte er oft den Mund einfach gehalten, um nicht ausgelacht zu werden, und jetzt musste er immer wieder sprechen und üben, damit es doch wieder aufhörte. Mit Musik klappte es schon super, aber er konnte ja nicht jedem als Begrüßung eine Operette ans Bein binden.

„H-hallo. H-hallo, hallo ...“, sagte er in verschiedenen Stimmlagen vor sich hin.

Hoffentlich würde es gut werden. Er würde anfangs ganz allein sein.

***

Henry hatte erfahren, dass er Besuch hatte. Er betrat den Besuchsraum. Es war wie ein Blind Date; er hatte keine Ahnung, nach wem er Ausschau halten sollte. Die Wärter führten ihn zu einem Tisch mit einer Aschblonden, die eine weiße Bluse und vermutlich einen knielangen Rock trug. Eine Anwältin?

Sie schaute auf und er starrte sie an. Dann lachte er auf: „Frau Dr. Mechert, mit Ihnen habe ich ja gar nicht gerechnet. Was führt Sie denn hierher? Haben Sie mich vermisst?“

Es war schon wieder passiert. Jemand hatte sie mit der geheimnisvollen Frau aus dem Krankenhaus verwechselt.

„Warum haben Sie Ihre Haare denn jetzt dunkel gefärbt? Das Blond stand Ihnen doch gut.“

„Ich befürchte, wir müssen reden“, beschloss Elina die Sache nüchtern anzugehen und nicht weiter auf die Verwechslung einzugehen. Wenn er sie nicht kannte, war es umso besser.

Sie holte einige von Samuels Bildern aus ihrer Tasche und legte das erste vor ihm auf den Tisch. Er blickte in sein eigenes Gesicht.

„Woher haben Sie die?“, fragte er alarmiert. Nervös rieb er sich die Arme. Zu Elinas Enttäuschung konnte sie die Tätowierung nicht ausmachen; an dieser Stelle prangte eine Narbe.

Sie legte ein weiteres Bild über das erste. Hatte Henry gerade noch gedacht, dass es auch Zufall gewesen sein könnte, dass jemand ein Bild von ihm malte, so hatte er beim zweiten Bild keinen Zweifel mehr: Es waren Bilder aus Janus‘ Keller. Die Nummer sieben war auf dem Bild am Boden angebracht. Es hatte 18 Videos gegeben, nicht alle waren tödlich verlaufen. Die Nummer sieben aber schon. Er blickte auf die Szene der Häutung. Der Dreh hätte fast abgebrochen werden müssen, weil dem Folterknecht übel wurde. Henry hatte damals unbeteiligt zugesehen. Später hatte er sich selbst ein Stück der Haut entfernt, aber er hatte keinen Schmerz verspürt. Er konnte es einfach nicht nachempfinden.

Noch immer auf das Bild starrend, fragte er nahezu tonlos:

„Was wollen Sie von mir?“

„Antworten. Nur Antworten."

„Warum interessieren Sie sich für die Vergangenheit?"

„Ich finde, jemand sollte sich für diese Art Vergangenheit interessieren und einige Leute zur Verantwortung ziehen. Soll ich Ihrer Erinnerung mit weiteren Bildern auf die Sprünge helfen?"

Henrys Kiefer mahlten aufeinander. „Nein, kein Bedarf. Sie wissen wahrscheinlich längst, dass ich bei den meisten dabei war."

„Ja. Sie kommen auf verschiedenen Bildern immer wieder vor."

Sie zog dennoch ein weiteres Bild aus der Tasche und legte es über die beiden vorherigen. Henry betrachtete die Szene, bevor er fragte: „Geht es ihm gut?"

„Wie bitte?"

„Geht es Samuel gut?"

Elina studierte das Bild. Henry starrte ihr darauf entgegen, ihm gegenüber stand ein junges Mädchen mit blutverschmierten Klamotten. Auf dem Boden konnte man gerade noch liegende Beine erkennen.

„Den Umständen entsprechend", antwortete Elina. „Ich denke, es ist an der Zeit, dass Sie mir ein bisschen mehr über diese Szene erzählen."

Henry nahm das Bild in beide Hände und verlor sich in Erinnerungen.

„Sie war schwanger geworden. Ich meine, es war abzusehen gewesen, dass das passieren würde. Sie würde nicht immer ein Mädchen bleiben, sondern eine Frau werden, und dann war es soweit. Janus hat getobt. Er hat sie geschlagen und an den Haaren in die Küche geschleift. Er wollte … Er wollte den Fötus herausschneiden."

Henry hielt kurz inne.

„Ich weiß nicht, warum er das nicht gefilmt hat. Er hat sonst alles gefilmt, wenn er nur gewittert hat, dass es abartig war. Aber an diesem Tag hat er auf die Kamera verzichtet und mit seinem Leben bezahlt."

Henry legte das Bild wieder zurück und schaute sie offen an.

„Seine Tochter hat ihn abgestochen wie ein Schwein."

„Und wo blicken Sie auf dem Bild hin? Was ist da noch?"

„Samuel hatte sich in einem begehbaren Lebensmittelschrank versteckt und durch die knarrende Tür verraten."

„Was haben Sie dann getan?"

„Hören Sie, ich weiß nicht, wem Sie diese Informationen weitergeben, aber ich bin ein toter Mann, wenn die Falschen davon Wind bekommen."

Elina wartete einfach ab. Er wollte erzählen. Er hatte es noch nie jemanden erzählt.

„An diesem Tag hatte ich beschlossen, den Scheiß-Laden zu verlassen. Ich habe die Kinder und die Leiche genommen und bin mit ihnen abgehauen. Die Leiche finden Sie nicht mehr, die haben wir zerstückelt und in den Fluss geworfen. Den Jungen habe ich bei einem Kinderheim vor die Tür gesetzt und das Mädchen wollte woanders hin. Ich habe sie gehen lassen. Wir saßen alle drei in der Klemme."

Er zeigte auf sein Handgelenk.

„Ich habe das Tattoo herausgeschnitten, damit sie mich nicht mehr mit Janus in Verbindung bringen konnten."

„Glauben Sie, dass ich Ihnen abnehme, dass ein Kindervergewaltiger von einem Tag auf den anderen beschließt, einen Pädophilenkreis zu verlassen?"

„Nein, da haben wir uns wohl falsch verstanden. Ich bin nicht pädophil. Ich suche Schmerz, aber Kinder reizen mich nicht. Ich nehme an, dass Sie wissen, warum ich in diesem Trakt einsitze."

Er atmete durch.

„Das ist zwar auch ein Unglücksfall gewesen, aber dort liegt meine Neigung: bei einvernehmlichem Schmerz. Jemand anderen zu quälen, löst bei mir nichts aus."

„Die Zeit ist um."

Elina und Henry blickten sich an.

„Ich komme wieder", teilte sie ihm mit.

„Das nächste Mal vielleicht wieder als Ärztin?", fragte er und hatte dabei ein Ärztinnenkostüm im Sinn.

Sie wiegte den Kopf hin und her. Warum eigentlich nicht? Auf dem Papier war sie ja schließlich Therapeutin. Es war Zeit, den Fuß in die Tür zu stellen, bevor sie zufiel.

52. Kapitel

Familie

„Und, wie war es heute in der Schule bei euch beiden?"

Elina blickte vor allem Samuel erwartungsvoll an, der seinen ersten Tag hinter sich gebracht hatte.

„Ich habe heute als Einziger eine Eins in Chemie bekommen. So stark konnte der den Schnitt gar nicht anheben, dass noch einer auch nur in meine Nähe gekommen wäre", berichtete Patrick selbstgefällig.

„Oh, das ist toll", lobte Elina ehrlich beeindruckt. „Und wie war's bei dir, Sam?"

Samuel seufzte: „I-ich g-glaube, s-sie m-mögen m-mich n-nicht ..."

„Wie kommst du denn darauf?", hakte Elina nach.

„S-sie h-haben m-mich ausg-gelacht, w-weil i-ich n-nicht n-normal s-sp-sprechen k-kann."

Verlegen sah er Elina an, seine Kulleraugen versetzten ihrem Herzen einen Stich.

„Ach was, die müssen sich erst daran gewöhnen, dass jemand Neues in der Klasse ist. Das wird noch super, wenn du alle erst besser kennst", versuchte Elina die gedrückte Stimmung aufzuhellen.

„Dein Wort in Gottes Ohr", murmelte Patrick und blickte sie über den Tisch hinweg skeptisch an.

53. Kapitel

Frau Kreuzer-Santos

Frau Kreuzer-Santos ließ sich auf den Stuhl im Wohnzimmer fallen und wuchtete ihre Akten auf den Tisch, wo sie mit einem lauten Knall aufschlugen. Sie ächzte, und die gesamte Anstrengung der Woche schien von ihr abzufallen. Elina beobachtete sie.

„Wie war die Woche?“, begann Frau Kreuzer-Santos das Ritual.

„Unauffällig“, erwiderte Elina.

„Wie geht es Samuel in der Schule?“

„Er ist noch dabei, sich einzugewöhnen. Es ist nicht einfach. Er hat größere Probleme als Patrick.“

„Ja, das dachte ich mir schon. Aber ich halte die Förderstufe für angemessen, die Situation in den Griff zu bekommen. Na, dann schaue ich mich hier wohl noch einmal um.“

Kaum ausgesprochen, wieselte sie auch schon wieder durch die Räume, um alles unter die Lupe zu nehmen, woran man Anstoß nehmen konnte. Sie lobte die neue Küche und die Jugendzimmer, die endlich eingerichtet waren. Von Patricks Zimmer war sie dennoch nicht sehr angetan.

„Ganz schön leer hier drin. Gefällt es ihm hier nicht?“

„Doch, davon gehe ich schon aus. Ich nehme an, dass er sagen würde, wenn es ihm nicht gefiele."

„Ja, würde er das? Steht er nicht unter emotionalem Druck?"

Frau Kreuzer-Santos behielt Elina im Blick. Diese erwiderte: „Die Möglichkeit besteht, aber zum Schweigen hat ihn noch keiner gebracht. Das können Sie mir glauben."

Frau Kreuzer-Santos kritzelte dennoch eine Notiz auf ihren Block und rauschte ab.

***

„Patrick, fühlst du dich hier nicht wohl?", fragte Elina geradeheraus.

Patrick klappte das Buch zu und drehte sich mit dem Stuhl zu ihr herum.

„Wie kommst du darauf?"

„Du hast keinerlei Poster oder Sachen an den Wänden. Es sieht aus, als ob du auf dem Sprung wärst zu verschwinden."

„Ach, so wie du etwa?", erwiderte Patrick.

„Was meinst du?", fragte Elina erstaunt.

„Wo sind deine persönlichen Sachen? Wie wohnlich hast du es dir hier gemacht?"

Patrick ließ Elina nicht zu Wort kommen, sondern fuhr fort: „Du kannst mir nicht vormachen, dass ihr schon lange ein Paar seid und dass du dich hier zu Hause fühlst. Hier ist rein gar nichts von dir. Keine tausend Paar Schuhe, keine Handtaschen, keine mit

Kitsch vollgestellten Sideboards, keine Schminkutensilien. Hast du denn vor, uns hier alle zurückzulassen?“

„Nein“, setzte Elina an, um ihn zu besänftigen. „Du hast Recht, ich habe mich hier nicht ausgebreitet, weil … weil es nicht mein Haus ist und ich vielleicht keine typische Frau bin, die einen Haufen Gedöns mitbringt, aber ich sollte ebenfalls mehr zeigen, dass mich etwas mit euch und dem Haus hier verbindet.“

Sie biss sich auf ihre Unterlippe.

„Was können wir tun, dass es dir hier besser gefällt und du auch zeigst, dass du dich hier wohlfühlst?“

Patrick atmete laut aus. „Ich brauch‘ ein Labor.“

„Ein was?“, hakte Elina nach, die sich nicht sicher war, ob sie sich verhört hatte.

„Ein Labor, damit ich ein paar Versuche durchführen kann.“

„Aha …“ Elina konnte nur blinzeln. In ihrem Kopf baute Patrick Atombomben und Biowaffen, bestenfalls Feuerwerkskörper, und züchtete Krankheitserreger.

„Ich lass mir das mal durch den Kopf gehen.“

Sie drehte sich in der Tür herum, um den Raum zu verlassen.

„Ein Mikroskop tut‘s für den Anfang auch“, rief er ihr hinterher.

Na gut, das war ja erstmal harmlos …

54. Kapitel

Elina

Elina nahm das Gespräch entgegen. Es war das Hauptquartier.

„Phönix, ich wollte mich erkundigen, ob vielleicht Interesse an einem weiteren Hund besteht. Es ist ein Pitbull."

„Was kann er? Wofür wurde er ausgebildet?"

„Ja, da gehen die Meinungen leider auseinander. Es sollte ein Bombensuchhund sein; gefunden hat er die Bombe jedenfalls nicht. Der Hundeführer ist dann auf die ungesicherte Stelle getreten und wurde gesprengt."

Kurzes Schweigen in der Leitung.

„Die Familie will ihn aus nachvollziehbaren Gründen nicht behalten. Alternativ wird er eingeschläfert."

Elina seufzte. Jeremias hatte mit Sicherheit schon jetzt das Gefühl, mit Pippi Langstrumpf in seinem Leben aufgewacht zu sein.

„Ich nehme ihn, wo kann ich ihn abholen?"

***

Elina kehrte nach Hause zurück und hörte, wie im Keller jemand rumorte. Wenn sie ehrlich war, hatte sie den Keller noch nicht genauer unter die Lupe genommen. Sehr nachlässig von ihr. Sie folgte den Geräuschen und fand Frau Silas und die Jungs inmitten von Kisten. Samuel hatte sich einen alten, verschlissenen Bären unter den Arm geklemmt, und Patrick war mit einem Zollstock zugange und ließ Frau Silas wissen, wie er sich sein Labor vorstellte.

Der neue Hund verriet ihre Ankunft, indem er gleich aufbellend und schwanzwedelnd auf Samuel zusteuerte. Na, da musste sie wohl in der Erziehung noch etwas nachholen, dachte Elina.

„Oh, Elina, gut, dass Sie zurück sind, ihr Sohn hat ganz große Pläne, die er auf der Stelle umgesetzt wünscht. So schnell kann man hier unten gar nicht Platz schaffen."

Samuel hatte sich bereits dem neuen Mitbewohner gewidmet und streichelte ihn.

„W-wie h-heißt d-der?"

Elina dachte einen Moment nach, bevor sie antwortete: „Justus. Er heißt Justus."

***

Jeremias verabschiedete seinen Mandanten auf dem Polizeipräsidium. Die Vernehmung war gut verlaufen. Keine Verstrickung in Widersprüche, keine neu aufgeworfenen Fragen. Er stand noch im Eingangsbereich und sortierte seine Unterlagen.

Sein Blick fiel auf die Pinnwand. Eine Reihe Graffitis war abgebildet. Teilweise hässliches Gekrakel, das nicht einmal lesbar war. Teilweise aber auch richtig plastisch aussehende Schriftzüge von mehr oder weniger sinnvollen Worten. Sein Blick blieb an einem Schriftzug hängen. SAME war in runden, sich aneinanderlegenden Großbuchstaben auf die Wand gesprüht, und im Vordergrund stand ein schwarzes Männchen mit einer Spraydose, das den Eindruck erzeugte, es würde den Schriftzug gerade erst anbringen.

„Sachdienliche Hinweise nimmt jede Polizeidienststelle entgegen. Für die Ergreifung der Täter werden 1.000 € zur Belohnung ausgesetzt“, las Jeremias.

„Scheiße!“, entfuhr es ihm. Er stopfte die Akte in seine Tasche und eilte aus dem Präsidium.

***

„Was zum Teufel hast du dir dabei gedacht?“, polterte Jeremias beim Abendessen los.

„Du kannst doch nicht einfach umherziehen und alles besprühen, was du willst. Das gehört jemandem! Bist du dir im Klaren darüber, was das für Konsequenzen für dich haben kann?“

Samuel war in seinem Stuhl immer kleiner geworden und schob sein Essen mit der Gabel von rechts nach links, ohne es aufzuspießen.

„Alter!“, mischte sich Patrick ein. „Er ist der *All City King*! Hast du überhaupt eine Ahnung, was das bedeutet?“

„Sachbeschädigung in mehreren Fällen kommt da bei mir an“, erwiderte Jeremias. „Aber dass du da kräftig mitmischst, war eigentlich sowas von klar. Immer nur am Scheißebauen!“

Er warf seine Serviette auf den Tisch, schob seinen Stuhl zurück und ging hinaus in den Garten.

Ich habe drei unkontrollierbare Kinder, machte sich Elina bewusst und raufte sich innerlich die Haare.

„Was ist das denn, dieser *All City King*?“, fragte Elina.

„Das ist der *Writer*, dessen *Pieces* in der ganzen Stadt bekannt sind, und der voll den *Fame* hat.“

„Was?“

„Na, der Maler, der besonders gute Bilder gesprüht hat und den man dann eben kennt“, übersetzte Patrick das eben Gesagte.

Mh, das machte die Situation nicht wirklich besser. Hätte es sich nur um hässliches, sinnloses Gekrakel gehandelt, wäre Verbieten sicher eine Option gewesen. Aber Elina kannte Samuels künstlerische Qualitäten und konnte sich nicht vorstellen, dass er damit etwas verunstaltete. Wobei es sicher auf seine momentane emotionale Lage ankam, ob er ein Bild des Grauens oder einen Ort der Sehnsucht auf die Wand bannte. Beidem konnte man dennoch die hohe Qualität nicht absprechen.

Im Kopf ging sie die verschiedenen Möglichkeiten durch. Verbieten kam nur bedingt in Frage, da manches einfach schöner wurde durch Graffiti, nicht hässlicher. Es gab auch legale Stellen zum Besprühen, das war möglicherweise langweiliger, da nicht verboten, aber langlebiger, weil es zumindest nicht von der Stadt entfernt wurde. Samuel ins Gewissen zu reden, dass er seinen Künstlernamen für sich im Geheimen bewahren musste und niemandem sagen durfte, dass er das war, hatte für sie eher den Beigeschmack eines verbotenen Geheimnisses. Im Grunde war es das auch, aber deswegen musste sie einen anderen Weg finden, ihm Graffiti unter seinem Künstlernamen zu ermöglichen, ohne dass die Polizei hier mitmischte.

„Wo sind denn diese Bilder? Kann ich mir die anschauen?“

„I-ich h-hol m-mein B-blackbook.“ Samuel sprang vom Tisch auf und war schon auf dem Weg die Treppe nach oben, als Elina fragte: „Was holt er?“

„Das Blackbook, da sind Fotos und Skizzen von den Pieces drin.“

„Ach ja.“

Es würde ein langer Abend werden.

***

„Ich habe die Beherrschung verloren, tut mir leid“, gestand Jeremias zerknirscht ein, als Elina ins Schlafzimmer kam.

„Ich denke nicht, dass du dich bei mir entschuldigen musst. Vor allem kamst du noch gar nicht dazu, dich über den neuen Hund auszulassen“, neckte ihn Elina.

„Ich will aber, dass du es weißt.“

Er blickte sie an.

„Ich habe mich zwar gefragt, was du an dem hässlichen Hund findest, dem ein Auge fehlt, aber du scheinst ein Faible für gefallene Engel zu haben“, sagte er mit einem angedeuteten Schmunzeln.

„Jetzt sag schon, was habt ihr ausgeheckt? Komme ich in dem Plan auch irgendwo vor?“

Auf Elinas Gesicht stahl sich ein spitzbübisches Grinsen.

„Wir haben ein paar Gebäude in der Stadt herausgefiltert, die derzeit durch besondere Hässlichkeit hervorstechen, und werden dort anfragen, ob die Flächen in einem bestimmten Stil besprüht werden dürfen. Wenn wir die Zustimmung haben, brauchen wir noch jemanden, der der Polizei sachdienliche Hinweise gibt und aushandelt, dass die alten Graffitis nicht straf- oder zivilrechtlich verfolgt werden, sondern einen Kunstzweck erfüllen.“

Jeremias rieb sich über die Augen – er hatte den ganzen Tag nur mit Verrückten zu tun.

„Ich kümmere mich drum.“

„Das ist schön“, sagte Elina, während sie ihren BH auf den Boden fallen ließ.

„Zeigst du mir nochmal, wie du innerhalb von ein paar Sekunden so in Rage geraten kannst?“

***

Jeremias strich Elina mit einem Finger die entblößte Haut entlang. Sie lagen im Bett und konnten durch das geöffnete Fenster im leichten Windspiel die sich bewegenden Vorhänge beobachten. Der Garten und der Stall lagen im Dunkeln. Elina erschauerte, und die Härchen an ihren Beinen stellten sich auf. Jeremias strich über die Narbe am rechten Oberschenkel. Ganz sanft betastete er sie.

„Was ist hier passiert?“

„An diesem Tag habe ich meine Angst verloren.“

Er blickte sie an.

„Willst du …?“, setzte er an.

„Nein“, entfuhr es ihr schneller und barscher, als sie beabsichtigt hatte.

„Nein“, begann sie erneut. „Vielleicht irgendwann, aber noch nicht jetzt.“

Jeremias nahm es hin und dachte an seine vorherigen Eroberungen mit makelloser Haut, und er fragte sich, ob sie ihn deswegen so schnell gelangweilt hatten. Eine makellose Haut erzählte keine Geschichte, schien keine Vergangenheit zu haben, keine Geheimnisse, keine Abenteuer. Er hatte einfach nur Puppen ausgeführt, die kurzzeitig seine Aufmerksamkeit erregt hatten, aber nicht mehr. Diese Frau aber, die ihn optisch nicht sofort in seinen Bann geschlagen hatte, hatte seine Seele gefesselt. Er fühlte sich nackt, wenn sie ihn nur ansah. Sie blickte auf den Grund seiner Seele und hielt sein Herz in ihren Händen. Das waren keine Schmetterlinge in seinem Bauch, das war ein übergroßes Hornissen-nest in seinem Inneren, und er meinte das Vibrieren der tausend Flügel bis in seine Handflächen zu spüren. Er wollte sie festhalten, er wollte sich an ihr festbeißen. Er wollte alles erfahren und hatte doch das Gefühl, gar nichts über sie zu wissen.

55. Kapitel

Elina

Elina nahm sich vor, wieder mehr nach einem ordentlichen Schema zu erledigen. Diese ungeplanten Tage überforderten sie doch mehr als ein durchstrukturierter Tag. Sie musste diese Struktur niemandem aufzwingen, aber es beruhigte sie, wenn sie wusste, was sie schon hinter sich hatte, was noch vor ihr lag und was sie unbedingt noch auf dem Plan hatte.

Die Sonne kämpfte sich noch zum Himmel empor, als Elina mit den Hunden draußen joggen ging. Justus hatte sich nach einem kurzen, erbarmungslosen Kampf Kevin untergeordnet und trabte jetzt mit fliegender Zunge neben Elina her. Sie war froh, dass sie Kevin nur auf die linke Hand trainiert hatte, sodass sie jetzt anstrebte, Justus nur Befehle mit der rechten Hand zu geben, abgesehen von akustischen Befehlen natürlich. Es konnte sich im Alter aber noch bewähren. Blind oder taub durfte der Hund werden – beides allerdings nicht, denn da halfen dann weder Sprach- noch Gestikkommandos.

Im Anschluss ging sie das Material durch, das für das zu bauende Labor benötigt werden würde. Am besten etwas Feuerfestes, man konnte nie wissen. Mit einem Blick auf Justus dachte sie wehmütig, dass er keine Hilfe sein, sondern Patrick wohl eher beim Bombenbau zusehen würde.

***

Patrick hatte sich mit Mike und Hamid in einer uneinsehbaren Ecke des Schulgebäudes verschanzt. Sie rauchten; nur Zigaretten, keinen Joint. Es war nicht so, dass Patrick nicht etwas hätte besorgen oder kaufen können, aber er brauchte es nicht. Er war ein reiner Dealer gewesen und wusste nur zu gut, wie kaputt man sich dadurch machte.

„Ey, das wär‘ voll fett, wenn wir zusammen Mukke machen“, meinte Mike.

Mike spielte Schlagzeug und trommelte auf allem und jedem herum, er konnte kaum stillsitzen, schon kam ihm ein Beat in den Kopf, der herausgetrommelt werden wollte.

Hamid hatte schon mal in einer Band Bass gespielt und Patrick konnte vielleicht noch was auf der Gitarre. Es war schon länger her, aber da konnte er sich ja wieder mal dahinterklemmen.

„Ja, dann muss jetzt noch einer singen“, stellte Hamid fest.

Sie sahen sich gegenseitig an. Einer nach dem anderen hob abwehrend die Hände.

„Und wo kriegen wir dann so einen her?“, runzelte Hamid die Stirn.

Patrick dachte nach.

„Mein Bruder … Der ist zwar nicht hier auf der Schule, aber der kann schon echt gut singen ...“

„Ja? Krass, dann lass uns mal treffen und dann checken wir das ab.“

***

Jeremias saß im Besprechungsraum einem neuen Mandanten gegenüber, der ihm eine haarsträubende Geschichte erzählte, die so oder auch anders passiert sein konnte. Den musste er in der Verhandlung auch mal schön zum Schweigen bringen, sonst würde da keine Strategie der Welt etwas bringen.

***

Patrick stürzte zur Haustür herein und verkündete: „Ich brauche eine Gitarre!“

„Ach ja, wirst du jetzt Rockstar?“, fragte Elina amüsiert.

„Wir gründen eine Band, und dann wirst du schon sehen, wenn uns bald jeder kennt.“

Elina zog die Augenbrauen hoch. „Kennt man euch dann auch der Musik wegen oder weil ihr Hotelzimmer zerstört und die Bühne abfackelt?“

„Tzzz – das entscheiden wir dann spontan, wonach uns ist.“

„Darf es für den Einstieg auch was Günstiges sein und nicht gleich die Gitarre von Jimi Hendrix?“

„Ach, ich suche mir schon was Passendes aus.“

„Ich befürchte es“, meinte Elina, und so langsam keimte in ihr das Gefühl auf, dass Kinder ein teurer Spaß sein konnten.

56. Kapitel

Jeremias

Patrick hatte innerhalb kürzester Zeit alles auf den Kopf gestellt. Er hatte ein Labor, er hatte einen Proberaum und eine Gitarre mit Verstärker, den er regelmäßig aufdrehte und damit Jeremias in den Wahnsinn trieb. Es war mit Sicherheit Absicht. In schöner Regelmäßigkeit befand sich Patrick also auf der einen Seite der Tür mit aufgedrehtem Verstärker und spielte mal richtig, mal falsch, aber immer laut, und Jeremias hämmerte auf der anderen Seite der verschlossenen Tür dagegen und hätte am liebsten den Strom abgeklemmt. Es war nur eine Frage der Zeit, bis dieser Kellerraum schalldicht isoliert werden würde. Das war ja wirklich nicht zum Aushalten.

***

Elina hatte es sich zum Ritual gemacht, wenn Samuel von der Schule kam, mit ihm noch Bewältigungsarbeit zu leisten und vergangene Erlebnisse aufzuarbeiten. Es war nicht immer einfach und sie beschlich auch das Gefühl, dass ihr die Zeit davonzulaufen drohte. Samuel versuchte zu vergessen, anstatt zu verarbeiten, und was würde sein, wenn er alles verdrängt hatte? Die Erlebnisse würden nur weiter im Inneren bohren.

Elina kannte die Statistiken, dass die meisten Vergewaltiger in der Kindheit selbst missbraucht wurden. Sie war sich noch nicht im Klaren, wie sie das hinkriegen sollte. Sie wusste nur, dass sie eine Therapie durch Dritte nicht befürwortete. Derzeit witterte sie überall nur Gefahr für Samuel. Die Welt war so klein geworden, seit sie Henry im Gefängnis besucht hatte. Henry war nicht allein gewesen und die anderen waren noch irgendwo hier draußen. Sie kannten Samuels Gesicht. Ein Gesicht, das man nicht leicht vergessen konnte, das man immer wieder sehen wollte, weil es so schön war.

Samuel würde auch nicht immer der kleine Junge mit den großen, staunenden Augen bleiben. Er war ja schon jetzt kein Kind mehr. Er würde erwachsen werden, ob sie das wollte oder nicht. Es würde Rückschläge geben, mehr als jetzt schon. Würde ein Abschluss funktionieren? Würde er eine Lehrstelle finden? Würde er sich in jemanden verlieben? Würde er zulassen können, dass ihn jemand liebte? Würde er sich irgendwann durchsetzen können? Elina befürchtete, dass Samuel eine äußere harte Schale entwickeln würde und niemanden mehr an sich heranließe. Und wo ging sie dann hin, die Frustration?

Was machte er dann mit der angestauten Wut? Wer war schwächer als er, um sich abreagieren zu können?

„M-mögen d-die Pferde reit-ten?“, unterbrach Samuel Elinas Gedanken.

„Mh, sie haben keine Schmerzen, nur weil du auf dem Rücken sitzt, wenn du das meinst.“

Samuel schwieg zunächst. Dann: „A-aber s-sie t-tragen n-nicht f-freiw-willig jem-manden?“

„Nein, das muss man ihnen beibringen. Das würden sie sonst nicht machen“, bestätigte Elina.

„M-man zw-wingt s-sie, jem-manden z-zu t-tragen ...“, sagte Samuel gedankenverloren.

Elina blickte ihn an. Da war es wieder, das Gedankenkarussell mit den Starken und den Schwachen.

57. Kapitel

Elina

Elina war zum Rapport beim Jugendamt und wartete, bis Frau Kreuzer-Santos frei war. Sie hatte ein Foto mitgebracht, welches sie in den Händen hielt, und lächelte. Eine junge Mitarbeiterin kam eben mit einem Aktenberg um die Ecke und beugte sich zu ihr herunter.

„Och, da ist aber ein süßes Bild. Da sind Sie ja auch eine ganze junge Mama, nicht wahr?“

Elina betrachtete das Bild, und auf ihrer Stirn erschienen die ersten Denkfalten.

„Wenn Sie zum Hilfeplangespräch hier sind, müssen Sie sich dort vorne anmelden, damit man Sie einteilen kann.“

Sie eilte davon, noch bevor Elina auch nur den Mund aufmachen konnte. Ja, so sah es wohl aus. Jeremias und sie selbst Anfang dreißig und die Jungs 15 Jahre alt. Eine junge Mutter. Sie beschloss, es als Kompliment abzuhaken und glücklicherweise auf das Hilfeplangespräch verzichten zu können. Unsere Probleme liegen außerhalb der Familie und nicht innerhalb, dachte sie bei sich.

Frau Kreuzer-Santos war begeistert und kassierte das Bild gleich ein.

„Ach, da wachsen sie ja jetzt richtig zusammen. Ich muss mich wirklich mal wieder bei Ihnen zu Hause umsehen.“

„Ja, Sie wären erstaunt. Es hat sich einiges getan. Patrick ist sehr aktiv in der Schule und hat auch schon Freunde gefunden, mit denen er Musik machen möchte.“

„Ach, wie schön, eine Musikgruppe“, freute sich Frau Kreuzer-Santos.

Das Ensemble des Teufels hätte Jeremias sicher gesagt, wobei er froh sein konnte, dass noch keine Geige dabei war. Es gab kaum etwas Schlimmeres als einen Violinisten, der es nicht konnte. Das war zum Fußnägelhochrollen.

„Ich bin mir bewusst, dass wir in erster Linie die Entwicklung von Patrick im Auge behalten, da er sich zu bewähren hat, aber ich möchte Samuel nicht aus den Augen verlieren, zumal er Nachholbedarf hat. Wie – geht – es – ihm?“

Sie betonte jedes Wort der Frage einzeln.

„Gut“, meinte Elina, und war nicht sicher, wie schlecht sie gelogen hatte.

„Und in der Schule? Wie macht er sich, wie kommt er zurecht? Hat er schon Anschluss gefunden?“

„Äh, ja, also es war abzusehen, dass es nicht einfach wird. Es gibt Fächer, die ihm nicht so leichtfallen, aber auch welche, die ihm zusagen.“

„So, wo liegen denn seine Interessen?“

„Im Kunstbereich … und der Musik.“

Frau Kreuzer-Santos sah Elina über die Brille hinweg an.

„Frau Melderun, wenn er nicht der neue Picasso oder Mozart wird, könnten ihm diese Interessenfelder nicht viel helfen, ja? Das ist Ihnen sicher bewusst."

„Ja, Picasso wird er wohl eher nicht, dafür malt er zu detailliert", stellte Elina fest.

Frau Kreuzer-Santos' Gesicht blieb unbewegt.

„Wie ist die soziale Komponente? Wie macht er sich da?"

Elina erwog, Namen zu erfinden, musste aber damit rechnen, dass sie selbst diese bis zum nächsten Mal vergessen haben würde. Frau Kreuzer-Santos würde sie dagegen unwiderruflich in ihrer Akte vermerkt haben.

„Er tut sich noch schwer damit, Bindungen zu Fremden einzugehen."

Frau Kreuzer-Santos notierte etwas.

„Bleiben Sie dran, Frau Melderun. Wir sprechen uns wieder. Danke für das Foto."

***

Patrick, Mike, Hamid und Samuel hatten sich im neuen Proberaum im Keller zusammengefunden. Mike hatte Bier mitgeschmuggelt, das sie jetzt tranken.

„Geiler Scheiß an der Wand. Hast du das selbst gemacht?", fragte Mike Samuel.

Samuel wartete – erst denken, dann sprechen: „Ja." Kein Stottern, wenn er sich konzentrierte.

„Das ist echt abgefahren!“, kommentierte Hamid, stand auf und strich mit der Hand über die gesprayte Wand. Patrick hatte auf drei schwarzen Wänden bestanden, an die man jetzt etwas mit weißem Edding kritzeln konnte, und Samuel durfte sich an der letzten Wand verewigen. Er hatte den Ausblick in einen Tunnel gesprüht. Man fühlte sich, als stünde man in einem Fußgängertunnel unter der S-Bahn und konnte links und rechts Graffiti an den Wänden sehen. Der Boden war leicht nass dargestellt, von der Decke tropfte es noch. Es verschaffte dem Raum die Atmosphäre von Untergrund, rauem Wetter und Widerstand. Das alles konnte man von ihrem realen beheizten, jetzt auch schallisolierten und gemütlichen Proberaum ja nicht behaupten.

„Hammer!“, bestätigte Mike.

Patrick entspannte sich ein wenig. Es war so viel einfacher, wenn Mike und Hamid Samuel einfach so leiden konnten.

„Und du bist also der Axl Rose[4], den uns dein Bruder hier versprochen hat?“

Samuel lächelte. „Ja.“

„Ich hoffe, du singst mehr, als du sprichst“, feixte Mike.

Patrick nahm die Gitarre und spielte die ersten Akkorde von Metallicas „Nothing else matters“. Noch bevor sich Mike hinter das Schlagzeug geklemmt oder Hamid den Bass parat hatte, setzte Samuel mit

---

4 Sänger bei Guns N‘Roses und AC/DC

dem Gesang ein. Hamid und Mike starrten ihn an und waren so aus dem Konzept, dass es noch länger dauerte, bis sie in das Lied mit einsteigen konnten.

„Absolut krasser Scheiß", kommentierte Mike nach dem Lied und öffnete noch ein Bier mit seinem Feuerzeug, dass der Kronkorken nur so durch den Raum flog.

***

Samuels Mathelehrer hatte um ein Elterngespräch gebeten. Dass das nichts Gutes bedeuten konnte, war Elina durchaus klar. Sie rechnete fest damit, dass es um die Versetzungsgefährdung ging, die zweifellos im Raum stand.

„Frau Melderun, ich habe mit der Klasse letzte Woche einen Test geschrieben, den ich nach der Bewertung noch nicht wieder ausgeteilt habe. Ich wollte zuerst mit Ihnen darüber reden."

Er händigte ihr eine Arbeit aus, auf der sie die ungelenke Schrift Samuels erkannte. Das Ergebnis war dürftig, es war nicht bei jeder Aufgabe etwas ausgefüllt, und auch grob überschlagen konnte mancher Rechenweg nur falsch sein. Offensichtlich hatte Samuel die Thematik nicht verstanden. Elina drehte das Blatt herum und war erstaunt, einen geschriebenen Text vorzufinden:

„Bitte geben Sie mir keine zu schlechte Note, damit meine Mama nicht so traurig ist.“

Es brach Elina nahezu das Herz. Sie räusperte sich und schaute dem Lehrer ins Gesicht.

Er nahm ihr das Blatt wieder ab. „Sie können sich sicher vorstellen, dass ich hierauf keine Rücksicht nehmen kann. Die bestehenden Defizite müssen auf andere Art behoben werden.“

„Ja, das weiß ich. Ich danke Ihnen für Ihre Ehrlichkeit.“

Sie erhob sich und schüttelte dem Lehrer die Hand, bevor sie den Klassenraum verließ.

58. Kapitel

Henry

Die Frau trug einen kurzen, engen Rock, der sich über ihren muskulösen Po spannte. Glänzende, halterlose Strümpfe umspielten ihre wohlgeformten Beine. Ihre Füße steckten in hohen Lackpumps. Sie rückte ihre Brille zurecht, ein großer Rahmen, so wie es gerade wieder modern geworden war. Schwungvoll setzte sie sich in Bewegung. Showtime.

Der Justizvollzugsbeamte hatte sie bereits von Weitem erspäht und wurde ein wenig nervös, als sie sich immer weiter in seine Richtung bewegte. Sie schien tatsächlich vorzuhaben, sich hier bei ihm vorzustellen.

Sie hielt vor der Sicherheitsglasscheibe und beugte sich zu den Luftlöchern hinunter, um zu ihm zu sprechen.

„Hallo, ich bin die Therapeutin Elina Melderun und habe heute den ersten Termin hier."

Sie hätte sich nicht hinunterbeugen müssen, um sich mit ihm zu verständigen, er hätte sie auch so verstanden, aber so hatte er noch in ihr Dekolleté schauen können. Echt oder unecht, geisterte durch seinen Kopf, und er hätte sie fast durchgewunken, ohne auf sein Klemmbrett mit den angemeldeten Besuchen zu schauen.

„Ja, hier … Hier stehen Sie. Sie müssen noch durch die Sicherheitskontrolle."

Leicht rot im Gesicht, blickte er wieder zu ihr hoch.

„Kommen Sie raus?", zog sie ihn auf.

„Nein, nein … Das macht alles der Kollege." Er betätigte den Summer und ließ Elina ein.

Sie legte ihre Handtasche ab und schritt durch den Metalldetektor.

„Ganz schön kurz angezogen, Lady. Mischen Sie mir die Jungs da unten nicht zu sehr auf, die Nutte kommt erst nächsten Dienstag wieder", ließ der nächste Beamte sie wissen.

Sie lachte auf und suchte den Weg zum Therapieraum.

Henry war bereits platziert worden und musterte Elina von oben bis unten.

„Schicke Brille", meinte er, als sie sich ihm gegenüber hingesetzt hatte.

Sie lächelte, rückte als angedeutete Affekthandlung die Brille zurecht und startete die Aufnahme. *Auf dass keines deiner Worte ungehört bleiben möge*, dachte sie.

„Wir waren beim letzten Mal dabei stehen geblieben, dass sie auf Schmerzen stehen."

„Das würde ich, wenn ich könnte."

Henry blickte sie offen an.

„Erklären Sie mir das“, forderte Elina ihn auf.

Er hielt ihr seinen Arm hin.

„Beißen Sie mich! Beißen Sie mich, bis ich blute.“

Elina befeuchtete ihre Lippen. Das war ja einfach gewesen.

Sie legte ihre Hand auf seinen Arm und drückte ihn wieder auf den Tisch.

„Sie wissen genau, dass ich das nicht machen werde.“

Dabei hielt sie seinen Arm weiter umfasst und fuhr nun bis zu seiner Hand vor. Sie umfasste einen Finger und fuhr mit ihrem Nagel unter seinen Fingernagel. Sie hatte zweifelsohne längere Fingernägel, und wenn sie erst die Haut verletzt hatte, würde er brennenden Schmerz verspüren, wenn sie den Fingernagel anhob. Sie fixierte seine Augen. Er blickte zurück, seine Augen verrieten Aufregung, als würde sie einen Zaubertrick zelebrieren. Er zuckte nicht einmal, als Blut unter dem Nagel hervorquoll. Weder mit der Hand noch mit den Augen, als hätte er einfach gar nichts gespürt.

„Interessant.“ Elina zog die Hand zurück und wischte sich den Finger an einem Taschentuch ab.

„Wenn Sie mich heilen können, begleite ich Sie freiwillig in Ihr Verlies“, ließ Henry sie wissen.

Elina dachte an die langen Tage und Nächte, bei denen sie den Verhörspezialisten bei der Arbeit zugesehen und zugehört hatte. Natürlich war deren Tätigkeit nichts anderes als die eines modernen Folterknechts gewesen – Wissen zu erfahren, ohne dass der Ausgehorchte danach aussah wie durch den Fleischwolf gedreht. Saubere Folter, weiße Folter. Manchmal aber auch noch mit Handgreiflichkeiten verbunden, um den Willen schneller zu brechen.

An Henry hätten sie sich die Zähne ausbeißen können.

„Wie geht es ihm?“, holte Henry sie aus ihren Gedanken zurück.

„Nicht besser, nicht schlechter.“

Henry trommelte mit seinen Fingern auf die Tischplatte. Dabei verlor er etwas Blut, das sich auf der Tischplatte sammelte.

„Haben Sie manchmal Angst, dass Sie ihm später hier gegenübersitzen?“ Noch bevor sie antworten konnte, fuhr er fort: „… dass er verhaftet wurde, weil er Kinder vom Spielplatz mitgenommen hat, um ihnen einen Welpen zu zeigen? Dabei hat er in Wirklichkeit die Tür hinter ihnen verschlossen und seinen Penis ...“

„Herr Ericsson, es müssen keine Situationen erfunden werden. Bleiben wir bei dem, was passiert ist. Wie haben Sie Samuel kennengelernt?“

Henry hörte auf zu trommeln und legte beide Handflächen flach auf die Tischplatte.

„Mit ein paar von Janus‘ Jungs waren wir auf dem Rückweg von einer Auktion. Es ging um Mädchen unter sieben Jahren, wie auch immer. Ist jetzt unwichtig.“

Er konnte ihr nicht mehr in die Augen sehen; vielleicht suchte er aber auch nur seine Erinnerungen an einem imaginären Punkt hinter ihr.

„Einer musste pissen und wir fuhren auf diesen Parkplatz auf der Autobahn. Es war schon dämmrig gewesen. Auf einmal stand er da, der kleine Junge mit den großen Augen. Er hatte keine Jacke an, als wäre er nur mal eben aus dem Auto auf Toilette gegangen. Sein Haar war vom Wind verweht. Ich weiß es noch genau, als ob es gestern gewesen wäre. Ich kann diesen Anblick nicht vergessen, dieses Gesicht brennt sich ein. Ich weiß nicht, ob Sie sich das vorstellen können, aber als wir dieses Kind damals gesehen hatten, bin sogar ich nervös geworden."

Er suchte in ihrem Gesicht nach einer Reaktion, aber Elina bedeutete ihm nur fortzufahren.

„Ich bin raus aus dem Auto und zu ihm hin. Ich war fest davon überzeugt, dass seine Eltern irgendwo in der Nähe sein mussten. Ich hab ihn gefragt, was er denn da alleine macht. Klar hat er irgendwie Angst gehabt, weil ich ihn einfach angesprochen habe, aber dann hat er gesagt, dass er da ganz allein ist und sein Bruder ihn hat stehen lassen. Ich hab mich erst mal auf dem Parkplatz umgesehen, ob nicht doch jemand nach dem Jungen guckt. Aber der Parkplatz war fast leer, nur ein paar LKW mit zugezogenen Gardinen und unser Auto. Ich kann zwar nichts fühlen, aber so müssen sich Schmetterlinge im Bauch anfühlen. Ich hab ihm gesagt, dass wir jetzt gemeinsam seine Eltern suchen gehen."

Henry fuhr über die Narbe an seinem Arm. Abwesend fuhr er fort:

„Ich hatte ihn zu unserem Auto gebracht. Die anderen waren voll von der Rolle. Haben mich gefragt, ob ich noch ganz dicht bin und ob mich nicht wer gesehen hatte, der jetzt unser Nummernschild meldet. Aber sein Gesicht war einfach zu wertvoll, um die Chance vergehen zu lassen. Zitternd hatte Samuel damals zwischen uns Kerlen auf der Rückbank gesessen und bald kapiert, dass wir nicht seine Eltern suchen gegangen waren. Ich habe Samuel damals selbst in die Hölle geschickt."

„Was empfinden Sie heute dabei?"

„Gar nichts."

Elina schwieg.

***

Sie fuhr zurück ins Büro und besprach mit einer Kundin die Details zur Planung eines Wintergartens. Ihre Kundin war hochmotiviert – vor allem, weil sie das Gefühl haben konnte, die Planung selbst vorzunehmen und nicht nur ihren Mann die Planung auf dem Papier verstehen zu lassen.

Nach dem Termin rieb sich Elina die Augen, als hätte sie den ganzen Tag eine Brille getragen und müsste die Druckstellen auf ihrem Nasenrücken wegmassieren.

Sie ging in Jeremias‘ Büro, setzte sich auf die Tischplatte und schwang beide Beine über die Platte, sodass sie genau vor ihm saß.

„Es ist Wochenende, hast du schon was vor?“, fragte sie ihn und knotete seine Krawatte auf.

59. Kapitel

Elina

Patrick kam am späten Samstagvormittag nach Hause. Elina war erleichtert – er sah lediglich verkatert und zerzaust aus.

„Was hast du gemacht?“, fragte sie ihn.

„Ich habe Mercedes nach Hause begleitet, weil ich nicht fand, dass sie in der Lage war, den Weg noch alleine zu finden.“

Demonstrativ warf Elina einen Blick auf ihre Armbanduhr und dachte darüber nach, dass er keinen Wagen umgeparkt hatte, sondern dass Eltern tatsächlich unglaubliche Namen vergeben konnten.

„Ja, ich bin dann dortgeblieben“, begann er. „Ihr Vater fand es wohl nicht so toll. Er hat mein Handy einbehalten in der Hoffnung, dass es jemand abholen möchte und er dann mit einem von euch beiden sprechen kann. Du weißt also, wo du ihn finden kannst.“

Für Patrick war das Gespräch damit beendet. Er verließ das Wohnzimmer und stieg die Treppe hinauf. Er schien das Handy nicht so zu vermissen wie andere Teenager, die von ihrem Smartphone abhängig waren. Kein Smombie, der sich ohne Smartphone auf nichts mehr konzentrieren konnte.

Wahrscheinlich würde er sich schnell Ersatz besorgen können und hatte die Daten in einer Cloud gesichert.

Elina seufzte. Es war Zeit für das erste Gespräch mit anderen Eltern. Sie rief die aktualisierte Ansicht auf ihrem Laptop auf. Der Standort des Smartphones hatte sich seit sechs Stunden nicht verändert. Sie machte sich auf den Weg zu der angegebenen Adresse.

***

Elina hatte Jeremias' Porsche genommen. Eine gute Wahl, wie sie jetzt feststellte, als sie die gekieste Auffahrt des großen Anwesens hinauffuhr. Ein Fahrrad hätte sie in eine schlechte Startposition gebracht. Sie stellte den Wagen einfach in den Weg und stieg aus. Die Sonnenbrille schob sie auf dem Weg zur Haustür nach oben über die Haare.

Familie Vogelsang, entnahm Sie dem Schild neben der Klingel. Sie klingelte, und ein Mann in den Vierzigern öffnete die Tür. Er musterte sie.

„Guten Morgen, was kann ich für Sie tun?“

„Guten Morgen, mein Sohn sagte mir, dass er hier etwas vergessen habe beziehungsweise, dass Sie gerne mit mir sprechen wollten.“

„Ihr Sohn?“, entfuhr es ihm. „Sie sehen aus wie seine große Schwester!“

„Dankeschön“, fiel sie ihm gleich ins Wort, verbunden mit dem Wissen, dass er ihr bestimmt kein Kompliment machen wollte. „Darf ich hereinkommen?“

Langsam trat er mit der geöffneten Tür beiseite, um sie einzulassen.

„Lassen Sie uns auf die Terrasse gehen.“ Er ging voran, sie folgte ihm und scannte das Haus mit ihrem Blick. Teure, rustikale Einrichtung, penibel sauber, von Teenagersachen keine Spur.

„Einen schönen Wagen fahren Sie. Hat Ihnen ihr Mann den gekauft?“

„Nein, ich fahre ihn, weil ich will. Wenn ich ein anderes Fahrzeug wollte, würde ich es mir selbst kaufen“, ließ sie ihn wissen und setzte sich in einen der Korbstühle, die auf der Terrasse aufgestellt waren.

„Kommen wir zum Grund meines Besuchs. Was wollten Sie besprechen?“

Elina fixierte ihn mit ihrem Blick.

„Ich möchte wissen, was sich Ihr Sohn dabei gedacht hat, einfach bei meiner Tochter in meinem Haus zu übernachten“, eröffnete Herr Vogelsang das Gespräch.

„Soweit ich informiert bin, hat er sie zu später Stunde nach Hause begleitet, da es in ihrem Zustand unverantwortlich gewesen wäre, sie allein gehen zu lassen.“

„Sie hat um diese Zeit nicht einmal draußen unterwegs zu sein!“, brauste er auf.

„Oh, tatsächlich?“, erwiderte Elina gelassen. „Was denken Sie darüber, wenn Ihre Tochter sich zu einer Zeit, zu der sie sich nicht mehr draußen aufhalten sollte, bereits in einem Zustand befindet, in dem sie nicht mehr ganz Frau ihrer Sinne ist, und sich offensichtlich nicht traut, ihre Eltern zu informieren, um sich abholen zu lassen?“

„Ich denke“, sprach er gepresst, „dass sie den falschen Umgang hat.“

„Wäre es Ihnen also lieber gewesen, wenn mein Sohn sie möglicherweise alleine oder mit einer anderen, eventuell fremden Person, hätte gehen lassen?“

„In Zukunft wird sie dieser Situation nicht mehr ausgesetzt sein, dann hat sie um neun zu Hause zu sein.“

„Man kann auch die falsche Entscheidung treffen.“ Elina erhob sich, das führte zu nichts.

„Ihr Sohn sieht meine Tochter nicht mehr wieder!“, setzte er nach.

„Aus anderen Gründen als den Ihrigen halte ich das für eine gute Idee.“

Sie blickte ihm offen in die Augen.

„Und jetzt nehme ich das Smartphone meines Sohnes mit.“

Sie hielt die Hand auf.

Herr Vogelsang erhob sich, führte sie zurück durch den Eingangsbereich und händigte ihr das Telefon aus. Sie verließ das Anwesen, ohne sich umzublicken und brauste zurück.

***

Wieder zurück, legte sie das Handy im Flur auf das Sideboard, damit Patrick es sich nehmen konnte, wenn er wollte.

Sie war gerade dabei, sich ihrer wirklichen Arbeit zu widmen und einen Bericht für die Behörde zu verfassen.

VE-Bericht Nr. 1

Auftrag:

Durch den Einsatz der Verdeckten Ermittler sollen bislang unbekannte Tatverdächtige identifiziert werden und zu den einzelnen Vorgängen gehöriges Bargeld beschlagnahmt werden.

Durchführung:

Ich bin Polizeibeamtin und als Verdeckte Ermittlerin (VE) für das Bundesland in diesem Verfahren eingesetzt. Unter meinem Decknamen Phönix *führe ich die Operation* Krösus. *Es ist beabsichtigt, weitere Erkenntnisse über noch versteckte Geldquellen zu gewinnen.*

Sie nahm Patrick in der Tür wahr.

„Und? Wie war‘s?“

Er hatte das Smartphone in der Hand und spielte damit herum, um seine Nervosität zu überspielen.

„Wie hoch ist die Wahrscheinlichkeit, dass ich Großmutter werde?“

„Ich bin nicht dumm!“, brauste er auf. „Klar haben wir verhütet.“

Puuuuuh! Elina war erleichtert – es bestand Hoffnung, noch andere Schwiegereltern für ihren Sohn zu bekommen.

„Was denkst du? Wirst du sie wiedersehen?“, fragte sie ihn.

„Muss nicht sein“, entgegnete er.

Elina nickte bedächtig. „Ja, muss wirklich nicht sein.“

Er kam um den Tisch herum und legte ihr von hinten die Arme über die Schultern, um sie zu umarmen. Rein aus Reflex schoss ihr linker Arm zu seinen Unterarmen hoch, um zu vermeiden, dass sie gewürgt werden konnte. Sie tarnte ihr Manöver, indem sie mit ihrer Hand sanft seinen Unterarm umfasste.

„Danke, dass du an mich glaubst.“

Er löste sich von ihr. Sie wandte sich um.

„Gibt es noch irgendwas, das du wissen willst? Sachen, bei denen du dir unsicher bist ...“, setzte sie an.

„Nein, Mutter“, lächelte er. „Das kriege ich schon hin.“

60. Kapitel

Jeremias

Jeremias trabte auf Alba den Feldweg entlang. Er hob sich aus dem Sattel und trieb Alba weiter an, sodass sie nur so dahinflogen.

Für einen Moment waren alle Sorgen vergessen. Für einen Moment nur Elina vor Augen, er im Büro, er auf dem Rücken des Pferdes. Kein nerviger Teenager, der ihm so auf den Geist ging, dass er manche Tötungsart aus den ihm bekannten Ermittlungsakten wahrmachen wollte. Patrick raubte ihm den letzten Nerv, alles meinte er besser zu wissen, eine schleichende Hausbesetzung führte er da im Schilde und ein Krawallmacher war er auch. Ein Teenager. Furchtbar nervend. Elina versuchte ihn immer zu beruhigen, dass es durchaus auch viel schlimmer hätte kommen können und er froh sein solle, dass Patrick so ein aufgeweckter, vielseitig interessierter Jugendlicher sei. Elina konnte Chaos in Ordnung überführen, für ihn war dieser Quälgeist eine tägliche Prüfung, die ihm auferlegt worden war. Er war der Grund, sich zu sagen, dass ihm nicht noch einmal die Faust ausrutschen sollte; und er war gleichfalls der Grund, der seine Nerven nicht ruhen ließ.

Nach der großen Runde fühlte sich Jeremias erfrischt. In Gedanken hatte er Patrick mehrmals niedergeschrien; er war bereit, sich wieder der Realität zu stellen.

***

Jeremias und Elina wurden am Eingang des „Excalibur“ empfangen und zu ihrem reservierten Tisch geführt. Sie wählten einen Wein und entschieden sich für die Hauptgerichte. Elina hoffte, dass es annähernd so gut schmecken würde, wie es dem Preis entspräche. Dementsprechend müsste es nahezu von einer Goldschicht überzogen sein.

Sie lächelte und lehnte sich zurück. Es freute sie, dass es zwischen ihr und Jerry so gut lief.

Die Getränke wurden serviert, und Jeremias sah ihr in die Augen.

„Ich wünsche mir, dieses Lächeln jeden Tag zu sehen.“

Elina konnte nicht anders, als ihm genau das gewünschte Lächeln erneut zu schenken.

„Ich liebe dich, Elina.“

Er nahm ihre Hand und holte aus seiner Jacketttasche einen Ring. Er schob ihn über ihren Finger und streichelte ihre Hand.

„Möchtest du für den Rest deines Lebens die Frau an meiner Seite sein?“

Der Ring war silbern und hatte eine eingefasste Perle. Er war nicht zu protzig, sondern hatte etwas Dezentes, das Elina sehr gut gefiel.

„Nein."

Jeremias hielt inne. „Was?"

Elina schluckte, sie hatte schneller gesprochen, als sie gedacht hatte.

„Nein, Jerry, ich kann dich nicht heiraten … Ich …, ich bin bereits verheiratet."

„Was?" Er war immer noch vollkommen perplex.

„Jerry, ich bin bereits seit über acht Jahren verheiratet, ich kann dich nicht heiraten."

Bewegungslos hielt er noch ihre Hand in seiner und starrte sie mit offenem Mund an. Langsam schüttelte er seinen Kopf.

„Das kann nicht sein. Elina, das kann nicht sein. Wie soll das gehen? Du bist immer bei mir. Wo ist dein Mann?"

Wahrscheinlich war es Zeit für die Wahrheit.

„Er ist vor fünf Jahren entführt worden."

Ihre Gedanken schweiften ab zur Vergangenheit, als sie heimgekommen war und den abgetrennten Arm im Backofen gefunden hatte. Ihren Mann hatte sie seitdem nicht wiedergesehen.

„Ich … Ich habe ihn nicht für tot erklären lassen. Vielleicht ist er noch da draußen."

Elina hatte die Hoffnung noch nicht ganz aufgegeben, dass er tatsächlich noch am Leben war, obwohl es keine Lösegeldforderung gegeben hatte und keine sonstige Kontaktaufnahme. Sie hatten damals eine Spur gefunden und sich rangehängt, aber ihn nicht gefunden.

„Elina?“ Jeremias‘ Stimme holte sie zurück ins Hier und Jetzt.

„Wer bin ich für dich?“

Er zog seine Hand zurück.

„Eine willkommene Abwechslung, bis dein Mann wieder da ist?“

Seine Kiefer mahlten.

„Du verstehst das vollkommen falsch“, setzte Elina an.

„Ach ja? Was ist, wenn dein Mann wieder auftaucht? Wie hast du das geplant? Gehst du dann einfach? Verlässt du mich ... und lässt mich mit den Kindern allein? Hast du dir überhaupt etwas dabei gedacht?“

Er schob seinen Stuhl zurück und stand auf. Er drehte sich um und verließ das Restaurant, ohne sich noch einmal umzudrehen.

Elinas Hände zitterten. Verdammt. Das war ja großartig schiefgelaufen.

Der Kellner brachte die Hauptgerichte. Sie seufzte: „Einen Whiskey mit Eis, die Sorte spielt keine Rolle.“

Er nickte verwirrt und ließ sie wieder allein.

Der Alkohol brannte leicht als er ihre Kehle hinablief.

Elina war in Gedanken weit weg. Alles stand in Flammen. Sie rieb sich die Handgelenke, die bis vor Kurzem noch hinter ihrem Rücken zusammengebunden waren. Das Blut war inzwischen geronnen. Sie hatte keine Zeit, sich um ihre Wehwehchen zu kümmern. Sie musste retten, was noch zu retten war, hechtete zu einer Tür, hinter der sie den Ausgang vermutete, und warf sich dagegen. Sie fiel auf heißen Sand und krallte ihre Hände zusammen. Gierig sog sie die Luft in ihre Lungen und krabbelte auf allen Vieren durch die Tür. Sie rappelte sich auf, schloss die Tür hinter sich, verbarrikadierte die Tür von außen und ging langsam rückwärts. Der Schweiß rann ihr die Stirn herunter. Es sah aus, als ob sie blutete, da das getrocknete Blut wieder aufgeweicht wurde. Sie hörte das Hämmern und starrte gebannt auf die Tür. Es gab kein Entkommen. Jemand warf sich gegen die Tür, sie hörte Schreie. Ihr Herzschlag beruhigte sich. Die Schreie gingen über in lautes Wimmern und Wehklagen. Sie spürte außen nicht nur die Sonneneinstrahlung, sondern auch die abstrahlende Wärme des Gebäudes. Sie atmete tief durch. An diesem Tag hatte sie ihre Einheit gerächt. Sie war die einzige Überlebende aus dem Team. Sie drehte sich vom Gebäude weg. Sie stand in der Wüste, weit und breit nichts zu sehen.

Elina stellte das dritte Glas Whiskey auf den Tisch. Sie hatte viel geopfert, um ihren Mann zu finden. Sie wollte noch immer die Hoffnung nicht aufgeben, dass er noch da draußen war. Was sie dann tun würde, wenn er wirklich wieder auftauchen würde, wusste sie nicht. Diese Entscheidung würde sie hintanstellen. Jetzt hatte sie erst einmal zwei Kinder und einen Mann, den sie ziemlich vor den Kopf gestoßen hatte. Es war an der Zeit, Verantwortung zu übernehmen, statt sich jetzt volllaufen zu lassen und sich dann in einer Ecke zu verstecken. Sie hatte sich eine Familie gesucht, sie würde das jetzt wieder hinbiegen.

***

Elina lief die Einfahrt hoch, der Kies knirschte unter ihren Sohlen. Sie steckte den Schlüssel ins Türschloss; er passte noch. Sie trat ein. Es war totenstill. Selbst in der Dunkelheit konnte sie sehen, dass der Flur aussah, als hätte es eine Hausdurchsuchung gegeben. Alles war durcheinandergewürfelt, Schubladen waren aus dem Sideboard gerissen und der Inhalt auf dem Boden verteilt. Die Familienfotos lagen verstreut auf dem Boden, die Gläser waren zerbrochen. Sie stieg über die Scherben hinweg und begab sich in den ersten Stock. Am Ende der Treppe blieb sie stehen und lauschte. Hinter Samuels Tür hörte sie noch Geräusche. Sie ging darauf zu und öffnete sie. Samuel schlief mit dem Kopf an Patrick angelehnt, der auf dem Bett saß und sie anstarrte. Patrick hatte eine Taschenlampe und ein Küchenmesser neben sich liegen.

Sie schloss die Tür hinter sich.

„Alles okay bei euch?“

„Ja“, ließ Patrick sie wissen, „aber dafür, dass Jerry immer was von der Wertschätzung von Eigentum predigt, hat er hier ganz schön auf den Putz gehauen.“

Elina nickte langsam.

„Was ist los bei euch, Mann?“, setzte er nach.

„Ich habe seinen Heiratsantrag abgelehnt.“

Patrick hätte nicht überraschter aussehen können.

„Was ist los? Was hast du gemacht? Warum? Ihr seid wie Bonnie und Clyde[5]!“

Elina lächelte unwillkürlich. Irgendwie waren sie das wirklich, und vielleicht fand auch sie nicht nur in *einem* Mann die bessere Hälfte.

„Ich bin verheiratet, Patrick. Ich bin aktuell verheiratet.“

„Ach, du Scheiße. Du musst das wieder hinkriegen.“

„Ich weiß … Ich weiß.“

Sie wies auf das Messer.

„Ich denke nicht, dass ihr in Gefahr seid. Du kannst jetzt schlafen, ich bleibe im Haus.“

Sie verließ das Zimmer und hielt vor der Schlafzimmertür inne. Sie atmete tief durch und trat dann ein.

Jeremias schlief. Ihre Bettseite war frei, nur sein Arm lag darauf. Unter seinem Arm lag ein Foto. Ein Foto von ihnen beiden. Elina setzte sich auf die Matratze und wartete.

---

5 Berühmtes Gangsterpärchen

61. Kapitel

Kelly

Kelly hatte wieder eine Zwölf-Stunden-Schicht und legte im Ruheraum die Beine hoch. Sie ließ den vergangenen Tag Revue passieren: Motorradunfall, den Helm lässig auf der Stirn aufgesetzt. Da hat er gar nicht so für Schutz gesorgt. Der Kopf war wie ein Radiergummi bis aufs Hirn abgerieben gewesen. Da hatte sie nichts mehr machen können, zu schnell war Dreck in die Wunde gelangt und die Schwellung hatte eingesetzt. Nicht jeder Tag war ein Erfolg, aber auch nicht jeder Tag war aussichtslos.

Sie dachte an Henry. Es war beunruhigend, ihn in der Nähe zu wissen, aber auch beruhigend, ihn auf der anderen Seite des Gitters zu wissen. *Jetzt sitzt du im Käfig*, dachte sie. Wenn sie ganz rational war, stand es ihr nicht zu, so schlecht über ihn zu denken. Er hatte es möglich gemacht, dass sie jetzt war, wo sie war, dass sie eine zweite Chance bekommen hatte. Eine Welt ohne ihren Vater, eine Welt der Selbstbestimmung. Er hatte ihr das Geld gegeben und ihr gesagt, wohin sie gehen konnte, wenn sie ihre Identität ändern wolle. Als Janus‘ Tochter wäre sie im Untergrund überall aufgefallen wie ein bunter Hund, aber als sich die Gelegenheit mit der Gesichts-OP ergab, hatte sie schnell eingewilligt. Selbst wenn sie ihr ein Gesicht à la Frankenstein verpasst hätten, wäre sie froh gewesen. *Wenn du hässlich bist oder sich jemand vor dir ekelt, kommen sie dir nicht so nah*. Aber sie hatte einfach nur ein anderes Normalo-Gesicht, mit dem sie keiner erkannte. Keiner.

Sie döste leicht ein. Sofort kamen die Träume wieder. Sie wurde vom Gewicht eines Mannes niedergedrückt, der rot im Gesicht war und schwitzte. Sie konnte seinen sauren Schweiß riechen und ekelte sich vor seinen Händen, vor seinen behaarten Beinen und seinem Tun. Er blieb wie immer nicht der letzte Mann, der sich in dieser Nacht von ihr herunterwälzte. Sie schloss die Augen, und als sie sie wieder öffnete, blickte sie in seine Augen. Sie fixierten ihren Blick. Er wartete ihre Reaktion ab. Er selbst war komplett ohne Gefühlsregung. Sie konnte nicht einschätzen, ob er etwas empfand, wenn er in sie eingedrungen war, aber sie hatte Angst vor ihm. Vor den anderen ekelte sie sich nur und konnte sie mit dem Schließen ihrer Augen ausblenden. Bei ihm hatte sie das Gefühl, dass sein Blick sich auf ihre Netzhaut brannte. Henrys Blick ließ sie nicht los.

Der Piepser meldete einen Notfall. Sie war froh über die Ablenkung und spurtete los.

62. Kapitel

Jeremias

Der Morgen dämmerte und das erste Tageslicht kroch leise und langsam durch das geöffnete Fenster. Jeremias wurde von einem Lichtstrahl erfasst, der sich über seine Haut tastete, und schlug die Augen auf. Da sah er sie. Sie saß in der Ecke des Bettes.

Wie lange sie dort wohl schon saß? Warum war sie hier? Wie gut, dass sie hier war. Sie wollte ihn wohl doch nicht einfach verlassen und mit den zwei Bälgern hier zurücklassen. Wie ging es jetzt weiter? Was würde sie sagen? Würde er sie ausreden lassen? Wäre dies der letzte schöne Anblick, den er von ihr haben würde, bevor jetzt alles auseinanderbrach?

Er setzte sich im Bett auf, und bevor er auch nur ein Wort herausbrachte, spürte er den Kloß im Hals und kämpfte mit den Tränen. Sie kam langsam näher und nahm zuerst nur die Hand, die er sich nicht aus Scham vor das Gesicht hielt.

Er drückte sie fest und schluchzte: „Ich will dich nicht verlieren!“

Sie legte ihren Kopf auf seinen und flüsterte: „Können wir nochmal von vorn anfangen?“

Er schlang beide Arme um sie und hielt sie fest.

„Ich kann dich nicht gehen lassen, auch wenn dein Mann zurückkommt“, murmelte er.

63. Kapitel

Patrick

„Mutter, hast du eigentlich eine Waffe?"

Elina musterte Patrick. „Derzeit nicht. Wieso fragst du?"

„Wie willst du uns sonst schützen?"

„Derzeit kann ich keine akute Gefahr für dich oder uns erkennen, die das Tragen einer Waffe rechtfertigen würde. Wir führen ein Familienleben mit mehr oder weniger großen Problemen."

In Gedanken ergänzte sie, dass es vielleicht auch einfach nur andere Probleme waren als in anderen Familien.

Beim letzten Elternsprechtag in Patricks Schule hatten sich Eltern in einer Art, die Elina vollkommen unqualifiziert erschien, über Lehrer beschwert. Was dem Lehrer einfiele, derart schlechte Noten zu vergeben oder Themen in einer Prüfung abzufragen, die nicht dezidiert zuvor in der Stunde besprochen worden waren, oder keinen genauen Hinweis zu erteilen, welches Themengebiet beim Lernen ausgespart werden konnte, damit man keine Zeit mit dem Lernen von unnützem Wissen vergeude. *Was ist denn hier los?*, war es Elina durch den Kopf gegangen. Unnützes Wissen gab es ja gar nicht. Es konnte nicht alles in einer Prüfung abgefragt werden, aber vielleicht ergab sich im Leben eine Situation, in der es sinnvoll war, zu wissen, wie viele Frischlinge eine Bache im Schnitt bekommen konnte und vor allem zu welcher Jahreszeit. Schule war auch nicht mehr das, was sie mal war. Alles auf Noten getrimmt, um sich damit einen Studien- oder Ausbildungsplatz zu sichern, und die Qualität des Wissens war vollkommen untergeordnet. Ob die- oder derjenige die Note wert war, würde sich danach erst zeigen. Sowieso hatte der Lehrkörper jetzt die fehlende Erziehung der Kinder zu übernehmen und ausschließlich gute Noten zu verteilen, da er sich mit dem Kind ja befasste. *Verrückte Welt*, ging es Elina durch den Kopf, als sie das Klassenzimmer betrat und die Klassenleiterin begrüßte.

„Guten Abend, ich bin die Mutter von Patrick Blitz. Melderun mein Name. Meinen Lebensgefährten müssen Sie entschuldigen, er ist arbeitsbedingt verhindert."

„Guten Abend, ich bin Frau Escorá", erwiderte sie und musterte Elina nicht ohne Neugier.

„Seien Sie ehrlich – auf einer Skala von eins bis zehn: Wie nervig ist er?"

Mit dieser Eröffnung hatte Frau Escorá nicht gerechnet und stockte kurz, bevor sie tatsächlich auflachte.

„Ich würde ihn auf einer Drei einstufen, da er den Unterricht nicht grob stört und auch, wenn man das Gefühl hat, dass er weder mitschreibt noch aufpasst, er dennoch immer die Antwort auf die gestellte Frage weiß. Er scheint noch etwas unterfordert und könnte mehr ausgelastet werden."

„Wie kommt er mit den anderen zurecht?"

„Nun, er hat bereits Anschluss gefunden, aber es wäre auch ganz nett, wenn er die anderen Schüler nicht auslacht, wenn sie etwas Falsches antworten."

Beide schwiegen, bis Frau Escorá nachsetzte: „Damit macht er sich keine Freunde und ich möchte so ein Talent in meiner Klasse nicht verlieren."

Elina blickte sie verwirrt an: „Wie meinen Sie das?"

„Nun", setzte Frau Escorá an, „trotz Pausenaufsicht können wir nicht alle Schüler schützen. Es passieren Dinge, ohne dass wir sie seitens der Schule verhindern können."

Jetzt lachte Elina auf: „Ich glaube, um Patrick müssen Sie sich keine Gedanken machen, den hat noch keiner kleingekriegt."

***

„Fühlst du dich in der Schule bedroht?", hakte Elina zu Hause nach.

„Nein", antwortete Patrick prompt.

„Bist du sicher? Frau Escorá meinte, dass die Situation sich zuspitzen könnte."

„Ach das … Nein, da habe ich keine Angst", wiegelte er ab. „Ich muss aber noch ein paar Dinge regeln und könnte deine Hilfe gebrauchen."

„Okay, worum geht es?"

„Ich habe noch eine Wohnung und müsste da noch was in Ordnung bringen.“

Elina dachte nach. „Die Polizei konnte keine Wohnung finden.“

„Ja, ich weiß, die läuft auch nicht auf meinen Namen. Aber die Eigentümerin kommt bald zurück und verbringt den Sommer dann hier.“

„Weiß sie, dass du darin wohnst?“, erkundigte sich Elina.

„Nein … Das weiß sie nicht, aber es liegt noch Zeug in der Wohnung, das da unbedingt raus muss, bevor sie wiederkommt. Und ich hab Schiss, mich dort blicken zu lassen, falls mir doch einer auflauert.“

„Was erwartet mich in der Wohnung?“

„Ein bisschen Bargeld in Gemüsepackungen im Tiefkühlschrank, etwas Kokain und Heroin im Bad unter einem losen Deckenpaneel. Ein paar Klamotten, und vielleicht sollte man den Müll noch rausbringen.“

Er stockte, bevor er fortfuhr. „Vielleicht ist die Küche auch ein bisschen schwarz.“

„Hast du da auch experimentiert?“, fragte Elina mit hochgezogenen Augenbrauen.

„Nein, ich hatte gerade den Ofen angemacht, als … als Sam sich die Überdosis gespritzt hat“, beendete er den Satz.

„Aber ist die Wohnung dann nicht abgebrannt?“

„Nein, automatische Abschaltung nach einer Stunde. Moderner Schnickschnack. Die Pizza dürfte dennoch verkohlt sein ...“

„Gib mir die Adresse, ich schau mir das an“, forderte Elina ihn auf.

***

Später in der Nacht hatte Elina das erste Mal seit ihrer Rückkehr wieder Schutzklamotten und eine Waffe dabei. Die schwarze Maske lag eng an ihrem Kopf an, während sie im Schutz der Dunkelheit kauerte. Drei weitere Männer hatten sich hinter ihr postiert. Auch sie waren froh, wieder einen aufregenderen Job zu haben, als eine Küche zu renovieren. Das Haus lag im Dunkeln, kein Licht bei den benachbarten Reihenhäusern. Per Infrarot kein warmer Körper in Fensternähe auszumachen, nicht einmal eine Katze. Im Schatten der Dunkelheit pirschten sie sich heran. Patrick hatte ihr mitgeteilt, wo sich die Kameras befanden, die umgangen oder ausgeschaltet werden mussten. Eine vorübergehende Störung würde ausreichen, bis sie vorbeigeschlüpft waren. Mit dem Schlüssel öffnete Elina erst die Haustür und deaktivierte dann innen die Alarmanlage.

Sie atmete durch. Sie waren drin. Per Handzeichen signalisierte sie ihrem Team, die einzelnen Räume zu sichern. Es konnte immer noch eine Überraschung auf sie warten. Nach wenigen Minuten waren sie durch. Es schien keine Menschenseele hier gewesen zu sein, seit Patrick die Wohnung in aller Eile mit Samuel verlassen hatte. Schmutzige

Klamotten lagen im Weg, dreckiges Geschirr auf der Arbeitsplatte, teilweise hatte sich bereits neues Leben auf den Essensresten gebildet.

Elina gab das Kommando zur Räumung. Ihre Männer holten die mitgebrachten Säcke heraus und stopften alle Sachen, die nicht einer alten Dame zuzuordnen waren, in die Säcke. Die Spülmaschine konnte währenddessen laufen, damit die Dame nicht allzu viel Geschirrschwund nach ihrer Rückkehr zu beklagen haben würde. Der Backofen beinhaltete zwei kohlrabenschwarze Pizzen. Der Ofen selbst würde mit etwas Schrubben wieder ansehnlich gemacht werden können. Es hatten keine Flammen nach außen geschlagen. Wenigstens war es kein großer Aufwand, das wieder hinzukriegen. Sie räumten den Kühlschrank aus. Die meisten Lebensmittel waren sowieso abgelaufen. Im Tiefkühlschrank fanden sie ein bisschen Bargeld. Es musste sich hier um rund fünfzigtausend Euro handeln. Auch die Drogen fanden sich an der angegebenen Stelle. Sie packten alles ein. Vor dem Morgengrauen verließen sie eine blitzblanke Wohnung, der man nicht ansah, dass hier ein ungebetener Gast gehaust hatte. Den Schlüssel versteckte Elina dort, wo auch Patrick ihn gefunden hatte. Jetzt konnte wieder etwas Staub in der Wohnung fallen, bis die alte Dame hier ihr Sommerdomizil aufschlug. Zu viert fuhren sie zum Hauptquartier, um die beschlagnahmten Sachen einlagern zu lassen. Die wirklich große Summe würde Patrick besser versteckt haben, wo auch immer das

Versteck sein würde, sinnierte Elina mit einem Blick auf die restlichen Drogen und die gebündelten Scheine.

64. Kapitel

Samuel

Elina fand Samuel in seinem Zimmer. Er hatte die Beine angezogen und wippte gedankenverloren vor und zurück. Auf ihr Eintreten reagierte er nicht.

„Sam, was ist los? Magst du nichts essen?"

Er reagierte nicht, wandte nicht einmal den Blick von seinem imaginären Punkt ab. Elina setzte sich zu ihm auf das Bett und hielt bewusst Abstand, um ihn mit Körperkontakt nicht zu verunsichern.

„Sam?"

„M-muss i-ich da m-morgen w-wirklich w-wieder h-hin?", fragte er lethargisch.

„Ich fürchte schon", setzte Elina an und schielte auf den aufgehängten Stundenplan. Kunst, Deutsch und Sport, jeweils in Doppelstunden, hatte für heute auf dem Plan gestanden.

„Was war denn los?"

Samuel schluchzte unerwartet auf, gab jedoch seine Schutzhaltung nicht auf, sondern klammerte sich noch fester um seine Knie.

„I-ich h-habe ein-ne Eins in K-kunst b-bekommen f-für St-stilleben, d-das w-wir m-malen s-sollten ..."

Samuel rang nach Luft und Elina wusste, dass da noch mehr kam und die Geschichte nicht so positiv ausgehen würde, wie sie angefangen hatte.

Samuel sammelte sich und fuhr fort: „S-sie h-haben m-mich g-gefragt, o-ob i-ich d-dafür s-seinen Sch-schwanz l-lutsche."

Der Satz hing lose in der Luft.

„I-im Sp-sport h-haben s-sie m-mich d-dann u-unter d-die D-dusche … ge-gezogen, i-ich w-wollte d-das n-nicht … s-sie h-haben g-gesagt, i-ich s-soll z-zeigen, w-wie i-ich d-die g-gute N-note v-verdient h-habe."

Apathisch verlor sich Samuel kurz in der Erinnerung daran, während stumme Tränen seine Wangen hinunterliefen. Fast tonlos setzte er nach: „S-sie h-haben m-mir m-mein Sh-shirt w-weggenommen … D-dann h-haben s-sie aufg-gehört, a-als s-sie d-die N-narben g-gesehen h-haben."

Mit tränennassem Gesicht blickte Samuel sie an. Jetzt konnte er das lautlose Weinen nicht länger unterdrücken. Seine Schutzhaltung brach auf und er kroch Elina in die Arme.

„I-ich w-will d-da n-nicht m-mehr h-hin … b-bitte ..."

65. Kapitel

Elina

Elina beschloss, die Teenager einem Kampfsporttraining zu unterziehen. Für Patrick wäre es ein Ausgleich, sich zu kontrollieren, für Samuel wäre es beim Aufbau seines Selbstbewusstseins hilfreich.

Es war, wie sie erwartet hatte. Patrick nahm die Gelegenheit gerne an, sich mit jemandem zu messen, der behauptete, stärker zu sein als er. Elina gab ihm die Möglichkeit, sich auszupowern und mehrmals auf der Matte zu landen, was seinen Kampfgeist nur noch mehr anstachelte. Dafür machte er mit und lernte Schritte und Handhaltungen. Samuel sah keinen Sinn darin, Kampfsport zu betreiben.

„I-ich h-habe n-nicht v-vor, j-jemandem w-wehzut-tun."

„Samuel, das weiß ich, aber du musst dich doch auch verteidigen können."

Widerwillig ließ er sich in die Übungen einbinden, die Gegenwehr deutlich schwächer als bei Patrick. Elina seufzte innerlich und hoffte inständig, dass er dennoch etwas lernen und behalten würde, um sich zur Wehr zu setzen.

***

Elina stand mit Justus an der Haltestelle und wartete auf die nächste Bahn. Er war angeleint und trug einen Maulkorb. Reine Vorsichtsmaßnahme, sie musste ihn erst kennenlernen. Was kannte er, was konnte er, was erforderte Übung? Eine halbwegs vollbesetzte Bahn schien ihr ein geeigneter Stresstest. Die Bahn kam, sie stiegen ein. Justus zeigte keine Auffälligkeiten. Er legte sich auf Kommando hin und wartete. Menschen stiegen ein, Menschen stiegen aus. Justus war auf das Kommando fixiert und rührte sich nicht.

***

Walther schaltete den Computer aus. Nichts Neues am Markt. Sehr schade. Er konnte ein Wochenende, an dem er sich gedanklich ausklinken konnte, gut gebrauchen. Immer nur Filme schauen, langweilte ihn. Er wollte raus und teilhaben.

Er verließ das Gebäude und machte sich auf den Weg zur Bahn.

***

Die Bahn hielt, und wieder stiegen Menschen aus und wieder ein. Darunter war ein älterer Mann mit bereits schlohweißem Haar, das ihm bis auf die

Schultern fiel. Er hatte das gütige Gesicht des Weihnachtsmannes. Er setzte sich und schlug die mitgebrachte Zeitung auf.

Justus wurde unruhig. Er stand auf und knurrte bedrohlich. Elina fasste die Leine enger und befahl Justus, sich hinzulegen.

Der ältere Mann sah beunruhigt zu ihr und Justus hinüber, als ob Justus ihn gleich trotz des Maulkorbs beißen würde. Gleichzeitig fragte sich Elina, worauf Justus reagierte. Hatte der Alte so viel Sprengstoff dabei, dass es sogar Justus wahrnahm, oder reagierte er auf etwas anderes?

Der Opa mit dem netten Gesicht verließ die Bahn und Justus‘ Nervosität legte sich langsam. Anfangs versuchte er noch, die Bahn ebenfalls zu verlassen, wurde aber von Elina an der Leine zurückgehalten. Was war hier los?

Der Rest der Fahrt verlief ereignislos. Justus gehorchte allen Befehlen, als wäre nichts gewesen.

66. Kapitel

Kelly

Kelly wurde ins Gefängnis beordert, um Impfungen aufzufrischen. Ja, sie arbeitete gern, aber warum eine Hirnspezialistin tatsächlich zum Impfen abberufen werden musste, war ihr schleierhaft. Irgendwie war sie zum Mädchen für alles geworden. Sie war einfach zu oft im Krankenhaus, sie gehörte zum Inventar, und da setzte man sie dort ein, wo man sie gerade außerhalb ihrer regulären Schichten gebrauchen konnte.

Sie ließ die Sicherheitskontrolle über sich ergehen. Sie hoffte einzig, dass die Insassen gut gesichert waren. Sie müsste sich sonst mit einer Spritze zur Wehr setzen.

Wie erwartet, wurde sie von jedem Impfpatienten mit den Augen ausgezogen und als die sexy Krankenschwester betitelt. In deren Gedanken spielte sie mit Sicherheit noch mit anderen Werkzeugen als nur mit Spritzen.

Henry war auch unter den zu Impfenden. Kelly hatte sich die Haare wieder blond nachgefärbt. Er fragte sich, ob das nicht sehr aufwendig war, den einen Tag hellblond, den anderen Tag aschblond. Vielleicht trug sie aber auch Perücken, und dann ganz so, wie sie es wollte. Aber auch vom Typ her schien sie eine andere zu sein, als ob sie mit den Haaren ihre Persönlichkeit wechseln würde. Sie war sehr kühl und distanziert, als sie seinen Arm vorbereitete. Gar nicht so wie die Therapeutin, die ihn neulich besucht hatte.

„Wann besuchen Sie mich wieder, um mich auszufragen?“, setzte er an.

Sie blickte ihn an, als sie die Spritze aufzog. *Er – erkennt – dich – nicht*, redete sie sich ein. *Er hat dich damals mit Geld und einer Adresse gehen lassen, dir ein neues Leben zu kaufen, aber er weiß nicht, was du daraus gemacht hast. Was will er von dir?*

„Ich habe nicht vor, wiederzukommen. Es sei denn, es sind Folgeimpfungen notwendig.“

„Das meine ich nicht.“ Er fixierte ihre Augen. „Wann werden Sie wieder mit mir sprechen?“

Er konnte Verwirrung in ihren Augen lesen. Vielleicht war sie schizophren. Den einen Tag die kalte Ärztin aus dem Krankenhaus, den anderen Tag die fesche Therapeutin, die ihm am liebsten bis auf den Grund seiner Seele geblickt hätte.

„Oh, dann muss ich sie verwechselt haben. Ich dachte, Sie erzählen mir etwas von Samuel“, schloss er gleichmütig.

Ihre Reaktion kam prompt. Sie hätte fast die Nadel unter der Haut abgebrochen. Sie hatte seinen Oberarm festgehalten und umklammerte diesen nun sehr fest, bis sie sich ihrer körperlichen Reaktion bewusst wurde.

„Wen meinen Sie?“, versuchte sie die Situation zu überspielen.

Er kannte diese Augen. Oder *wollte* er diese Augen nur wiedererkennen? Wurde er langsam verrückt, weil die Vergangenheit wieder hochkochte?

***

Kelly war beim Impfen der letzten Patienten geistig abwesend und arbeitete nur nach Protokoll. Sie hörte keine Kommentare mehr, nahm keine lüsternen Blicke mehr wahr. Er hatte sie nicht erkannt. Nein, das konnte nicht sein. Er hatte sie mit jemandem verwechselt. Dieser Jemand musste ihr ähnlich sehen und kannte Sam. Oder hatte Sam. Sie dachte an die Situation im Krankenhaus zurück. Sie musste ihr wirklich ähnlich sehen, wenn sogar die Oberschwester sie mit ihr verwechselt hatte. Aber was trieb die andere für ein Spiel und warum besuchte sie Henry, um mit ihm über Sam zu sprechen? Stand Sam bald wieder zum Verkauf? Ein Frösteln überlief sie.

***

Sie packte ihre Sachen zusammen und begab sich zum Ausgang. Es war gerade Schichtwechsel.

„Sie schon wieder hier?“, hörte sie jemanden rufen und blickte der Stimme entgegen. Ein junger Beamter lachte sie an und nahm hinter der Glasscheibe Platz. „Diese Woche haben Sie mich ganz schön aus dem Konzept gebracht. Schicke Frisur übrigens, das Blond steht Ihnen.“

Hallo, Wink des Schicksals, dachte Kelly.

„Hallo, schön Sie wiederzusehen!“ Sie setzte ein Lachen auf, das nach den vielen Jahren der Übung auch nicht mehr künstlich klang. Lange wurde ihr beigebracht, wie man jemandem gefiel. Wenn sie sich jetzt kratzbürstig gab, dann weil sie ihre Ruhe wollte und niemandem gefallen wollte.

„Ich bin gerade etwas durch den Wind, wann habe ich den nächsten Termin vereinbart?“

Der Beamte loggte sich auf dem Rechner ein und begann zu suchen.

„Henry Ericsson … Hier haben wir ihn.“

Diese Frau muss ja mächtig Eindruck gemacht haben, dachte Kelly, wenn sich der Beamte so genau an sie erinnerte und noch wusste, wen sie besucht hatte. Es gab annähernd 500 Insassen.

Kelly wartete und lächelte ihn an.

„Donnerstag, 14 Uhr. Vorerst jeden Donnerstag. Bleibt es dabei oder hat sich etwas geändert?“

„Oh, wunderbar, nein, das bleibt dabei. Ich hatte nur gerade nicht mehr alle Termine im Kopf.“

Sie verabschiedete sich freundlich und verließ die JVA. Da hatte sie jetzt wohl einen Termin am Donnerstag.

67. Kapitel

Nathalie

Nathalie war ein Mädchen aus Samuels Klasse. Sie konnte nicht so gut lesen und schreiben, was sie mit ihrem Aussehen zu kaschieren suchte. Sie trug High Heels nicht unter 15 cm und die Röcke durften nicht zu weit über ihren wohlgeformten Hintern reichen. Da sie an Oberweite nichts zu verstecken hatte, trug sie ihr Dekolleté auch offen zur Schau. Es half ihr, in manchen Fächern doch noch die bessere Note zu erhalten, aber nicht genug, um ein Abschlusszeugnis mit Perspektive zu bekommen.

„Oh, Sam! Weißt du, wenn ich den Abschluss habe und von der Schule abgehe, dann werde ich Edelhure."

Sie klappte ihren Schminkspiegel auf und zog sich die Lippen nach.

„D-das ist eine Sch-scheiß-Idee."

„Wieso?", sagte Nathalie. „Ich mache das, was ich gut kann, mit reichen Männern, habe tolle Sachen an und kann den ganzen Tag im Bett bleiben."

Sie kicherte.

Samuel fixierte sie. „E-es ist nicht so, w-wie du d-dir das v-vorstellst."

„Ach nein? Was weißt du schon!" Nathalie lachte auf. „Du tust so, als ob du dich da auskennst."

„Ja, l-leider." Samuel verstummte und blickte in die Ferne.

Nathalie packte ihren Schminkspiegel ein und fixierte Samuel.

„Was?"

Samuels Wangenmuskeln arbeiteten. Eigentlich wollte er das nicht erzählen. Er wollte es vergessen. Und er wollte nicht ausgelacht werden. Und er wollte nicht, dass Nathalie Dummheiten machte.

„Sam?" Nathalie holte ihn aus seinen Gedanken zurück.

„N-nat, es k-kommen n-nicht n-nur Leute, die ein bisschen qu-quatschen wollen o-oder m-mit denen du auf-aufregenden Sex hast … Es k-kommen M-menschen, d-die abartige F- fantasien w-wahr w-werden lassen w-wollen. S-sie w-wollen dich f-filmen ..."

Nathalie zog ihren Schmollmund zurück. Das Pornogeschäft hatte sie als B-Plan in Erwägung gezogen. Das würde dann ja in Richtung Schauspielkarriere gehen, fast schon wieder ein bodenständiger Beruf. Derzeit allerdings ein ungeeigneter Einwurf ins Gespräch, befand sie.

„... und hören nicht auf, w-wenn du schreist ..."

Samuel verstummte, nicht jedoch die Schreie in seinem Kopf. Er spürte, wie Nathalies Arm sich langsam um seine Schultern legte. Er versteifte sich automatisch, ohne es beeinflussen zu können.

„Wie alt warst du?"

Er konnte Nathalie nicht ansehen. Die Tränen stiegen ihm schon wieder in die Augen und ließen sich nicht unterdrücken. Eilig wischte er sie aus dem Gesicht, um sich vor Nathalie nicht zu blamieren. Sie hatte es trotzdem gesehen und rutschte noch enger zu ihm.

„Ich bin bei dir, Sam."

Er wandte ihr den Kopf zu und legte sein tränennasses Gesicht in ihre Halsbeuge.

„I-ich w-war f-fünf."

Auch Nathalie weinte.

68. Kapitel

Patrick

Patrick blickte entschlossen hinunter. Sein Kampfgeist war geweckt. Er betrachtete das Skateboard, das er sich geholt hatte. Sam hatte ihm die Rückseite besprüht, es war ein echtes Unikat. Rote Flammen über die komplette Unterseite des Boards und ein kleiner schwarzer Teufel mit einem Maul, aus dessen Mundwinkeln Reißzähne standen. Er hielt einen Dreizack in der Hand, an dessen Enden Sprühdosen angebracht waren, aus denen schwarze Rauchschwaden sowie rote und gelbe Flammen austraten. Geiler Scheiß.

Er setzte einen Fuß auf und rollte bis zur Kante. Na ja, vielleicht doch mit Anlauf. Er stieg wieder ab und nahm noch zwei Schritte Anlauf. Mit beiden Beinen auf dem Board sauste er die Treppe aus dem Obergeschoss ins Erdgeschoss hinunter. Er hatte sie zuvor präpariert, um nicht nur über die Stufen zu holpern. Vom Labor- und Proberaumumbau übrig gebliebene Holzbretter hatten sich als hilfreich erwiesen.

***

Jeremias hatte sich den Nachmittag terminlich freigehalten. Andere Anwälte, die etwas auf sich hielten, mussten auch peinlich genau ihren Tennis- oder Golfplatztermin einhalten, sodass er die Tradition schon einmal beginnen konnte. Ob er jetzt nur frei hatte, reiten ging oder soziale Kontakte pflegte, konnte er dann ja entscheiden, wie er wollte.

Außerdem hatte er sich inzwischen auf das Niveau gearbeitet, dass er mit in der Klemme steckenden Mandanten Vergütungsvereinbarungen schließen konnte. Da fiel die Abrechnung auch viel leichter. Bis die Azubine im Sommer bei ihnen anfangen würde, dauerte es noch ein paar Monate, und es würde auch dauern, bis diese dann überhaupt soweit eingearbeitet und ausgebildet war, um Dinge alleine zu erledigen. Also lieber schön pauschal oder nach Stunden abrechnen, das bekam er auch gerade noch so hin. Bei den gesetzlichen Gebührentatbeständen kam er nicht so ganz mit, was er ansetzen konnte oder nicht. Also lieber eine Abrechnungsart, die nicht allzu viel Rechnen erforderte.

Er steckte den Schlüssel ins Schloss seiner Haustür und hörte ein Rattern. Als er aufschloss, sah er gerade noch, wie etwas die Treppe hinuntersauste. Es folgten ein Krachen und Poltern und unterdrückte Flüche.

Jeremias stand in der geöffneten Tür und ließ seine Aktentasche fallen. Das war gerade nicht wirklich passiert! Er blickte die Treppe hinauf und wieder hinunter. Er machte einen Schritt in die Vorhalle. Jetzt konnte er sehen, dass die Treppe mit Holzbrettern belegt war, um eine Fläche zu schaffen. Direkt vor ihm kam eben ein Skateboard an der Wand zum Stehen. Jeremias ging weiter auf die Szenerie zu. Er konnte jetzt Beine erkennen, die aus der Küche in den Flur ragten.

Patrick stöhnte, drehte sich auf den Rücken und setzte sich dann langsam auf. Er blickte auf die Treppe. Die Rampe hatte etwas zu steil geendet und so zu einem abrupten Ende der Fahrt geführt. Da musste er noch etwas dran ändern.

Erst jetzt bemerkte er Jeremias, der in der Halle stand.

„Raus!", raunzte Jeremias ihn an. „Setz einen Scheißhelm auf und verpiss dich nach draußen, und zwar sofort, bevor ich dir Beine mache!"

Patrick zog sich am Türrahmen hoch. Tat ja fast gar nicht mehr weh. Er nahm sich das Board und humpelte Richtung Tür.

Beim Hinausgehen sagte er: „Der Auslauf am Ende ist sowieso zu kurz."

69. Kapitel

Samuel

Nach Schulschluss folgte Nathalie Samuel.

„Hey, hast du Lust, noch mit in die Stadt zu gehen?“

„W-was g-gibt‘s d-da?“, fragte Samuel.

„Pff, keine Ahnung, halt ein bisschen rumlaufen und chillen.“

„J-ja, o-okay.“

„Ah, ich muss noch in die Drogerie. Kannst du mir vielleicht was leihen?“, fragte Nathalie.

„N-nein, s-sorry, n-nix d-dabei.“

Samuel hatte eigentlich nie Geld dabei, weil es ihm dann doch nur wieder von irgendwem abgenommen wurde – als Schutzgeld, das dann doch keinen Schutz brachte. Also brauchte er auch gar kein Geld mitnehmen, denn herumgeschubst wurde er so oder so.

Nathalie winkte ab.

„Na ja, geht auch ohne. Komm!“

Sie hakte sich einfach bei ihm unter und zog ihn mit ins Geschäft.

„W-was h-hast d-du d-denn v-vor?“

„Nur gucken. Hier, schau mal. Meinst du, der Lippenstift steht mir?“

Gekonnt nahm Nathalie zwei Lippenstifte aus dem Regal, öffnete einen und zog sich im Spiegel die Lippen nach. Dann verschloss sie ihn wieder und stellte den Lippenstift ins Regal zurück. Der zweite war verschwunden.

Samuel kapierte, warum sie auch ohne Geld in die Drogerie gegangen war. Ihm wurde ganz heiß und er hatte das Bedürfnis, sich umzusehen, ob sie jemand beobachtete.

Aber Nathalie zog ihn erbarmungslos ans nächste Regal. Überall, wo sie vorbeikamen, fasste Nathalie Sachen an und stellte sie ins Regal zurück.

„N-nat? I-ich, i-ich w-will g-gehen“, setzte Samuel zögernd an.

Nathalie fuhr herum.

„Was? So spät schon? Shit, jetzt müssen wir uns fast beeilen, dass wir den Bus noch kriegen!“, grölte sie eine Spur lauter als nötig durch den Laden und eilte mit Samuel in Richtung Ausgang.

Samuel schwitzte vor Angst, je näher sie dem Ausgang kamen. Bestimmt wurden sie am Ausgang von zwei übertrainierten Bodyguards zu Boden gerissen, ihnen würden die Arme auf den Rücken gedreht, und dann würde ein Polizeigroßaufgebot kommen, um die beiden Schwerverbrecher abzuführen. *Scheiße, noch einen Meter ...*

Sie passierten den Ausgang ohne Zwischenfall, es piepte nicht einmal. Samuel atmete aus. Er hatte unbewusst die Luft angehalten. Er atmete genauso gierig wieder ein, als wäre er ein Ertrinkender, der gerade die Wasseroberfläche durchbrochen hatte. Was für eine Scheißidee!

Nathalie rempelte ihn an. „Willst du ‘nen Kaugummi?“

Sie lachte, als sie sein verdutztes Gesicht sah.

„Komm schon, sei nicht so ein Langweiler!“

***

Samuel lag einmal mehr in seinem Bett und konnte nicht einschlafen. Heute Abend dachte er aber ausnahmsweise nicht an die weit zurückliegende Vergangenheit. Heute Abend dachte er darüber nach, dass er sich nie wieder in die Drogerie trauen würde. Was, wenn doch einer was gesehen hatte? Was, wenn morgen die Polizei vor der Tür stand? Zu Hause oder auch in der Schule, und wenn sie ihn dann abholten und er ins Heim zurückmusste? Er drehte sich auf die andere Seite. Wegen eines Lippenstifts und einer Kaugummipackung! Na ja, und den Sachen, die sie vielleicht außerdem noch hatte mitgehen lassen. Ob er zur Drogerie gehen sollte und die Dinge nachträglich bezahlen sollte? Nein, auch blöd, wenn sie dann nicht gesehen worden waren. Dann machte das nur alles komplizierter. Also einfach einen großen Bogen um die Drogerie. Für immer. Oder bis Diebstahl verjährt war. Samuel legte die Hände auf die Augen.

„Sh-shit!“, entfuhr es ihm.

Er schwitzte noch immer vor Angst. Schließlich warf er die Decke zurück, lauschte in die Dunkelheit, stand auf und öffnete das Fenster. Sein Blick schweifte über den Hof und weiter bis zur Straße. Dahinter ging es weiter mit Feldern. Keine Grenzen, keine Mauern, kein Gefängnis. Das wollte er echt nicht verspielen.

Er legte sich zurück ins Bett und zog die Decke über den Kopf. *Kann vielleicht einfach jemand das von heute ausradieren?* Und das von früher … Letztendlich war er mit seinen Gedanken doch wieder dort angekommen, wo er immer hängen blieb. In der Dunkelheit. Heute Nacht dachte er an seinen großen Bruder. Er hatte ihn angehimmelt, obwohl er meistens gemein zu Samuel gewesen war und ihn herumschubste, ihm seine Sachen weggenommen oder ihm vor den Eltern für Streit die Schuld in die Schuhe geschoben hatte. Er dachte an den Tag, als sie auf der Raststätte gehalten hatten, weil er, Samuel, so dringend aufs Klo musste. Da er keine Windel mehr trug, musste der Situation schnell abgeholfen werden. Kaum hatten sie gehalten, war er rausgestürmt und im Toilettenhäuschen verschwunden.

„Warte, Sam, warte doch!“, hatte er noch gehört, aber er hatte Dringenderes zu erledigen. Er war doch schon groß und kein Baby mehr und er war auf einer dringenden Mission.

Als er wieder herauskam, war das Auto nicht mehr dort, wo er ausgestiegen war. Er war aus dem Auto gesprungen, als sie noch nicht geparkt hatten, weil sie wegen eines startenden LKW warten mussten. Er blickte sich suchend um. In der Nähe hielt gerade ein dunkler Wagen.

Samuels Herz raste. Er riss die Augen auf und setzte sich auf. Sein Shirt klebte am Rücken, und da spürte er die Magenschmerzen. Es war wie ein Krampf, ein paar gut gezielte Faustschläge in den Bauchraum. Samuel hielt sich die Hand vor den Mund und stürzte ins Bad. Er erbrach sich in die Toilettenschüssel. Er schloss die Augen und versuchte durchzuatmen. Er erinnerte sich an die vielen Male, die er schon kotzend über der Schüssel gehangen hatte, wenn es ihm nach schlechtem Stoff richtig übel ging. Meist hatte er dann aber eine hässliche, richtiggehend verschissene Schüssel, an der man lieber gar nichts berühren wollte. Damals war er so weit unten gewesen, dass ihm auch das irgendwann egal war und er trotzdem seinen Kopf auf die Brille aufgelegt hatte, um auf die nächste Kotzwelle zu warten. Gerade kam es ihm wieder hoch. Ein Hauch duftenden Klosteins stieg ihm in die Nase. Er musste unwillkürlich lächeln und weinen zugleich. *Es ist vorbei.*

„Samuel?“

Er fuhr herum und wischte sich mit der Hand über den Mund. Erschrocken blickte er Jeremias an.

„W-was m-machst d-du h-hier?“

„Ich wollte auf die Toilette.“

„B-besetzt“, erwiderte Samuel instinktiv, den Arm noch immer auf der Brille aufliegend.

„Das sehe ich. Alles klar bei dir?“

„G-geht schon.“

Samuel nickte bekräftigend. Aber Jeremias ging nicht. Samuel starrte auf dessen Füße und hangelte sich mit seinem Blick langsam bis zu Jeremias‘ Gesicht empor. Samuel konnte dessen Blick nicht deuten. Es stand nicht das darin zu lesen, was er sonst von früher kannte. Nicht der Blick, mit dem man ihm sagte, dass er das schönste Kind war, dass er das einzige Kind war, das man lieb hatte, dass er etwas Besonderes war, dass man sich gerne in seiner Nähe aufhielt, dass man gerne mit ihm kuscheln würde, dass …

„Soll ich dir aufhelfen?“

Jeremias hatte schon einen Schritt auf ihn zugemacht und wollte ihm unter die Achsel greifen, als Samuel abwehrte.

„N-nein, l-lass mich!“

Erschrocken fuhr Jeremias zurück.

Beschwichtigend hob er die Arme. „Okay.“

Er machte einen weiteren Schritt zurück.

„L-lass m-mich ei-einen M-moment a-alleine.“

Er sah zu Jeremias hoch, den er eigentlich gar nicht so hatte anblaffen wollen. „B-bitte.“

Jeremias drehte sich mit halb erhobenen Händen um und verließ das Bad. *Dann eben doch runter zum Gästebad.*

Samuel lehnte seinen Kopf an der Fliesenwand hinter sich an. Vielleicht entschuldigte er sich bei Jeremias. Ja, vielleicht. Später. Wer wusste schon, ob er nicht noch einen Anwalt brauchen konnte – wegen eines geklauten Lippenstifts und einer Kaugummipackung.

70. Kapitel

Kelly

Kelly hatte sich eine Mütze aufgesetzt und mit einer Brille ihre Augen getarnt. Sie führte einen Blindenstock und ging den Fußweg vor der JVA entlang. Hoffentlich hielt sie ihren Termin ein. Kelly wollte Antworten.

***

Elina verließ die Straßenbahn und steuerte auf die JVA zu. Es war nicht viel los. Gerade einmal eine Blinde, die spazieren ging. Nun gut, sie konnte ja die Tristesse um sich herum nicht sehen, aber sie würde wohl die Vögel zwitschern hören.

***

Kelly strengte sich an, authentisch zu wirken und nicht vor Aufregung den Stock zu verlieren. Sie sah genauso aus wie sie. *Nein, ich sehe genauso aus wie sie. Ich trage ihr Gesicht!* Jetzt hieß es dranbleiben und die Tarnung zu wechseln, bis sie wieder herauskommen würde.

***

Elina nahm Henry gegenüber Platz. Er hatte geradezu erwartet, dass ihn heute wieder die Frau mit dem straßenköterblonden Haar besuchen würde. Er hatte sich nicht getäuscht.

„Wissen Sie, was komisch ist?“, fragte Henry.

„Nein, klären Sie mich auf.“

„Wenn ich in ihre Augen blicke, sind Sie mir unbekannt und stellen mir Fragen zu meiner Vergangenheit und wollen Namen, Daten, Fakten. Und dann gibt es Sie noch mit einer anderen Haarfarbe. Es könnte sich glatt um ihre Zwillingsschwester handeln … Deren Augen kenne ich, als hätte ich schon hundertmal hineingesehen. Sie will nichts von der Vergangenheit wissen – ganz so, als würde sie sie bereits kennen.“

Elinas Herz klopfte bis zum Hals.

Die Frau, die ihr ähnlich sah. Die Frau, mit der sie bereits ein paar Mal verwechselt worden war. Bei ihr schienen ebenfalls ein paar Fäden zusammenzulaufen. Sie musste sie finden.

***

In Gedanken bereits tausend Pläne ausheckend, eilte Elina aus der JVA und stieg in die Straßenbahn, da sie einen Anschlusstermin im Büro hatte. Der kam ihr gerade zwar sehr ungelegen, aber das Krankenhaus war schließlich rund um die Uhr besetzt. Mit ihrem Gesicht würde sie auffallen und ihre Doppelgängerin finden können.

***

Kelly verließ die Straßenbahn an derselben Haltestelle wie Elina und folgte ihr in dezentem Abstand bis vor das Gebäude, in dem sie verschwand. Ein Ärztehaus, eine Kanzlei. Keine Therapiepraxis. Hatte sie jetzt etwa einen Zahnarzttermin oder wohnte sie hier? So ein Mist, das brachte sie nicht weiter.

Sie fotografierte die Klingelschilder. Heute Abend würde sie ein bisschen surfen, ob sie das Gesicht nicht doch einem Namen hier zuordnen konnte.

***

Elina stieg die Treppen hinauf und grübelte, ob in der Straßenbahn tatsächlich die Frau mitgefahren war, die zuvor mit dem Blindenstock unterwegs gewesen war. Vielleicht war sie aber auch einfach nur überreizt und litt ein bisschen unter Verfolgungswahn.

71. Kapitel

Samuel

Samuel öffnete die Eingangstür, an der es geklingelt hatte. Im Flur war das Stöckeln hoher Schuhe zu hören, analysierte Jeremias' Gehör. Es war wie das Geräusch vergangener Tage, wenn sein Supermodel nach Hause gekommen war. Er spähte durch die offene Tür in den Flur. *Mamma mia!*

Samuel und sein Gast machten Anstalten, die Treppe hochzugehen, als Jeremias – sich ahnungslos stellend – rief: „Wer war denn an der Tür?“

Samuel und ein mit Locken umrandetes Gesicht, an dessen Ohren große Kreolen baumelten, steckten ihre Köpfe durch die Tür.

„Hallo, Herr Dr.! Hallo, großer Bruder!“, grölte Nathalie in den Raum und winkte mit einem Arm, sodass ihre Silberarmreifen sich in Bewegung setzten, aneinanderschlugen und ein rasselndes Geräusch von sich gaben.

Patrick, der eben noch in ein Fachbuch vertieft gewesen war, ließ es sinken und blickte zur Tür.

„Ich bin die Nathalie.“

Unwillkürlich begann Patrick sie anzustarren, unfähig seinen Blick von ihrem entblößten Bauch zu lösen. Ihr Shirt war durch das Winken verrutscht und hatte ihren Nabel freigelegt, in dem ein Piercing steckte.

Samuel und Nathalie verschwanden aus dem Zimmer, während Patrick noch die Gedanken schwirrten.

„Ich wusste gar nicht, was er für Mädels kennt!“, platzte es aus ihm raus. „Hast du die Beine gesehen?“

„Ja, hab ich“, entgegnete Jeremias, sich ungerührt gebend. „Fast bis zum Ansatz, der Rock war ja kurz genug. Und jetzt lies dein Buch weiter, es war so schön ruhig.“

„Ich glaube nicht, dass ich mich jetzt noch auf anorganische Chemie konzentrieren kann.“

Er klappte sein Buch zu und erhob sich.

„Was hast du jetzt vor? Deinem Bruder die Tour vermasseln?“

„Nein, ich geh nachdenken.“

„Is klar.“ Jeremias lachte in sich hinein. Hormonchaos.

***

Samuel führte Nathalie in sein Zimmer und schloss die Tür hinter sich.

„Wahnsinn! Das ist der absolute Hammer!“

Nathalie trat an eine Wand und fuhr mit den Fingern darüber.

„Wow. Wie hast du das denn gemacht?"

„I-ich h-hab e-es aufg-gesprüht."

„Das hast du selber gemacht?", fragte Nathalie erstaunt.

Sie fuhr herum und ihre langen Haare umwirbelten in weitem Bogen ihr Gesicht.

„J-ja", erwiderte Samuel unsicher lächelnd.

„Das ist so mega."

Sie stieg auf sein Bett und fuhr auch an dieser Wand mit ihren Händen entlang, als ob sie prüfen müsste, ob die Farbe noch nass war.

Sie drehte sich wieder zu Samuel herum, stemmte die Hände in die Hüften und fragte herausfordernd: „Weißt du, worauf ich jetzt Lust habe?"

„N-nein", antwortete Samuel wahrheitsgemäß.

Nathalie schob ihre Hände langsam unter ihr Shirt und rollte es nach oben. Sie entblößte ihren Bauch und ihre Rippen, und ihr cremefarbener BH, in dessen Träger Glitzerstreifen eingearbeitet waren, kam zum Vorschein. Sie schlüpfte mit dem Kopf aus dem Shirt und schwang es wie ein Lasso in ihrer Hand.

„Jetzt du."

Samuel starrte auf die Erscheinung auf seinem Bett. Was machte sie denn da? Er starrte auf ihre Brüste, die sich beim Atmen hoben und sanken.

„N-nein."

„Nein, was?", hakte Nathalie nach.

„N-nein, i-ich z-zieh' m-mich n-nicht aus."

„Was? Du kannst doch nicht einfach nein sagen, wenn ich mich ausziehe."

Das Shirt traf ihn unvorbereitet. Er hatte nicht gesehen, dass sie überhaupt geworfen hatte. Es fiel ihm in die Hände und verströmte ihren Duft.

„Jetzt komm schon her!“, lachte sie und streckte einen Arm aus.

Ohne nachzudenken, trat er auf sie zu und setzte sich auf die Bettkante.

„D-dein Sh-shirt.“

Er streckte es ihr entgegen. Sie nahm es und ließ es neben das Bett fallen.

„Das brauche ich erst mal nicht.“

Ihre Augen bohrten sich in seine.

„W-was h-hast d-du v-vor?“

„Oh Sam, jetzt tu doch nicht so!“

Sie ließ sich auf die Knie fallen und nach vorn auf die Hände, sodass ihre Brüste sich halb aus dem BH lösten.

„Meinst du, ich suche mir den süßesten Jungen aus der Klasse aus, um mich dann von der Bettkante schubsen zu lassen? Außerdem hast du Erfahrung, dachte ich.“

Sie setzte einen Schmollmund auf und legte den Kopf schief. Samuel hatte einen bitteren Geschmack im Mund, als sie seine „Erfahrung“ erwähnte.

„M-manchmal w-wünsche i-ich m-mir, d-dass i-ich n-nicht s-so … s-süß b-bin ...“

Seine Stimme brach unter dem hypnotischen Blick von Nathalie ab.

„Und ich wünschte, du wärst n-nicht so ein stilles, tiefes Gewässer, sondern würdest auch mal was riskieren.“

Spielerisch schubste sie ihn an der Schulter nach hinten und krabbelte mit ihren Knien auf seine Hüften.

„Und jetzt will ich unter das Shirt schauen“, grinste sie verschmitzt und schob ihre Hand unter den Stoff.

Samuels Atem beschleunigte sich. Er spürte ihre Fingernägel auf seinem Bauch.

„N-nein.“

„Nein heißt ja“, flachste Nathalie.

Dieses Mal sah sie seine Hand nicht kommen. Er schloss die Linke um ihren Hals und drückte zu. Ihre Hand löste sich sofort von seinem Körper und fuhr an ihren Hals. Mit beiden Händen versuchte sie, sich aus seinem Griff zu lösen. Da sie mit ihrem Körper kein Gewicht auf seinen Oberkörper ausübte, konnte er sich hochstemmen und sie nach hinten auf ihren Rücken drücken. Er nahm die rechte Hand hinzu und würgte sie mit beiden Händen, wobei er sich auf ihre Oberarme kniete, sodass sie sich nicht wehren konnte. *Bumm.* Er hörte das Blut in seinen Ohren rauschen, er spürte ihr hektisches Atmen auf seinem Oberkörper, mit dem er über sie gebeugt war. *Bumm.* Er spürte die Bewegung ihrer Arme, die sich seiner nicht erwehren konnten. Er sah in ihre Augen. *Bumm.* Sein Herzschlag schien in seinem Kopf widerzuhallen. Er starrte in ihre Augen und konnte sein eigenes Spiegelbild sehen. *Bumm.* Da sah er die Angst in seinem eigenen Gesicht. *Bumm.* Er ließ los.

Er rutschte von Nathalie herunter, die sich sofort an den Hals griff und hustete.

„E-es t-tut m-mir l-leid", stammelte er. „I-ich i-ich w-wollte d-das n-nicht."

Nathalie rang noch nach Atem. „Hast du mich gerade echt gewürgt?", stieß sie hervor.

Sie ließ ihren Oberkörper wieder zurücksinken und nahm die Hand von ihrem Hals. Ihr Brustkorb hob und senkte sich beim Atmen.

„Was für ein krasser Scheiß! Einen Moment lang dachte ich echt, du willst mich umbringen."

Samuel blieb stumm. Er wusste nicht, was er denken sollte. Hatte er gerade versucht, Nathalie umzubringen? Was wäre gewesen, wenn er nicht aufgehört hätte? Und warum hatte sie keine Angst?

„Das war echt gruselig", hörte er sie flüstern.

„J-ja", hauchte er.

In Nathalies Körper kam wieder Leben und sie setzte sich abrupt auf.

„Hey, du hast gesagt, es wird nicht immer schön sein und es kommen auch komische Leute mit irren Fantasien."

Samuel blickte sie stumm an.

„Du musst das mit mir üben."

„W-was?!", entfuhr es ihm.

„Na, ich muss doch darauf vorbereitet sein, wenn so ein kranker Typ seine Fantasien mit mir ausleben will!"

„A-aber d-doch n-nicht m-mit m-mir!", beharrte Samuel jetzt ehrlich empört.

„Mit wem denn sonst?“ Da war er wieder, der Schmollmund mit dem schiefgelegten Kopf.

„I-ich b-bin d-da n-nicht d-der R-richtige, i-ich k-könnte a-aber P-patrick f-fragen, w-wenn d-du ...“

Sie nahm ein Kissen und zog es ihm über den Kopf. Lachend fragte sie: „Willst du mich gerade echt an deinen Bruder verticken? Ich muss echt blöd sein, mich von dir so beleidigen zu lassen! Ich könnte jeden haben ...“, setzte sie an.

Es folgte eine Pause, in deren Stille nur ihrer beider Atem zu hören war.

„A-aber?“, fragte Samuel.

„Aber - ich glaube, dass ich niemandem so vertrauen kann wie dir.“

Samuel knüllte das Kissen unter seinem Kopf zusammen und starrte auf Nathalies Hals. In Gedanken konnte er noch den Herzschlag hören. Er fürchtete sich ein bisschen vor sich selbst.

„I-ich...“, setzte er an und kaute nervös auf seiner Unterlippe. „I-ich h-hab A-angst.“

Nathalie legte sich auf den Bauch, stützte ihre Unterarme auf der Matratze auf und legte die geschlossenen Fäuste unter ihr Kinn, sodass sie Samuel besser anschauen konnte.

„Das ist so süß“, gluckste sie.

Samuel zog das Kissen unter seinem Kopf hervor, legte es auf sein Gesicht und grummelte durch das Kissen. „N-nein.“

„Doch!“, beharrte Nathalie. „Du bist wenigstens ehrlich. Wir können das auch langsam angehen lassen. Du kannst auch … der Mann sein, mit dem ich schönen Sex habe, und wenn ich den schlechten Sex auf Arbeit habe, werfe ich einfach was zum Vergessen ein."

Samuel nahm das Kissen von seinem Gesicht. Nathalie lächelte immer noch. Er wusste nicht genau, ob sie es ernst meinte oder ob sie nur Spaß machte, ob das Ironie war oder ob sie sich über ihn lustig machte.

„N-nein", wiederholte er und setzte sich auf. „G-gewöhn' d-dir d-das n-nicht an."

Er schob die langen Ärmel seines Longsleeve bis zur Ellenbeuge nach oben und drehte die Handinnenflächen in Nathalies Richtung, damit die Armbeugen sichtbar wurden.

Nathalie, die eben noch gedacht hatte, dass sie jetzt doch etwas zu sehen bekäme, verschlug es die Sprache. Sie starrte auf die zahlreichen Einstichstellen, die bereits vernarbt waren. Ein Arm bewegte sich bereits auf Samuels Körper zu und die Hand landete sanft auf seinem Unterarm. Nathalie befühlte vorsichtig die Narben.

„Tat das weh?", flüsterte sie.

„J-jedes M-mal", antwortete er, wobei er nicht nur die Nadeleinstiche meinte, sondern auch die schlimmen Nächte auf der Straße.

„Du bist so interessant, glaub ja nicht, dass du mir entkommst", hauchte sie, und ihre Augen funkelten verschwörerisch.

Resigniert seufzend ließ er sich wieder zurückfallen. Er hätte nicht gedacht, jemanden zu finden, der noch naiver war als er selbst …

***

„Oh, wir haben Besuch“, stellte Elina fest, als sie heimkam und die hochhackigen Schuhe im Flur stehen sah. „Meinst du, sie bleibt zum Essen?“, fragte sie Jeremias.

„Keine Ahnung“, entgegnete er süffisant. „Ich weiß nicht, wann ihre Schicht anfängt.“

Elina zog fragend eine Augenbraue hoch.

„Warte einfach, bis du sie kennenlernst.“

72. Kapitel

Kelly

Kelly drehte das Weinglas in ihrer Hand. Ihr Rechner lief und sie klickte sich durch die verschiedenen Webseiten des Ärztehauses. Inzwischen war sie bei der Kanzlei angekommen. Der Name des Anwalts kam ihr vage bekannt vor. Irgendein Skandal war da mal gewesen, genauer konnte sie sich nicht entsinnen. Mit auf der Homepage war eine Frau Elina Melderun, ihres Zeichens Architektin.

„Interessant."

Kelly nahm einen weiteren Schluck.

„Was machst du bei Henry Ericsson?"

Kelly war unschlüssig, ob sie ihre eigene Identität gefährden sollte, um möglicherweise Samuel dafür in Sicherheit zu wissen. Sie dachte darüber nach, wie unsicher das alles war. Sie wusste doch gar nichts über diese Frau oder über Samuels Verbleib. Vielleicht war er gar nicht bei ihr – oder war überhaupt nicht mehr. Vielleicht ging es ihm aber auch gut. Wobei sie das am wenigsten glauben konnte. Ein Happy End konnte es nicht geben, wenn die Geschichte einmal in Janus' Keller begonnen hatte.

Ich muss das tun.

Sie stellte das leere Glas ab.

Selbst, wenn ich noch einmal jemanden töten muss, muss ich wissen, dass es ihm gut geht.

73. Kapitel

Jeremias

Jeremias öffnete die Haustür und konnte bereits lautes Stimmengewirr und Gelächter vernehmen. Er schloss die Tür leise und trat in die Küche. Samuel stand am Herd und rührte gerade in einem kleineren Topf.

Jeremias' Arbeitstasche kam auf dem Boden auf. Jeremias konnte nicht sagen, ob er sie absichtlich hatte fallen lassen oder sie ihm vor Schreck aus der Hand gerutscht war. Durch das Geräusch aufmerksam geworden, drehte sich Samuel um.

„Oh, s-super, dass du p-pünktlich bist. Das E-Essen ist gleich f-fertig."

„Wo ist denn Frau Silas?", erkundigte sich Jeremias und suchte bereits mit seinen Augen die Umgebung ab. Er konnte allerdings nur Patrick auf dem Sofa entdecken, der verkehrt herum darauf saß, sodass seine Füße über der Lehne baumelten.

„I-ich habe ihr f-frei gegeben."

Jeremias' Kopf schoss zurück und fixierte Samuel: „Du hast *was* getan?"

„Ich habe ihr f-frei gegeben … D-damit ich heute k-kochen kann", setzte Samuel nach.

Jeremias‘ Gesichtszüge drohten zu entgleisen. Was würde Elina sagen? Wie würde sie die Situation unter Kontrolle bringen? Jeremias wollte aus der Haut fahren. In Gedanken schrie und tobte er bereits, flog der Braten durch die Gegend und klebte das Rotkraut an den Hängeschränken. Wollten sie ihn wirklich fertigmachen und jetzt die Küche noch ein zweites Mal in Schutt und Asche legen?

„J-jerry?“, erkundigte sich Samuel besorgt. „Ich k-kann das. W-wirklich!“

Jeremias schien seine Mimik noch nicht vollkommen unter Kontrolle zu haben, wenn Samuel seine Gedanken lesen konnte. Er atmete durch und versuchte sich zu beruhigen.

„I-ich bin keiner von d-denen, die ein Ei in der M-mikrow-welle braten“, ergänzte Samuel verschmitzt.

„Da bin ich ja beruhigt“, entgegnete Jeremias.

***

„Wusstest du, dass Samuel kochen kann?“, fragte Jeremias Elina, dem die Gefahrensituation noch nicht ganz aus dem Kopf ging.

„Hat richtig gut geschmeckt, oder?“, antwortete Elina leicht abwesend, noch in eine Nachricht auf ihrem Handy vertieft.

„Das war nicht die Frage“, seufzte Jeremias. „Aber ja, es hat richtig gut geschmeckt. Das kann man nicht bestreiten.“

Elina blickte auf. „Er hat Frau Silas oft bei der Zubereitung geholfen und scheint ein Händchen dafür zu haben, was man wie miteinander kombinieren kann.“

Jeremias grübelte und schwieg.

„Machst du dir Gedanken, dass etwas schiefgeht?“

„Oh ja, die mache ich mir“, bestätigte Jeremias.

„Ich denke nicht, dass das notwendig ist. Wir wissen beide, dass ...“ Elina holte Luft. „… dass in der Küche absichtlich Feuer gelegt wurde und derzeit absolut kein Grund dazu besteht. Es ist Zeit, ihnen Vertrauen entgegenzubringen.“

„Bist du da nicht ein bisschen blauäugig? Gerade besteht kein Grund dazu? Und wenn Patrick es sich aus einer Laune heraus anders überlegt, dann explodiert wieder irgendetwas zu Forschungszwecken. Er ist hinterlistig, sag ich dir.“

„Berechnend“, korrigierte Elina. „Er lotet seine Grenzen aus.“

„Ja“, stöhnte Jeremias auf, „und stößt permanent an *meine* Grenzen. Ein Wunder, dass wir zwei nicht aneinandergeraten bei unseren unterschiedlichen Erziehungsstilen.“

„Wir verfolgen einen Erziehungsstil?“, echote Elina. „Ich dachte, wir leiten ein Krisenkompetenzcenter.“

Jeremias lächelte. „Ich bewundere deinen Gleichmut, schwierige Situationen hinzunehmen, ohne zu zeigen, ob es dich an deine psychischen Grenzen bringt.“

Oh, das war auch ein hartes Stück Ausbildungsarbeit, dachte sie bei sich.

Jeremias griff den Faden des Gesprächs wieder auf: „Der Krisenstab hat also beschlossen, dass mit einer Prise Vertrauen die Wiederholungsgefahr eingedämmt wird?“

„Absolut“, bestätigte Elina. „Außerdem wirkt Samuel dabei so selbstsicher, und diese Entwicklung sollten wir nicht unterbrechen.“

Jeremias hing seinen Gedanken nach. Samuel war ein Fall für sich. Jeremias, der der Meinung war, über eine schnelle Auffassungsgabe zu verfügen, konnte sich nicht vorstellen, wie man an die Grenzen seiner Gedanken gebracht werden konnte. Dass man etwas nicht verstehen konnte oder nicht dem Lösungsweg folgen konnte, nur weil er ein bisschen komplexer war. Kurz gesagt, er konnte sich nicht vorstellen dumm zu sein. Und ja, Samuel bemühte sich. Der Satz einer typischen Zeugnisformulierung im Sinne von „hat sich stets bemüht“ geisterte durch seinen Kopf. Stets bemüht und doch nicht erfolgreich gewesen. Samuel erschien ihm wie ein großes Kind, geistig noch unterentwickelt, als würde er die Welt erst noch entdecken. Tausend Fragen, die er stellen wollte, aber langsam selbst begriff, dass die Umwelt in ihm einen Heranwachsenden sah, der keine Kinderfragen mehr zu stellen hatte.

Jeremias wurde etwas wehmütig. War es seine Aufgabe, die Welt auf Abstand zu halten, bis Samuel so weit war, sich ihr zu stellen, mit ihr Schritt zu halten? Würde er das je können oder würde er einfach nicht aufholen können und immer zurückstecken müssen? Was sollte später aus ihm werden? Jeremias hatte nicht wirklich vor, sich etwas ans Bein zu binden, das er lebenslang finanziell aushalten musste. Aber auch, wenn er bedachte, dass er die Kinder nach seiner Bewährungszeit wieder los sein sollte, würde er darüber nachdenken, was sie aus sich machen würden. Insofern sollte er Samuel unterstützen, sich zu entwickeln und der Welt die Stirn zu bieten. War das Risiko, eventuell noch eine Küche zu opfern, dafür zu hoch? Eigentlich nicht, entschied Jeremias. Samuel hatte bei der Planung der Küche mitgeholfen. Bei seiner Kreativität würde er eine neue Küche wohl fast alleine planen können.

Jeremias atmete tief ein und aus, als wollte er seine schweren Gedanken loswerden und herausatmen.

„Ja, wir sollten diese Entwicklung nicht unterbrechen."

Er drehte sich zu Elina und legte seinen Arm um sie. Eng umschlungen schliefen sie ein.

74. Kapitel

Samuel

„Was ist das denn hier?“, fragte Nathalie.

„M-mein Sp-sprachprogramm. D-damit übe i-ich, w-weil … n-na ja, h-hörst d-du j-ja.“

Samuel zuckte mit den Schultern.

Nathalie drehte sich auf seinem Bürostuhl im Kreis.

„Coole Sache. Hilft auch, oder?“

„J-ja, a-aber n-nicht, w-wenn i-ich n-nervös b-bin.“

Nathalie lachte ihr unvergleichliches Lachen. „Du bist immer ein bisschen nervös.“

„J-ja“, bestätigte Samuel mit einem hauchdünn angedeuteten Lächeln.

„W-wieso g-gehst d-du n-nicht g-gern h-heim?“

„Du meinst, wieso ich gerne Zeit mit dir verbringe?“, neckte sie ihn. „Im Komplimenteverteilen solltest du noch mal einen Kurs belegen, bislang kommen nur Beleidigungen raus.“

Samuel rollte mit den Augen.

Nathalie sprach weiter: „Keine Ahnung, was ich zu Hause soll. Mein Alter interessiert sich nicht für das, was ich mache. Er merkt sicher gar nicht, dass ich weg bin. Und wenn doch, dann ist es ihm egal. Ich bin ihm egal.“

Sie zuckte mit den Achseln. „So ist das, und hier ist es sowieso viel toller."

„U-und d-deine M-mutter?"

„Die ist weggelaufen, als ich zwei war. Der war ich auch egal."

Sie seufzte theatralisch, stand auf und ließ sich neben Samuel auf das Bett fallen. „Tröstest du mich jetzt?"

„D-du b-bist n-nicht t-traurig", antwortete Samuel verwirrt.

Nathalie zeigte ihren Schmollmund.

„L-lass u-uns j-jetzt l-lieber M-mathe m-machen", wandte er ein.

„Au ja, zieh dein Shirt aus!"

„W-was? N-nein."

„Aber ich habe doch gar keinen Block dabei, ich muss doch irgendwo draufschreiben. Ich kann mir das bestimmt besser merken, wenn ich dir das auf die Haut schreibe."

Sie zwinkerte ihm zu.

Eine Viertelstunde später lag Samuel bäuchlings auf dem Bett und hielt das Mathebuch mit den Übungen in der Hand. Nathalie hatte einen Stift in der Hand und schrieb auf Samuels nacktem Rücken.

„H-hat d-das, w-was d-du t-tust, i-irgendwas m-mit d-der Aufg-gabe z-zu t-tun?"

„Nein", ließ Nathalie verlauten und schrieb weiter.

„W-wie s-soll i-ich m-mir d-das d-denn a-ansehen?"

„Frag deinen Bruder, ob er es dir vorliest“, flachste sie.

***

„P-pat? K-kannst d-du m-mal e-ein F-foto m-machen?“

„Klar, wovon denn?“

Er nahm Samuels Smartphone und öffnete die Kamera-App.

„V-von m-meinem R-rücken.“

Patrick ließ sie Kamera sinken. Zu überrascht war er vom dem, was sich vor seinen Augen ereignete. Samuel zog sein T-Shirt über den Kopf und drehte ihm seinen Rücken zu. Es musste Jahre her sein, dass er von Sam das letzte Mal mehr als seine Hände und sein Gesicht gesehen hatte. Die Narben fielen ihm wieder auf. Sie waren über die Jahre blasser geworden, aber immer noch präsent. Samuel hatte sie nie zeigen wollen. Es musste etwas zwischen Scham und Eitelkeit sein, dass er seinen Rücken derart versteckte.

„F-fertig?“

Die Stimme holte ihn zurück ins Hier und Jetzt. „Nein. Warte.“

Jetzt sah er auch die Aufschrift, die jemand mit Kugelschreiber auf den Rücken geschrieben hatte.

„Ist das von der Kleinen mit den großen Titten?“, feixte er.

„N-nathalie. S-sie h-heißt N-nathalie.“

„Und sie darf dich anfassen.“ Samuel ließ den Satz unkommentiert stehen.

„W-was st-steht d-denn d-da j-jetzt?“

„*Mal was riskieren! What about a tattoo?* In die beiden Os hat sie Pupillen, eine Nase und einen Grinsemund gemalt. Hier, guck es dir selbst an.“

Samuel starrte auf das Foto. „E-ein T-tattoo? S-sie i-ist e-echt v-verrückt.“

75. Kapitel

Patrick

Jeremias hörte die Haustür lautstark zuschlagen. Dem Geräusch folgten unmittelbar laute Flüche. Sachen wurden im Vorraum durch die Gegend geschleudert.

„Hey, du Krawallmacher! Hast du sie noch alle?“, herrschte Jeremias Patrick an.

Niemand sonst in diesem Haus konnte innerhalb von Sekunden eine Unruhe dieses Ausmaßes verursachen.

Patrick erschien in der Tür und brüllte: „Ich hab eine Zwei in Chemie!“

„Willst du jetzt ein Lob dafür?“, blaffte Jeremias zurück.

„Nein, Mann!“, fuhr ihn Patrick an. „Das ist voll schlecht! Ich habe eine geniale Arbeit geschrieben und nur aus Antipathiegründen krieg ich die Zwei reingedrückt.“

Jeremias hob die Augenbrauen. Da war aber jemand von sich überzeugt.

„Ja, schau dir das doch mal an! Es ist einfach die perfekte Lösung!“

Sein Rucksack fiel schwer auf den Boden und Patrick kramte ein paar Blätter heraus, die er Jeremias in die Hand drückte. Patrick war außer sich und wollte sich gar nicht mehr beruhigen.

„Ich hätte ja trotzdem mit Abstand die beste Note in der Klasse und solle doch zufrieden sein. Alter, geht‘s noch?“

„Ja, sieht nicht schlecht aus“, schaltete sich Jeremias ein.

„Du hast ja gar nicht mal reingeguckt, Mann!“, ereiferte sich Patrick, riss ihm die Blätter wieder aus der Hand und stopfte sie zurück in den Rucksack.

„Klar hab ich das. Ich kann mir Dinge auch einfach schneller einprägen.“

Patrick atmete mehrmals ein und aus. „Ach ja? Um was geht‘s denn auf Seite 3?“

„Photosynthese.“

„Hm“, brummte Patrick, nachdem er die Antwort überprüft hatte. „Dann bist du ja auch kein Depp. Findest du es dann gerecht, nur aufgrund von Antipathie schlechter benotet zu werden, wenn inhaltlich einfach alles richtig ist?“

Jeremias lachte auf. „Einen Rechtsanwalt zu fragen, was er gerecht findet … Nicht schlecht! Da gibt es immer mindestens zwei Meinungen: die von deinem Anwalt und die vom Anwalt deines Lehrers.“

Patrick verzog genervt das Gesicht und ließ die Schultern fallen.

„Schule vermittelt auch Sozialverhalten. Dein Chemielehrer ist sicher nicht der Einzige, bei dem du aneckst.“

„Ach, ist das das, was du auch nicht draufhast?“, fragte Patrick provozierend.

Jeremias lächelte gelassen zurück. „Im Unterschied zu dir kann ich mir das einfach erlauben.“

„Von dir ist also nicht zu erwarten, dass du für mich die Note rausholst, die mir zusteht?“

„Du fragst mich um Hilfe, damit ich mit deinem Lehrer spreche, ob er dir nicht einfach eine bessere Note gibt, weil du denkst, dass du nur schlechter benotet wurdest, weil du glaubst, dass er dich nicht leiden kann?“

„Alter, ich hab die verdammte scheiß Vorzeigelösung!“

„Die Antwort ist nein. Du kannst doch sonst immer alles allein, da wirst du wohl auch mit deinem Lehrer darüber sprechen können, aus welchem Grund er dir eine Zwei gegeben hat. Zur Abwechslung kannst du es ja mit einer Portion sozialer Verträglichkeit und ohne Waffen versuchen.“

Demonstrativ nahm sich Jeremias eine Zeitung vom Wohnzimmertisch und schlug diese wahllos auf, um zu signalisieren, dass das Gespräch beendet war.

Patrick stieß unterdrückte Flüche aus, während er den Raum verließ und nach oben trampelte.

***

Elina rumpelte gegen Patricks Tür, die von innen versperrt schien. Allerdings nur teilweise, es schien etwas davorzuliegen, weswegen sie die Tür nur schwer aufschieben konnte. Sie drückte unnachgiebig, bis sie sich hindurchzwängen konnte.

„Ach, du Schreck!“, entfuhr es ihr. „Was ist denn hier passiert?“

Patrick saß in seinem Schreibtischstuhl, hatte die Beine auf den Schreibtisch gelegt und blätterte in einem Buch.

„Was meinst du?“, fragte er, als er aufsah.

„Es sieht aus, als ob eine Mülltonne explodiert wäre – in deinem Zimmer!“

„Ach so, das.“

Er widmete sich wieder dem Buch.

„Ja, was soll das denn?“, hakte Elina nach.

Patrick legte den Finger auf die Stelle, bis zu der er gerade gelesen hatte, und sah wieder zu Elina.

„Ich bevorzuge das kreative Chaos, um meine Gedanken besser entfalten zu können.“

„Aha.“ Elinas Blick schweifte von den auf dem Boden liegenden Klamotten, von denen die Hälfte bereits in die Waschmaschine gehörte, über den Bücherstapel, der hinter der Tür umgefallen war und diese teilweise blockierte, bis hin zu Geschirr mit Essensresten und halbleeren Pizzakartons aus einer früheren Woche.

„Hier betreibst du dann also dein Terrarium für Mikroorganismen?“, fragte sie und pikste mit dem Fingernagel in den Pizzakarton.

„Nein, das ist einfach nur Müll“, erwiderte Patrick ungerührt. „Aber wenn du auf dem Weg nach unten bist, kannst du den ja eigentlich gleich mitnehmen.“

Elina zog ungläubig eine Augenbraue hoch, drehte sich um und schloss wortlos die Tür hinter sich. Das mit dem kreativen Chaos konnte er dem Jugendamt ja mal erzählen, wenn die wieder ungeplant hier vorbeischauten. Ab wann Im-Müll-Leben gesundheitsschädlich war, konnte sie jetzt ja schon in Erfahrung bringen. In Gedanken hatte sie bereits einen weißen Spurensicherungsanzug an und vernebelte mit einem Gasgewehr den gesamten Raum, dass auch ja nichts Unliebsames überleben würde. Sie lächelte.

76. Kapitel

Samuel

Samuel hielt das Messer fest umklammert und starrte in den Spiegel. Er überlegte, wie er ansetzen sollte. Seitlich von der Stirn bis zum Unterkiefer? Letztendlich kam es ja aber nicht darauf an, dass der Schnitt gut aussah, sondern dass sein Gesicht verunstaltet wurde. Also einfach über dem Auge ansetzen und quer über die Nase ziehen bis zum Mundwinkel.

Er setzte die Spitze des Messers über der Augenbraue an und atmete mehrmals ein und aus, um sich selbst Mut einzuflößen. Dieser Schmerz würde es wert sein. Danach würde alles besser sein. Danach würde es gut sein. Dann war er nur noch ein hässliches Entlein, um das alle einen Bogen machten, und nicht der Junge, den alle anstarrten, weil er so ein schönes Gesicht hatte. Seine schönen Augen würden in Mitleidenschaft gezogen werden und vorbei wäre es mit der Symmetrie, die sein Gesicht zu etwas Besonderem machte.

Seine Handflächen schwitzten und er begann, leicht über den Griff Richtung Klinge zu rutschen. Die Spitze des Messers drückte sich in die Haut. Samuel biss die Zähne zusammen und schalt sich selbst ein Weichei. *Jetzt oder nie,* dachte er, schloss die Augen und legte die Schnittfläche auf die Augenbraue.

Bevor die scharfe Kante sich in die Haut senken konnte, um die Hautschichten aufzuspalten, wurde Samuel von den Füßen gerissen. Er umklammerte das Messer, als er zu Boden ging, und spürte nach dem Aufprall einen schmerzhaften Griff an seinem Handgelenk. Er öffnete die Augen und wollte seinen Arm zurückziehen, als er sah, dass Justus sich darin verbissen hatte und nicht daran dachte, ihn loszulassen. Justus begann zu zerren und Samuel konnte der Kraft des Hundes nichts entgegensetzen. Klappernd fiel das Messer zu Boden. Jetzt ließ Justus den Arm los und bellte ihn dreimal an. Für einen kurzen Moment fragte sich Samuel, ob der Hund ihn wohl ins Gesicht beißen würde. Dieser brachte sich jedoch nur zwischen Samuel und das Messer und schien ihn in Schach halten zu wollen. Er bellte erneut dreimal kurz.

Wenige Sekunden später, wie es Samuel schien, stand Elina atemlos in der Tür. Wahrscheinlich hatte sie Justus bellen hören.

„Sam, was ist denn los?“

Elina analysierte die Szenerie, die sich ihr bot. Die Badtür war offen, Samuel lag auf der Seite und Justus hatte sich vor ihm aufgebaut und knurrte ihn an. Hinter Justus lag ein Messer auf dem Boden.

„Aus!“

Justus hörte auf zu knurren und legte sich an Ort und Stelle hin. Er wartete auf weitere Kommandos.

„Sam, was hattest du vor? Sam, wolltest du dir etwas antun?“

Elinas Gedanken fuhren Karussell.

„Sam, ist dir was passiert?“

Elina ließ sich auf die Knie sinken und näherte sich Samuel. Er hob den Kopf, Tränen verschleierten seinen Blick.

„Was hattest du vor?“, wiederholte Elina.

„I-ich w-wollte m-mein G-gesicht z-zerschneiden, d-damit s-sie A-angst v-vor m-mir h-haben. D-damit s-sie m-mich in R-ruhe l-lassen.“

Er rappelte sich auf und lehnte sich mit dem Rücken an die Badewanne.

„S-sie s-sollen A-angst v-vor m-mir h-haben.“

Er legte den Kopf in seine Hände und schluchzte.

Seine psychische Verfassung spitzte sich definitiv zu. Elina war schockiert davon, dass er sich selbst verletzen wollte, dass er sich regelrecht verunstalten wollte. Sie wusste nicht, was sie schlimmer fand. Die Autoaggressionen oder dass diese auch umschlagen konnten in Aggressionen gegenüber anderen. Wie stark würde er sich fühlen, wenn er jemand Schwächeren schikanierte? Sie wollte es nicht wahrhaben, aber sie musste das Risiko mit einkalkulieren. Samuel war ein Risiko. Noch war er ein Jugendlicher, aber was würde aus ihm werden, wenn er ein Mann wurde?

Es wurde Zeit für einen ausgeklügelten Plan. Die selbsteingefädelte Therapiemaßnahme drohte zu entgleiten. Aber Elina widerstrebte es, eine weitere Person einzuschalten, die in Samuels Psyche herumfuhrwerkte, bevor sie selbst nicht mehr Informationen gesammelt hatte. Ihr Blick fiel auf Justus. *Du bist mir auch ein Rätsel*, dachte sie.

77. Kapitel

Jeremias

Jeremias scrollte auf seinem Tablet herum und unterbrach seine Tätigkeit, als Elina ins Bett kam und sich die Decke überzog.

„Du weißt, dass es die Schulpflicht gibt und wir ihn nicht einfach zu Hause lassen können?“, setzte er an.

„Ja“, sagte Elina schicksalsergeben.

„Du weißt, dass es hohe Bußgelder dafür gibt, wenn man es trotzdem macht und gegebenenfalls die Polizei die Kinder abholt, um sie zur Schule zu bringen?“, hakte er nach.

„Ja“, bestätigte Elina.

„Ich bin dafür, wir machen es trotzdem.“

Elina, die ihm bisher den Rücken zugedreht hatte, fuhr herum. „Was?“

„Wir melden ihn ab und unterrichten ihn daheim oder im Büro oder wo es eben gerade passt. Ich habe mir den Lehrplan angesehen und die Bücher dazu durchgeblättert. Das sieht nicht so kompliziert aus. An den Lehrvoraussetzungen soll es nicht scheitern. Jetzt müssen wir das nur noch in seinen Kopf bekommen und die Schulbehörde überzeugen, uns nicht zu sanktionieren.“

Elina war sprachlos. Sie hätte nicht vermutet, dass Jeremias sich darüber überhaupt Gedanken machte. Er von sich selbst ziemlich überzeugt, dann der adoptierte Sohn zwar aufmüpfig, aber begabt, und im Gegensatz dazu das Kind, das stotterte, nahezu keine Schulbildung hatte und sozial inkompetent war. Es war anzunehmen, dass ihr Gesicht Bände sprach und er genau diese Gedanken herauslas. Jeremias lächelte und legte ihr die Hand auf die Schulter.

„Er ist auch mein Sohn und ich kann mir das nicht länger mitansehen. Mir tut das auch weh."

Sie fiel ihm erleichtert in die Arme. Ein Verbündeter war ein guter Anfang, und notfalls konnte sie immer noch den B-Plan ausspielen und Samuel verschwinden lassen, um ihn woanders mit einer anderen Identität wieder auftauchen zu lassen. Aber vielleicht ging es ja auch einfacher. Sonst hielt das Hauptquartier sie am Ende noch für total Banane …

***

Jeremias stand in Frau Kreuzer-Santos' Büro und beobachtete sie bei der Bändigung ihres Chaos. Sie war geistig noch nicht darauf eingestellt, dass ihr neuer Termin mit im Raum stand. Sie räumte noch in den Akten herum und zog vereinzelte Bilder aus Akten heraus.

„Schlimm, schlimm …"

Jeremias kam nicht umhin, einen Blick auf die Bilder zu werfen. Das Kind, etwa sieben Jahre alt, war nur noch Haut und Knochen. Hätte es sich nicht um eine Inobhutnahme gehandelt, hätte es das Bild eines Kindes aus der Dritten Welt sein können.

„Frau Kreuzer-Santos?“, versuchte er sich wieder in Erinnerung zu bringen.

Fahrig sah sie auf, und es dauerte einige weitere Sekunden, bis sie ihn fokussiert hatte.

„Ach, Herr Dr. Blitz, Sie sind schon da. Ja, ja, einen Moment, die Akten ...“

Sie zog die Akten hervor und schlug sie auf.

„Wie geht es Ihnen mit den Kindern?“ Sie war wieder in ihrem Element.

„Mir mit den Kindern? Gut, wir verstehen uns gut.“

Er versuchte die Situationen in seinem Kopf auszuklammern, in denen es Diskussionen mit Patrick gab und er Patrick am liebsten mal richtig angebrüllt hätte. Nein, eigentlich würde er ihm manchmal gern eine reinhauen. So fühlte er sich, wenn er ehrlich darüber nachdachte. Seine Frustrationstoleranz war einfach nicht hoch genug. Er bewunderte Elinas Gleichmut, alle in der Familie im Zaum zu halten.

„Wie haben Sie so Ihre Wutanfälle unter Kontrolle?“, setzte Frau Kreuzer-Santos nach, als hätte sie seine Gedanken erraten.

„Meine was?“

Jeremias war in der Absicht hergekommen, etwas anderes zu thematisieren und nicht selbst ins Visier genommen zu werden. „Oh, das habe ich gut unter Kontrolle. Das waren damals besondere Umstände, die mich in meiner gesamten emotionalen Situation aus dem Gleichgewicht gebracht haben. Seitdem hat sich so viel verändert ...“

„Ja, sie arbeiten wieder, haben aber zwei Kinder mehr und noch die Verantwortung für die im Haushalt lebenden Tiere.“

„Ja, aber hier ergänzen wir uns als Familie gut.“

Sie notierte etwas auf ihrem Block.

„Frau Kreuzer-Santos, ich bin hier, um etwas mit Ihnen zu besprechen.“

Sie hielt inne, setzte den Stift ab, nahm die Brille von der Nase. „Ach ja? Worum geht es?“

„Es ist kein Geheimnis, dass Samuel in der Schule überfordert ist und dem Unterricht nicht angemessen folgen kann, da es einfach zu viele Lücken gibt, die noch nachgeholt werden müssen. Er hat die Zeit bislang nutzen können, um annähernd ohne Stottern sprechen zu lernen, lesen und schreiben zu lernen und seine Talente zu erkennen und zu fördern.“

Frau Kreuzer-Santos bedeutete ihm, fortzufahren.

„Aber für den Lernstoff reicht das absolut nicht aus. Er wird das Schuljahr so oder so wiederholen müssen – und das wird er von zu Hause aus tun.“

Frau Kreuzer-Santos schoss in ihrem Schreibtischstuhl nach vorn.

„Wie meinen Sie das?“

„Wir werden ihn zu Hause unterrichten. Die Prüfung kann er dann wieder an der Schule absolvieren.“

Ihr Kiefer klappte nach unten. „Ich höre hier nur Schulpflichtverletzung!“

„Frau Kreuzer-Santos, ich habe mir die Lehrbücher bereits angesehen. Ich kann ihm den ganzen Stoff vermitteln, und zwar in seiner Aufnahmegeschwindigkeit. Wir haben nicht vor, Lehrstoff aus moralischen oder religiösen Gründen zu ändern oder wegzulassen. Wir wollen ihm eine echte Chance geben."

„Und die soziale Komponente? Sie können ihn nicht in einen Elfenbeinturm stecken und nach dem Abschluss soll er dann mit anderen Menschen zurechtkommen."

„Er spielt mit Patrick in einer Band und kennt noch andere Leute. Er wird nicht isoliert sein, aber auch nicht noch negativer beeinflusst werden."

„Na, ich weiß nicht. Sie kommen immer auf Ideen."

„Wie meinen Sie das jetzt?", hakte er nach.

„Na, den Küchenbrand verkaufen Sie mir als Unfall, Ihre Lebensgefährtin therapiert aufgrund ihrer Qualifikation Samuel selbst, Graffitis gelten jetzt als Kunst, blaue Flecken kommen vom Sport und jetzt soll auch noch Unterricht zu Hause stattfinden. Langsam wird es schon seltsam."

Skateboarden ist eine Art Sport und dass es Patrick hingehauen hat, hat mir eigentlich ganz gut gefallen. Aber Elina therapierte Samuel? Das war auch ihm neu. *Wie denn? Gegen das Stottern?*

„Der Küchenbrand ist erwiesenermaßen auf einen Defekt zurückzuführen, und obgleich es tragisch war, dass die Kinder zu Hause waren, war es auch gut, weil sonst vielleicht das ganze Haus nur noch ein Haufen Kohle gewesen wäre."

Er atmete durch und erhob sich.

„Frau Kreuzer-Santos, überlegen Sie, was Samuel mehr zugutekommt: eine Systemvorlage, in die er einfach nicht passt, oder individuelle Förderung, von der er später profitieren könnte.“

78. Kapitel

Elina

Elina betrat das Krankenhaus und blickte sich um. Was hatte sie erwartet? Dass man sie mit einem Schild wie bei der Flughafenankunft begrüßte?

Unerkannt verschaffte sie sich einen Überblick. Sie mimte eine Besucherin, die auf einen Patienten wartete. *Hast du überhaupt einen Plan?*, fragte sie sich. Notaufnahme, Gynäkologie, Intensivstation, Operationsbereich … Wo sollte sie denn suchen?

Sie prüfte gerade ihre Nachrichten am Handy, ließ die Hand wieder sinken und starrte vor sich hin. Da glitten die Türen des Operationsbereichs auf und Elina hatte das Gefühl, in einen Spiegel zu blicken. Ihr Spiegelbild bewegte sich genau auf sie zu. Elina wich instinktiv zurück, überwältigt von dem Gefühl, die Wirklichkeit würde gerade aus den Fugen geraten.

Ihr Ebenbild hielt vor ihr und streckte die Hand aus.

„Frau Melderun, darf ich mich vorstellen, ich bin Dr. Kelly Mechert. Ich denke, wir haben Einiges zu besprechen."

Elina träumte nicht. Das hier war real. Sie gab der fremden Frau mit dem bekannten Gesicht die Hand und schüttelte sie. Ihr Gegenüber wies ihr den Weg zur Cafeteria, wo sie sich einen ruhigen Platz suchten.

„Sie haben mich erwartet?“, fragte Elina.

„Nein, ich habe Sie verfolgt und war nun nur nicht überrascht, Sie hier anzutreffen. Es war doch eher eine Frage der Zeit“, erwiderte Kelly.

„Da haben Sie wohl recht“, sinnierte Elina, die nun die Bestätigung für ihren Verdacht erhalten hatte, verfolgt worden zu sein. Ihre Instinkte waren noch nicht eingerostet und sie war nicht paranoid.

„Wir haben einen gemeinsamen Bekannten“, nahm Elina das Gespräch wieder auf.

Kelly nickte gedankenversunken.

„Wissen Sie, wer ich bin?“, fragte Kelly geradeheraus.

„Frau Dr. Kelly Mechert, wie es auf ihrem Schild steht und als die Sie sich mir vorgestellt haben?“

„Ja, das schon.“ Kelly deutete ein dünnes Lächeln an. „Aber wissen Sie, wer ich *bin*?“

Kellys Blick bohrte sich in Elinas.

„Sie sind das Mädchen“, ging es Elina auf. „Sie sind Janus‘ Tochter.“

Kellys Herz klopfte bis zum Hals. Sie war so dumm gewesen. Sie konnte hier und heute, gerade jetzt alles verlieren. Sie konnte die Tränen der Verzweiflung nicht zurückhalten und flüsterte erstickt: „Geht es ihm gut? Geht es ihm verdammt nochmal gut?“

Elina zögerte. Das Mädchen auf den Bildern hatte andere Gesichtszüge, selbst wenn sie älter würde, würde sie nicht genauso aussehen, wie die Frau ihr gegenüber. Sie hatte nur die Augen erkannt.

„Es sollte Ihnen reichen zu wissen, dass es ihm gut geht. Mehr Informationen werde ich Ihnen nicht geben."

Kelly versuchte, sich zu beruhigen. Sie hielt sich den Mund zu und lautlos rollten die Tränen ihre Wangen hinunter. Lange Zeit hatte sie niemand mehr laut weinen hören.

„Hören Sie", setzte Elina erneut an. „Wenn Sie ihm helfen wollen, können Sie mir Informationen geben, mit denen ich jemanden ausfindig machen kann. Ich brauche Namen von Personen, Ortsangaben und ..."

„Nein." Kelly schüttelte den Kopf. „Nein, ich will das nicht. Ich kann das nicht."

„Niemand will das", erwiderte Elina. „Aber lassen Sie nicht zu, dass die damit durchkommen. Wenn ich mich nicht irre, sind Sie um die dreißig, sodass die Verbrechen gegen Sie bald nicht mehr verfolgt werden können. Wollen Sie, dass jemand ungestraft für das davonkommt, was Ihnen und Samuel angetan wurde?"

Kelly bedeckte ihre Augen und schüttelte weiter mit dem Kopf.

„Ich kann das nicht. Ich will diese Tür nicht mehr öffnen. Ich kann inzwischen manchmal schlafen. Ich ..."

„Warum suchen Sie dann nach Samuel? Um seine Wunden aufzureißen?"

„Nein, um das Richtige zu tun."

Elina erhob sich. „Dann tun Sie das Richtige und geben Sie mir Informationen, die mir weiterhelfen, und verschwenden nicht meine Zeit. Auch Samuel läuft die Zeit davon!"

Sie drehte sich um und ließ Kelly sitzen.

Kelly krallte ihre Hände in ihre Haare und hielt sich daran fest. Sie wollte aufschreien und sich auf den Boden werfen. Sie fühlte den psychischen Schmerz nahezu körperlich bis in die Fingerspitzen und brauchte einige Zeit, um sich und ihre Körperreaktion wieder unter Kontrolle zu bringen.

Sie suchte die Toiletten auf und starrte ihr Spiegelbild an.

War sie in der Lage, den Kampf gegen das Vergessenwollen aufzunehmen?

War sie in der Lage, das Richtige zu tun?

79. Kapitel

Patrick

Elina wurde nach der Ankunft zu Hause regelrecht von Patrick und dem Rest der Gang, die sich und ihre Band jetzt „Die Chorizos“ nannten, überfallen. Sie solle doch unbedingt mit zum Skatepark kommen. Warum nicht? Andere Mütter wurden von ihren Kindern im selben Alter nicht einmal mehr gegrüßt, wenn man sich zufällig auf der Straße begegnete. Da konnte sie sich schon etwas darauf einbilden.

Im Skatepark versuchten sich die Kids an allerlei Tricks und Sprüngen. Es dauerte nicht lange, bis ihr Patrick sein Board in die Hand drückte.

„Los, fahr auch mal.“

Ohne Widerrede stellte sie sich an den Rand, wie sie es beobachtet hatte.

Es ist egal, dass du noch nie Skateboard gefahren bist. Es ist egal, dass die Halfpipe unter dir fast senkrecht abfällt. Es ist egal, dass hier annähernd fünfzig Jugendliche stehen und dich nicht gerade unauffällig anstarren – das Alien, das altersmäßig nicht hierhergehört. Es ist egal.

Sie atmete ein und aus.

Es gibt nichts, wovor du Angst haben musst, es gibt keinen Schmerz, du kannst das.

Sie stellte sich vor, im Dschungel zu sein, vor ihr ein großer Abgrund, den sie mit einer brüchigen Liane überqueren sollte. Wofür sie aber nur einen einzigen Versuch hatte.

Etwas griff nach ihrem Arm. Es war Patrick, der ihr einen Helm hinhielt.

„Wenn ich einen tragen muss, musst du wohl auch einen tragen."

Sie seufzte und setzte den Helm auf. Ohne weiter zu zögern, stellte sie einen Fuß auf das Board und stieß sich mit dem anderen ab. Das Board nahm über dem Abgrund sofort Fahrt auf. Sie wendete am gegenüberliegenden Ende und schoss die Halfpipe zurück nach oben, wo sie kurz in der Luft zu stehen schien und dann rückwärts zur anderen Seite zurückfuhr.

„Alter, was 'ne MILF!", entfuhr es Hamid.

„Ey!" Patrick knuffte ihn mit seiner Faust gegen die Schulter. „Pass auf, was ich sonst über *deine* Mutter sag!"

Sie tauschten die Boards wieder aus und die Jungs versuchten weiter, ihre Technik zu verbessern.

Patrick sprintete eine Treppe nach oben und sprang mit dem Skateboard auf das Geländer.

„Aufnahme läuft?", vergewisserte er sich.

„Jepp", bestätigte Mike, und Patrick setzte sich mit dem Board in Bewegung. Nach dem ersten Treppenabsatz sprang er mit dem Board auf das zweite

Geländer über. Der dritte Absatz nahte und Patrick schaffte den Absprung. Allerdings geriet er ins Straucheln und das Board prallte auf dem Boden auf. Patrick schlug mit dem Kopf auf dem Geländer auf und knallte dann mit dem linken Arm voran auf den restlichen Treppenstufen auf. Er blieb liegen.

„Ich hab alles drauf!“, hörte er Mike rufen. *Super!* – Achtung, Ironie. Patrick biss die Zähne zusammen.

Elinas Kopf erschien über seinem Gesicht. Sie musterte ihn äußerlich. Sie schien jedoch nichts allzu Bedenkliches zu entdecken und raunte nur: „Sah jetzt gar nicht mal so gekonnt aus.“

Patrick zog sich am Geländer hoch. In seinem Rücken hatten sich die Treppenstufen verewigt und schienen noch zu drücken, obwohl er bereits aufgestanden war. Er ballte die linke Hand zur Faust, konnte aber nicht fest genug zudrücken. Einige Muskeln schienen noch betäubt vom Aufprall zu sein. Er schluckte seinen aufkommenden Ärger hinunter.

80. Kapitel

Samuel

Samuel biss die Zähne zusammen, der Schmerz fuhr ihm unter die Haut. Er konnte nicht verhindern, dass ein Schmerzensausruf seiner Kehle entfuhr.

„Au! V-verdammt!“, stöhnte er in die Bettdecke. Er verschränkte die Arme unter dem Kopf und biss in seinen Arm.

„Du musst stillhalten, sonst wird es nur noch schlimmer“, hörte er die Stimme hinter sich. „Es ist schon alles blutig, man erkennt gar nichts mehr!“

Samuel schwitzte und versuchte gleichmäßig zu atmen.

„So klappt das nicht!“, beschwerte sich Patrick, der Samuel sein Knie schon in den Rücken bohrte, während er versuchte mit der gefärbten Nadel in die Haut zu stechen.

„Ich hätte ja nicht gedacht, dass ich deinen Rücken noch schlimmer machen kann, aber ich fürchte, ich kann. Das hier wird nur ein neuer Picasso und nicht das, was du dir vorstellst.“

Entmutigt ließ sich Patrick zurückfallen und hielt die Nadel lose in der Hand. Samuel nutzte die Schmerzpause zum Aufatmen, er stützte sich auf die Unterarme und blickte Patrick an.

„J-jetzt stell d-dich n-nicht s-so an! G-gib d-dir M-mühe beim M-malen!“, brauste Samuel auf.

Jetzt stöhnte Patrick auf. „Das einzig Gute daran ist, dass du nicht sehen kannst, was ich hier für einen Scheiß verzapfe. Kann ich nicht was Einfaches machen, ein Spinnennetz vielleicht?“

Samuel griff nach dem Block, der zwischen ihnen lag und auf dem das Meisterwerk aufgezeichnet war, das er sich als Ganzrückentattoo vorstellte. Darauf zu sehen war eine Klauenhand, die die Haut des Rückens an einer Stelle aufgerissen hatte, um sich nun aus dem Inneren nach außen zu schieben. Etwas Unheilvolles schlüpfte. Der gehörnte Ziegenkopf war bereits sichtbar, die blutunterlaufenen roten Augen schienen den Betrachter niederzustarren. Das Maul reptilienartig langgezogen mit scharfen, spitz zulaufenden Zähnen, die gefletscht waren und sich so in ihrer ganzen Größe präsentierten. Auf dem Entwurf spannte die aufgeplatzte Haut an ihren Enden, bereit, jederzeit weiter zu reißen, wenn der Druck von innen weiter zunehmen sollte. Auf diese Weise hatte Samuel die Narben auf seinem Rücken verdeckt, da er sie in das Bild eingebunden hatte.

„Echt abgefahren“, entfuhr es Patrick, der jedes Mal wieder von der Zeichnung gefesselt war.

„Aber du musst es mir 1:1 aufmalen, sodass ich einen Anhaltspunkt habe, wo ich die Linien setzen soll. Sonst kommt da am Ende nur Hugo[6] aus der Tiefe.“

---

6 Spielfigur einer Computerspielserie aus den 1990ern

„Okay.“ Samuel rappelte sich widerwillig auf und suchte nach einer Folie, auf die er in Sekundenschnelle die Hand in Originalgröße skizzierte, so wie er sie sich auf seinem Rücken vorstellte. Er reichte die Zeichnung Patrick mit den Worten: „K-kannste aussch-schneiden.“

Endlich hatte er den Umriss der Hand, die sich an den Hautrand krallte, in Originalgröße vor sich und konnte sie Samuel auf das Schulterblatt legen, um mit einem Kugelschreiber die Linien zu ziehen, die er danach mit der Nadel nachbearbeiten würde.

„Na dann, auf ins zweite Gefecht“, verkündete Patrick und imitierte das Geräusch einer elektrischen Tätowiernadel, als er das Werkzeug wieder in Samuels Haut versenkte.

Samuel keuchte. Dass das aber auch so verdammt wehtun musste. Aber es nur mit Edding zu zeichnen, hatte keinen Zweck, das wusch sich irgendwann ab, und Patrick meinte auch, dass die Stoffe für die Haut nicht gut seien. Dann blieb also doch nur ein Tattoo als bleibende Lösung.

„K-kannst d-du d-das n-nicht schneller m-machen, d-du S-Sadist?“

„Mann, ich hab doch keine Ahnung, wie das funktioniert. Am Ende war es nicht tief genug und wächst wieder raus, dann müssen wir das nochmal machen. Halt jetzt einfach mal still, sonst sieht man der Hand den Tremor an.“

„W-was d-denn f-für ‘nen T-tumor? D-du s-sollst k-kein K-krebsgeschw-wür d-da d-drauf m-malen.“

„Nee, ‘nen Tremor: dass die Hand zittert, sieht man, wenn du nicht aufhörst dich zu bewegen!“

„Ach s-so“, murmelte Samuel in die Decke.

Er konzentrierte sich aufs Atmen und versuchte, die Muskeln entspannt zu lassen. Patrick wischte zwischendurch immer mit einem Tuch über die gestochenen Stellen, weil so viel Blut aus den Einstichstellen quoll. Samuels Haut fühlte sich dünn wie Backpapier an, als würde sie wirklich beim nächsten Wischen einfach aufplatzen. Scharf sog Samuel die Luft durch die zugebissenen Zähne ein. In Gedanken driftete er an einen anderen Ort, aber nicht an einen, an dem er auf einer Liege in der Sonne lag und sich von ihr den Pelz verbrennen ließ. Nein, es war immer etwas kühl und dunkel gewesen. Es musste ein Kellerraum gewesen sein, in dem er mit nackten Füßen auf dem kalten Betonboden stand. Sein Oberkörper war nackt, er hatte nur eine alte, bereits fleckige Unterhose an. Er umklammerte seinen Oberkörper in der Hoffnung, sich wärmen und schützen zu können.

„Umdrehen!“

Samuel blickte an die Wand und starrte auf die Fugen zwischen den Steinen, aus denen der Beton bröckelte. Er hörte das sirrende Geräusch, bevor es auf seinem Rücken knallte. Die Bullenpeitsche schwang im Bogen durch die Luft und knallte auf dem Kinderrücken auf. Es brauchte nicht viele Schwünge, bis die Haut aufplatzte.

Samuel kreischte. „Aufhören! Aufh-hören!“

Er zitterte und rang nach Luft. Er konnte sich nicht bewegen, weil jemand auf seinem unteren Rücken kniete. Er fuhr sich mit der Hand durch das Gesicht und wischte sich den Schweißfilm von der Stirn.

„Sam? Alles in Ordnung?", fragte Patrick vorsichtig nach, der die Nadel noch in der Hand hielt.

Nur ein böser Traum, beruhigte sich Samuel. Er räusperte sich. „J-ja. J-ja, a-alles g-gut."

Patrick rutschte von Samuel herunter. „Ich glaub, wir lassen das für heute so. Es ist auch schon alles geschwollen, das muss sich erstmal beruhigen."

„O-okay", stimmte Samuel zu, der noch dabei war, die Vergangenheit zu bändigen.

***

Die Nacht war kurz und schmerzhaft gewesen. Samuel konnte sich nicht auf den Rücken drehen, so sehr schmerzte das Tattoo. Er lag also auf dem Bauch und wachte jedes Mal wieder auf, wenn er sich instinktiv umdrehen wollte.

Er saß übermüdet im Unterricht und konnte dem Stoff nicht folgen. Wieder einmal. Ohne Schmerzen hätte er zwar nicht mehr verstanden, aber sich trotzdem besser auf den Monolog des Lehrers konzentrieren können. Heute war alles ein Wortgemisch, das keinen Sinn ergab. Seine Stirn glühte, er wäre zu gern in ein Becken mit eiskaltem Wasser gesprungen.

Nathalie stupste ihn an. „Hey, alles klar bei dir?"

Samuel schüttelte den Kopf.

„I-ich h-hab's m-mit d-dem T-tattoo v-vers-sucht … A-aber es i-ist n-noch n-nicht f-fertig ...“

Nathalie riss erstaunt den Mund auf. Das hatte sie nicht für möglich gehalten. Krass, das musste sie sich bald mal ansehen.

Samuel wischte sich über die Stirn. Ob das normal war, dass die Schulter so wehtat?

In der Pause lief er alleine über den Hof und versuchte, klar im Kopf zu werden. Er fühlte sich wie ein Schiffbrüchiger, der endlich das Ufer erreicht hatte, dort aber zu lange in der Sonne lag und nicht wegkam.

Sie würden ihn sowieso finden. Baran, Erik und der, den sie alle nur den „Mixer“ nannten. Sie passten ihn in einer Ecke ab und umringten ihn. Anfangs schubsten sie ihn nur hin und her. Samuel biss sich fest auf die Unterlippe, wenn er an der Schulter berührt wurde. Scheiße, tat das weh!

Baran versetzte ihm einen kräftigen Stoß und der Mixer wich hinter ihm zurück, sodass Samuel auf den Boden stürzte. Er versuchte aufzustehen und mit der Hand weitere Attacken abzuwenden, aber Baran hatte die Chance gleich genutzt, um ihm mit dem Fuß in die Seite zu treten.

„Pass mal auf, du Spast! Die Nathalie ist nichts für dich, die will einen richtigen Mann!“

Er spuckte Samuel an, dann bedeutete er seinen Kumpanen, ihn zu begleiten.

Samuel wischte sich die Spucke aus dem Gesicht und saß noch einige Minuten auf dem Boden, bevor er sich aufrappelte und zurück in die Klasse stolperte. Inzwischen fühlte sich sein Arm nach Muskelkater an und er konnte sich nicht mehr am Treppengeländer festhalten.

***

Zu Hause begrüßte ihn Frau Silas, die gute Seele. Er lächelte matt. Sie war wirklich in Ordnung, und kochen konnte sie, da würde niemand verhungern. Heute hatte er jedoch weder Hunger noch Appetit und verabschiedete sich von ihr, weil es ihm nicht gut ginge. Er schlurfte in den ersten Stock und ließ sich aufs Bett fallen. Seine Schulter strahlte Hitze aus und sein Arm war nahezu nur noch Anhängsel, eine festgewachsene, willenlose Extremität. Er döste vor sich hin.

Später am Tag schaute Patrick bei ihm rein.

„K-kannst d-du m-mal n-nach m-meinem R-rücken s-sehen?“

Schwach setzte er dazu an, sich das Shirt über den Kopf zu ziehen, schaffte es aber nicht. Er konnte auch den Arm nicht mehr über den Kopf heben. Patrick beobachtete die Szene und fragte sich, ob Samuel etwas genommen hatte. Seine Augen waren glasig und er schien ganz schön neben sich zu stehen. Vorsichtig fasste er das Shirt an und zog es am Rücken hoch.

„Oh“, entfuhr es ihm.

„W-w-as i-ist? I-ist es n-noch d-da?“

„Ja, das schon“, bestätigte Patrick. „Du, ich bin gleich zurück. Nicht weglaufen.“

Er ließ das Shirt los und stürmte ins Erdgeschoss.

Elina hatte die Beine auf den Tisch gelegt und machte sich gerade noch ein paar Gedanken zu einem Anwesen, mit dessen Gestaltung sie heute beauftragt worden war.

„Elina!“

Sie drehte sich um. Patrick stand in der Tür und wirkte nervös.

„Wir brauchen deine Assistenz bei einer kleinen Notoperation.“

Was war das denn nun schon wieder? Die Seifenblase des Anwesens zerplatzte in ihrem Kopf. Ein Schlachtfeld erhob sich vor ihrem geistigen Auge. Die Luft war rauchgeschwängert, der Hustenreiz ließ sich kaum unterdrücken, der Staub war aufgewirbelt und tränte in den Augen. Die Schüsse peitschten und in den Ohren sirrte es.

„Soll ich was zum Abbinden mitbringen?“, seufzte sie und schwang ihre Beine vom Tisch.

„Noch nicht. Wahrscheinlich reicht erst mal ein Messer, ein Tuch und etwas zum Desinfizieren.“

Elina folgte Patrick die Treppe hinauf in Samuels Zimmer. Er lag auf dem Bett und sah gar nicht gut aus. Ob er einen Rückfall hatte?

„Wir müssen ihm das Shirt ausziehen.“

Widerstandslos ließ sich Samuel aus dem Shirt schälen, sodass Elina und Patrick auf die Schulter starren konnten.

Schwarze Linien in Form einer Hand waren auf der Schulter aufgemalt. Die Haut war rot und geschwollen. Aber nicht nur das, es war bereits eine gelbliche Färbung eingetreten. Die entzündete Stelle war vereitert.

„Was zum ...", setzte Elina an.

„Nur, um das festzuhalten", wehrte Patrick ab. „Das war nicht meine Idee!"

Elina atmete durch und setzte sich aufs Bett. Sie befühlte die entzündete Stelle. Samuel war nicht mehr ganz wach und reagierte zeitverzögert auf den Schmerzimpuls.

„Ich brauche eine frische Nadel, Alkohol und heißes Wasser", ordnete sie an.

„Meinst du nicht, dass das ganz schön weh ..."

„Jetzt gleich!"

Patrick brachte ihr das Gewünschte und beobachtete angewidert, wie sie mit der Nadel in das Fleisch stach und den Eiter herausholte. Samuels Gegenwehr erstickte sie durch einen gekonnten Kniff in den Nacken, sodass er sich gar nicht mehr bewegte.

„Das könnte jetzt wehtun", verkündete Elina, als sie ein Messer aus ihrer Hosentasche zog und die gemalte Linie auf der Schulter nachzog. Patrick fiel die Kinnlade herunter. Schnitt sie gerade wirklich ein

Stück Fleisch aus der Schulter von Sam, während er noch bei Bewusstsein war? Elina bemerkte seinen entsetzten Blick.

„Das Messer ist scharf, das merkt er noch nicht wirklich. Aber das wohl schon."

Sie träufelte Alkohol auf die frisch aufgeschnittene Stelle und bedeckte sie mit einem Tuch. Samuel bäumte sich auf, er war aus seiner Lethargie erwacht und versuchte, davonzurobben.

„Festhalten!", befahl Elina.

Patrick fühlte sich zu einem Werkzeug degradiert und setzte sich auf Samuel, um ihn daran zu hindern, abzuhauen. Elina verpflasterte die Wunde.

„So", verkündete sie. „Jetzt ist es doch noch ein echtes Knasttattoo geworden. Stilecht mit einem Messer."

Sie fixierte Patrick, den sie wohl am liebsten mit ihrem Blick durchbohrt hätte.

„Puh, wie gut, dass wir gestern nicht das ganze Motiv gestochen haben."

„Was? Soll da noch mehr hin?", fragte Elina entgeistert.

„Jepp."

Patrick langte nach dem Notizblock und schlug die Seite mit der Zeichnung auf.

„Nicht sein Ernst!", entfuhr es Elina.

„Doch, schon. Er hatte Bedenken, dass du es nicht erlaubst."

„Ach, tatsächlich? Ja, da hat er wohl auch recht gehabt."

Elina starrte auf die hässliche Fratze, die ihr entgegenblickte. *Musste das wirklich sein?*

„Ich denke, das kläre ich mit Samuel mal in Ruhe."

Sie legte den Block beiseite. Bald würden seine Gedanken auch sie in ihren Träumen verfolgen. Oder waren das nur ihre eigenen Dämonen, die langsam aus der Tiefe wieder aufstiegen?

Elina erhob sich vom Bett.

„Es ist beruhigend, dass blöde Ideen manchmal auch wehtun."

81. Kapitel

Elina

Elina scrollte Seite um Seite auf ihrem Laptop. Lehrmethoden, Lernmethoden, Aufmerksamkeit erzeugen, Interesse wecken. Ihr Kopf sank auf ihre Hand, der Ellenbogen war auf dem Tisch aufgestützt. Puh, schon ganz schön viel, was man wissen konnte. Natürlich auch immer mindestens drei Meinungen, warum man so oder so vorgehen sollte bei einem bestimmten Kind. Oder die hilfreiche Aussage, dass jedes Kind anders war und man keine Methode x anwenden konnte. Ja, verständlich, aber nicht gerade brauchbar.

Jeremias entdeckte Elina über ihren Laptop gesunken. Der Bildschirm war bereits schwarz. Sie schien zu schlafen. Die letzten Tage hatte er darüber nachgedacht, was es mit der Aussage von Frau Kreuzer-Santos auf sich hatte. Was denn für eine Therapie? Ob er sich anschleichen konnte, um auf den Bildschirm zu drücken, ohne dass sie davon wach werden würde? Wahrscheinlich nicht, aber er musste es versuchen. Er näherte sich Elina lautlos und beugte sich über den Laptop, um ihn aus dem Ruhemodus zurückzuholen. Im verdunkelten Bildschirm erkannte er eine Spiegelung.

Elina blickte ihn an. Sein Finger verharrte, ohne den Laptop zu berühren.

„Du bist ja wach“, stellte er fest.

„Ja, bin ich“, bestätigte sie. „Wolltest du etwas suchen?“

Sie wies auf seine Hand, die sich gerade zurückzog.

Er beschloss, mit offenen Karten zu spielen.

„Ich wollte etwas finden.“

„Was denn?“, hakte sie nach.

„Antworten.“

„Worauf?“ Elina wurde leicht misstrauisch.

Jeremias ließ sich auf den Stuhl neben ihr fallen und fixierte sie.

„Du bist Therapeutin?“, fragte er geradeheraus.

„Ja“, bestätigte Elina. Sie kontrollierte ihre Gesichtsmuskeln, um ihre Kiefermuskulatur nicht ungewollt zucken zu lassen. Sie *war* ja schließlich Therapeutin – auf dem Papier.

Jeremias schüttelte den Kopf.

„Du bist Architektin und Therapeutin? Hattest du zu viel Zeit in deinem Leben? Dann therapierst du deinen eigenen Sohn? Hältst du das für eine gute Idee? Wo ist da die professionelle Distanz, um objektiv urteilen zu können? Du bist seine Mutter, das kann nicht gut gehen! Zumal ich mich frage, aus welchem Grund du therapierst und was du therapierst und … und nicht zuletzt stelle ich deine Fähigkeiten in Frage."

Elina blickte ihn schweigend an. Die ersten Fragen waren rein rhetorisch, er wollte keine Antworten darauf haben. Dennoch würde sie um eine Antwort nicht herumkommen.

„Hast du dich mal gefragt, warum Samuel so ist, wie er ist?", fragte Elina.

Jeremias zuckte die Schultern.

„Wie soll er denn sein? Er ist geistig begrenzt und sozial unterentwickelt. Er knüpft nicht schnell Kontakte, weil er schüchtern ist, und sein Stottern hilft ihm nicht dabei. Ich verstehe nicht, worauf du hinauswillst."

Elina lehnte sich zurück.

„Du warst mit deiner eigenen Theorie schon einmal ganz nah dran. Erinnerst du dich an den Mann-Zeichen-Test?"

„Ja, tue ich. Damals hattest du keine Ahnung, was dieser Test ist und was er aussagen soll."

„Das stimmt", gestand Elina. „Jedenfalls hattest du verschiedene Theorien darüber, was es aussagt, dass er keinen Mann gezeichnet hat."

Jeremias schwieg und wartete darauf, dass Elina fortfuhr.

„Samuel ist extrem zurückhaltend im Umgang mit anderen Menschen, vor allem Männern. Er versucht sich nicht alleine mit ihnen in einem Raum aufzuhalten. Nach Möglichkeit ist einer der Hunde bei ihm oder Patrick, dem er vertraut. Sein Rücken ist mit alten Narben übersät und er achtet penibel darauf, dass niemand auch nur annähernd zu viel Haut von ihm sehen könnte."

Jeremias dachte an die Szene im Badezimmer, als er Samuel über der Toilette gefunden hatte und dieser regelrecht panisch auf sein Erscheinen reagiert hatte. Es ergab durchaus Sinn.

„Ich bin fest davon überzeugt, dass Samuel misshandelt wurde, und ich bin dabei, Beweise dafür zu sammeln, dass er auch missbraucht wurde."

Jeremias schlug mit der Faust auf den Tisch.

„Für wen hältst du dich eigentlich? Du kannst doch nicht einfach so Polizei spielen. Wenn das wahr ist, muss hier offiziell was passieren. Da muss ermittelt werden, da kannst du nicht als Freizeitspionin versuchen, die Sache aufzuklären."

Ich bin die Polizei, hielt sie in Gedanken dagegen.

„Ich streite nicht ab, dass du recht hast. Aber wenn die Information in die falschen Hände gerät, sind möglicherweise meine Zeugen und meine Quelle tot."

Jeremias' Verstand setzte sich in Gang.

„Du hast noch weitere Personen, die damit zu tun haben könnten? Wer ist das?"

„Das kann ich dir nicht sagen, aber sie können das bestätigen."

„Glaubst du, du kannst mir nicht vertrauen?", fragte Jeremias entrüstet.

„Ich kann niemandem vertrauen und ich werde keine Namen verraten, bis ich nicht etwas Handfestes habe oder meine Zeugen in Sicherheit weiß."

„Wer bist du?"

„Wie du dir denken kannst, wohl weder Architektin noch Therapeutin."

„Und auch keine trauernde Ehefrau?", fragte Jeremias provokant.

„Doch, das schon", erwiderte sie leise.

Sie starrten sich schweigend an. Jeremias fuhr sich mit einer Hand durch die Haare und schüttelte wieder den Kopf.

„Wenn ich jetzt schon so halbgare Informationen habe, muss ich auch alles wissen. Ich will wissen, worauf ich mich einlasse. Ich werde so ein Wissen nicht verheimlichen und unter den Tisch kehren. Da muss etwas passieren!"

„Ich weiß, Jerry, es wird auch etwas passieren. Ich arbeite daran."

Jeremias stand auf und füllte sich ein Glas Wasser ein, das er mit einem Schluck austrank.

„Was hast du denn für Informationen oder was hast du für einen Plan?"

„Es handelt sich um einen Ring, es ist eine größere Organisation, ich habe den Namen. Der Kopf der Organisation ist allerdings ermordet worden; seine Tochter ist wie Samuel entkommen und noch irgendwo hier draußen. Ich muss einen Zugang finden und jemanden einschleusen."

„Was? Bist du wahnsinnig? Wenn Samuel entkommen ist, dann suchen sie vielleicht nach ihm. Es ist ja auch nicht so, dass er unauffällig wäre. Was machen wir, wenn sie hierherkommen? Elina, es muss verdammt schnell etwas passieren!"

„So gesehen, hat ihn seit mindestens zehn Jahren keiner gesucht oder gefunden“, erwiderte Elina.

Jeremias fühlte sich nicht beruhigt. „Ich komme damit zurecht, dass ich beruflich mit Verbrechern zu tun habe, aber außerhalb meiner Bürotür ist damit Schluss. Ich nehme davon nichts mit nach Hause. Und jetzt erfahre ich, dass ich einen verdammten Zeugen bei mir zu Hause sitzen habe, der möglicherweise zu viel weiß, was jemandem nicht gefallen könnte. Ich werde nie wieder sorgenlos nach Hause kommen können, weil möglicherweise zuvor ein Massaker geschehen ist!“

„Im Grunde hat sich die Situation nicht verändert, da das auch bei Patrick passieren kann.“

„Nicht hilfreich“, brummte Jeremias.

Elina beschloss, ihn zu beruhigen.

„Ich habe Kameras installiert, die das äußere Grundstück observieren. Ich habe die Hunde instruiert, ich habe im Haus Bewegungssensoren angebracht, und die entsprechenden Informationen kann ich über mein Handy und meinen Computer abrufen. Ich werde nicht verpassen, wenn sich jemand nähert, der das nicht soll.“

Jeremias reagierte nicht. Er schien in Gedanken versunken.

„Hast du den Tunnel gefunden?“

„Habe ich“, bestätigte sie. „Ich war überrascht, aber so musste ich nicht erst einen bauen.“

„Ja, der Tunnel hat sich wohl früher schon als hilfreich erwiesen“, bestätigte Jeremias.

„Ich habe ihn von außen gesichert, man kann ihn nur von innen öffnen, genau wie die Tür im Keller. Man kommt raus, aber nicht rein."

Jeremias hob den Kopf und sah Elina ins Gesicht.

„Ich glaube, ich träume und hoffe, ich wache bald auf."

Er legte eine Hand über die Augen.

Das hoffe ich seit über fünf Jahren, erwiderte Elina in Gedanken.

82. Kapitel

Jeremias

Jeremias lag wach und drehte sich seit mehreren Stunden von einer Seite auf die andere. Es war ihm klar gewesen, dass er nicht würde schlafen können. Er hatte aber auch keine Ahnung, wie es weitergehen sollte. Wie würde er künftig reagieren? Wie würde er Samuel gegenübertreten? Er würde ihn doch nie wieder für irgendetwas ausschimpfen können. Er würde ihm doch nie wieder etwas verbieten können. Wenn das wirklich wahr sein sollte, wusste er nicht, wie er mit der Situation umgehen sollte. Er drehte sich erneut. Wenn das wahr sein sollte – er wollte es eigentlich nicht wahrhaben. Er wollte nicht wahrhaben, dass sein Sohn misshandelt worden war und traumatisiert wurde. Bei Patrick, fand er, war das etwas anderes. Er war von seinem Vater verprügelt worden und kam in eine Inobhutnahme. Aber er hatte sich gefangen, er war größtenteils sozialverträglich und so selbstbewusst, dass man mit ihm streiten konnte, ohne dass er gleich einen bleibenden Schaden davontragen würde.

Jeremias versuchte, die aufsteigenden Tränen zu unterdrücken.

Es sprach recht viel dafür, dass Elina recht hatte. Dass das wirklich passiert war. Jeremias starrte an die Decke und fragte sich, warum ihm das entgangen war. – Weil er es nicht bemerken *wollte*, gab er sich selbst die Antwort.

Ich wollte nicht wahrhaben, dass das passiert sein konnte. Das passiert doch nur den anderen, das passiert nur meinen Mandanten.

Gerade konnte er sich am wenigsten vorstellen, wie er je wieder einen Kindervergewaltiger verteidigen sollte, auch wenn es nur um die Wahrung der diesem zustehenden Grundrechte ging. Gerade konnte er sich gar nichts mehr vorstellen.

83. Kapitel

Elina

Elina wählte die Nummer des Hauptquartiers.

„Schön, von Ihnen zu hören. Was haben Sie für Neuigkeiten für uns?"

„Wahrscheinlich nicht die, die Sie gerne hätten", erwiderte Elina.

„Neuigkeiten zu Krösus' Geldversteck?"

„Negativ. Ich brauche ein paar Augen und Ohren."

„Sie sollen sich rein auf die Ihnen übertragene Aufgabe konzentrieren. Sie sollen sich rehabilitieren, bis Sie wieder stabil genug sind, um für einen Einsatz in Frage zu kommen. Dass Ihnen Krösus in die Hände fiel, ist ein ungeheurer Zufall. Aber es bestehen immer noch Bedenken hinsichtlich Ihrer derzeitigen Verfassung."

Elina schwieg. Ein Blitz durchzuckte ihren Kopf, angefangen beim Hinterkopf zog sich der Schmerz, einem Stich gleich, bis zur Stirn. *Ich bin so weit, ich kann das*, redete sie sich ein.

„Die fehlgeschlagene Operation *Lost Arms* ist an uns allen nicht spurlos vorübergegangen, vor allem nicht an Ihnen!"

Dabei spielte ihr Gesprächspartner nicht darauf an, dass ihr Mann eine der gesuchten Personen war, die man nicht hatte finden können, sondern darauf, dass die gesamte Einheit, die nach ihrem Mann und den weiteren Personen mit diesem Merkmal gesucht hatte, ausgelöscht worden war. Alle, bis auf sie. Sie hatte als Einzige den Überfall, die Geiselnahme und die Folter überlebt.

Auf einmal war er wieder da, der graue Raum mit dem winzigen Fenster, aus dem man nicht entkommen konnte. Es war vergittert und diente nur der psychischen Erniedrigung, dass man nicht so weit von der Welt draußen entfernt war. Aber es war zu klein, als dass ein erwachsener Körper sich hindurchwinden konnte. Sie wurde von zwei Wachen über den Boden geschleift. Im Raum wurden ihre Hände hinter dem Rücken fixiert. Sie hob den Kopf und blickte dem Operationsführer in die Augen, der ihr gegenüber kniete. Sein Gesicht war blutüberströmt, ein Auge stark zugeschwollen. Sein Hemd war ein loser Fetzen, kein Vergleich mehr mit dem Schutzanzug, der Wind und Wetter getrotzt hatte. Sie konnte seine abgemagerten Rippen sehen, die sich beim Atmen spannten.

„Leider haben wir nicht die Informationen bekommen, die wir haben wollten."

Ein Schatten löste sich von der Wand und trat zu ihnen beiden vor. Er war vermummt. Er zog eine Waffe aus seinem Gürtel und stieß sie dem Operationsführer in den Rücken.

„Für deine mangelnde Kooperationsbereitschaft habe ich jeden Abend bereits einen Mann aus deinem Team erschießen lassen."

Elina starrte ihren Operationsführer an. Seine Augen waren eingefallen, aber sein Wille schien ungebrochen. Eher würde er sterben, als etwas über die Operation zu verraten. Genau genommen hatte er bereits den Tod des restlichen Teams in Kauf genommen. Sie waren die letzten beiden Überlebenden.

Der Vermummte entsicherte die Waffe und hob sie an den Hinterkopf des vor ihm Knienden.

„Sie weiß nichts", stieß der Operationsführer hervor.

„Das spielt jetzt auch keine Rolle mehr. Nach dieser anstrengenden Tortur mit Ihnen werden wir gleich ein wenig Spaß haben."

Er betätigte den Abzug und Elina wurde mit Blut, Hirnmasse und Knochensplittern übersät. Ihre Atmung ging flach. Der Operationsführer kippte kopflos nach vorn und blieb liegen. Jetzt war sie allein mit den Entführern, die kein Lösegeld wollten. Die nur Informationen wollten, und wenn sie die nicht bekamen, einfach töteten. Es war nur eine Frage der Zeit, bis sie sterben würde – wie kurz oder lang diese Zeit auch noch sein würde.

Der Vermummte ließ ein hässliches Lachen ertönen.

„Bist du bereit für die vierzig Räuber? Ali Baba wird dir hier aber nicht heraushelfen können."

„Phönix? Sie leiden eindeutig unter einer posttraumatischen Belastungsstörung und sollten dringend eine Therapiemaßnahme ergreifen."

Elina seufzte.

„Ich brauche das nicht, ich bin wieder fit, ich bin bereit, wieder dauerhaft eine Waffe zu tragen. Ja, ein Auslandseinsatz käme mir gerade ungelegen, aber hier vor Ort kann ich auch eine Menge bewegen."

„Ich denke, Sie verrennen sich da in etwas. Ruhen Sie sich aus und melden Sie sich, wenn man für Sie etwas tun kann."

„Ich habe gesagt, was ich brauche", insistierte Elina.

„Sie sind noch nicht so weit", vernahm sie die Stimme. Das Gespräch war beendet.

84. Kapitel

Jeremias

„Ich kann nicht schlafen.“

Es war 2:34 Uhr und Elina hatte seit vier Stunden gleichmäßig geatmet, um Schlaf zu simulieren.

„Ich kann nicht schlafen, verdammt nochmal“, ertönte es neben ihr erneut.

Sie schlug die Augen auf.

„Was ist los?“, fragte sie Jeremias.

„Was los ist?“, echote Jeremias. „Ich bin total von der Rolle und weiß mir keinen Rat. Ich habe keine Ahnung, wie ich mit der Situation umgehen soll.“

„Ja, so ist das mit der Wahrheit“, philosophierte Elina. „Manchmal lebt man glücklicher, ohne sie zu kennen.“

„Du tust mir weh“, ließ Jeremias sie wissen. „Ich habe das Gefühl, dass ich eine Verantwortung tragen muss, der ich nicht gewachsen bin.“

Elina setzte sich auf.

„Ich kann ziemlich genau nachempfinden, wie du dich fühlst, aber du hättest es nicht verhindern können. Es war bereits passiert. Wir kehren nur noch die Scherben auf.“

„Das tröstet mich nicht. Ich habe es nicht bemerkt, ich hätte das doch merken müssen. Samuel wohnt hier im Haus und ich bemerke so etwas nicht?“

Vielleicht weißt du auch nicht alles, was hier im Haus passiert, dachte sie im Hinblick darauf, dass Samuel sich das Gesicht zerschneiden wollte.

Sie hörte Jeremias neben sich rumoren, bis er ebenfalls saß.

„Ich möchte Antworten. Zugegebenermaßen bin ich nicht wirklich bereit dafür, aber ich habe das Gefühl, dass ich es wissen muss.“

„Antworten auf welche Fragen?“

Jeremias blickte sie in der Dunkelheit an. Er konnte ihr Gesicht nicht wirklich ausmachen, konnte sie nur erahnen, wenn sie sprach.

„Woher hast du die Narbe an deinem Bein? Was ist da passiert? Was ist das mit deinem Mann? Verdammt, ich liebe dich, und gerade jetzt, wenn wir zusammenhalten sollten, habe ich das Gefühl, dass jeder für sich alleine steht.“

Elina zog ihre Beine an und legte ihren Kopf darauf ab. Sie wusste, dass er recht hatte. Dass sie sich zurückzog, weil sie selbst gerade ins Wanken geriet und nicht wusste, ob sie zusammen stärker waren oder ob nur der eine den anderen mit hinunterziehen würde.

„Wenn ich dir das erzähle“, setzte sie an, „… wirst du dann deine Rolle wie bisher übernehmen, dich ab und zu mit Patrick anlegen und abwarten, bis ich neue Informationen habe?“

Sie hörte ihn atmen.

„Wenn das reicht, will ich das versuchen. Aber ich kann auch nicht an Patrick meine Laune auslassen, nur weil ...“

Der Satz verlor sich und Jeremias überlegte, ob er nicht genau das immer gemacht hatte: seine schlechte Laune an Patrick auszulassen.

„Das ist okay“, fiel ihm Elina in die Gedanken. „Er kann damit umgehen, er braucht Grenzen. Du kannst sie ihm geben, er achtet dich, auch wenn er das genauso wenig zeigt.“

Jeremias nickte.

„Okay, dann klär‘ mich auf. Wo bin ich hier hineingeraten?“

Sie fing an zu erzählen, wie sich ihr Leben von einem auf den anderen Tag verändert hatte, wie Kevin in ihr Leben kam, wie sie ihre ungeborenen Kinder verloren hatte, wie sie in ein Trainingslager kam und für eine Spezialeinheit ausgebildet worden war.

„Es ging um totale Emotionskontrolle, keine unbeabsichtigten Gefühle zeigen, am besten nichts empfinden.“

Sie pausierte und befühlte ihre Narbe.

„Jeder wurde zu seiner Angst befragt und musste diese ablegen lernen. Es ging um enge Räume und Höhenangst und …“

Elina erschauerte leicht bei der Erinnerung daran. Manche mussten sich ihrer Angst öfter als einmal aussetzen. So lange, bis sie sie verloren hatten. Eingesperrt in einem kleinen Raum, in dem man weder liegen noch stehen noch richtig sitzen konnte. Eingegraben unter der Erde, nicht wissend, ob man je wieder das Tageslicht sehen würde. Die geöffnete Tür eines Flugzeugs, Kilometer über der Erde. Würde der Fallschirm aufgehen?

„Ich lag in meinem Schlafsack im Wald. Wir waren auf einer Erkundungsmission und sollten immer wachsam sein. Konkrete Gefahren waren nicht bekannt. Ich schlief jedes Mal mit dem Messer unter meinem Kopf, war darauf vorbereitet, sofort verteidigungsbereit zu sein. Es war mitten in der Nacht. Die Wache hatte gerade ihre Runde um das Lager gemacht und sich wieder zur Beobachtung zurückgezogen. Ich war aufgewacht, weil ich etwas gespürt hatte. Etwas war in meinem Schlafsack und es bewegte sich."

Unbewusst fuhr sich Jeremias mit der Hand über seine Beine.

„Es bewegte sich von unten nach oben. Es hatte Beine, mehrere. Ich hatte eine Vogelspinne in meinem Schlafsack und dachte, ich müsste vor Angst sterben. Es war ein ekelhaftes Gefühl, wie ihre acht Beine auf meiner Haut entlangkrabbelten. Ich nahm das Messer und stach es durch den Schlafsack in ihren Körper und in meine Haut. Ich konnte nicht riskieren, mehrmals zuzustechen, falls sie weglaufen würde und ich sie in meinem Schlafsack nicht mehr lokalisieren könnte. Ich hatte sie mit dem gezielten Stich erwischt und hatte keine andere Wahl, als das Messer zu drehen, um ihre Wunde zu vergrößern. Sie krallte sich im Todeskampf an mein Bein, das durch das Messer genauso in Mitleidenschaft gezogen wurde. Ich weinte lautlos und drehte das Messer, bis sie sich nicht mehr bewegte. Dann kroch ich aus dem Schlafsack und verband meinen Oberschenkel. Ich hätte schreien wollen, als ich in diesem dunklen Wald inmitten von Tausenden von Krabbelviechern saß, aber ich sagte keinen Ton. Am nächsten Morgen wurde ich geehrt, meine Angst überwunden zu haben. Ich war bereit für einen richtigen Einsatz."

Jeremias starrte noch immer in Richtung der Stimme in der Dunkelheit. Er tastete sich mit einer Hand vor, um sich zu vergewissern, dass Elina auch wirklich noch dort saß und er nicht in den Wahn abrutschte und Stimmen hörte. Sie umfasste seine Hand mit ihrer Hand. Es war beruhigend und beängstigend zugleich.

Elina atmete tief durch, bevor sie fortfuhr.

„Bei unserem Einsatz *Lost Arms* hatten wir Informationen erhalten, wo sich bestimmte Zielpersonen aufhielten. Es ging dabei um Entführungen ohne Lösegeldforderungen, bei denen ein abgetrennter Arm zurückgelassen worden war. Wie bei meinem Mann … Allerdings gerieten wir in einen Hinterhalt und unser Team wurde verschleppt. Wir wurden gefoltert, es gab nicht immer etwas zu trinken, es gab Essen, das auf den Boden gekippt wurde, von wo man es mit hinter dem Rücken gefesselten Händen essen musste. Wobei *fressen* es eher trifft; wir wurden gehalten wie Tiere. Nach und nach wurden die anderen meiner Einheit erschossen, bis man mich in den Verhörraum schleifte und den Operationsführer vor meinen Augen erschoss."

Ihre Gedanken kehrten zurück zu dem grauen Raum.

Der Vermummte zog ihre Hose aus, die ebenfalls nur noch ein Fetzen war, der an wenigen Stellen zusammengehalten wurde. Er löste seinen Gürtel und drückte ihre Beine auseinander. Sie starrte ihm ins Gesicht. Mit der einen Hand war er gerade dabei, über ihre Narbe zu fahren. In diesem Moment traf sie ihre Entscheidung. Sie hatte keine Angst, denn es gab nichts, was ihr Angst machen konnte. Anstatt ihre Beine zu verschließen, öffnete sie sie freiwillig und schlang sie dem Vermummten um den Hals, der noch immer über sie gebeugt war. Sie drückte erbarmungslos zu. Ihre sehnigen, muskulösen Oberschenkel spannten sich unter der Anstrengung und ließen erkennen, wie definiert ihre trainierten Beine waren. Mit aller Kraft drückte sie so lange zu, bis der Vermummte erschlaffte und über ihr zusammenbrach. Sie hatte keine Zeit, darüber nachzudenken, wie lange er bewusstlos bleiben würde. Sie trat den Stuhl unter sich weg, brachte ihre Arme vor ihren Körper, nahm das Messer des Vermummten und schnitt ihre Fesseln los. Sie musste raus hier, aber sie war nicht allein im Gebäude. Die Waffe nahm sie ebenfalls an sich. Sie riss die Tür auf und eröffnete das Feuer auf die Wachen.

„Ich habe innen Feuer gelegt und von außen die Tür verbarrikadiert. Alle, die zu diesem Zeitpunkt noch gelebt haben, sind dort verbrannt. Ich habe sie alle getötet“, beendete Elina ihren Bericht.

Jeremias schluckte.

„Jetzt habe ich auch noch Angst vor dir“, gestand er.

Sie lächelte matt.

„Ich bin wie ein Tier. Ich verteidige mich nur, wenn ich in die Enge getrieben werde.“

„Nein, du bist der Phönix – der aus der Asche stieg.“

Ihre Blicke fanden sich in der Dunkelheit. Sie rückten näher zusammen.

85. Kapitel

Die Chorizos

Samuel war aufgeregt. Heute sollte er zum ersten Mal vor einem großen Publikum singen. Patrick hatte für die Band einen Gig auf dem Schulfest organisiert. *Ich muss nur singen, nichts sagen.*

***

Jeremias war so scheißfreundlich in letzter Zeit, fiel Patrick auf. Das war regelrecht unheimlich und er konnte es nicht einordnen. Er wollte sich sogar den Auftritt der Band mit anhören, obwohl er sie doch sonst nur als Krawallmacher betitelt hatte.

***

Walther fuhr seinen Rechner herunter und seufzte. Schulfest – und er hatte sich von seiner Tochter dazu überreden lassen, mitzukommen. Lauter Halbstarke und komisches Essen, von dem er noch nie etwas gehört hatte. Überdrehte Mittvierziger-Frauen mit zu viel Schmuck und knallbunten Fingernägeln, als seien sie noch jung. Er seufzte erneut. Eigentlich ging er auf Geheiß seiner Frau mit, in der Hoffnung, dass sie ihn dieses Jahr doch noch einmal ranlassen würde. Na ja, vielleicht gab es heute Abend doch eine Bratwurst im Brötchen und Pommes, dann wollte er zufrieden sein.

***

Elina hielt den Cocktail mit der grauenhaften Mischung, an der man noch gewaltig feilen konnte, in der Hand und lächelte, während sie den Jungs beim Aufbau auf der Bühne zusah. *Meine Jungs*, dachte sie. Sie war so stolz und vergaß für einen Moment alle Probleme um sich herum.

***

Karo zerrte aufgeregt an seinem Ärmel und zog ihn in Richtung der Bühne.

„Komm, Papa, wir müssen näher ran. Die Band fängt gleich an zu spielen."

Walther ließ sich mitziehen, um nicht gleich wieder tadelnde Blicke seiner Ehefrau zu ernten.

„Papa, sag, sind die nicht toll? Gehst du mit mir nachher hin und machst ein Foto von mir und dem Gitarristen? Bitte, bitte!"

Lächelnd löste Walther den Blick von seiner elfjährigen Tochter und blickte auf die Bühne, um die Musiker zu mustern. Vom Gitarristen also. Der schien ein ziemlicher Macho zu sein, der genau wusste, wie er die Frauenwelt erobern konnte. Gerade, als Walther ansetzen wollte, seiner Tochter zu erklären, dass der Gitarrist bestimmt ein ziemliches Arschloch war, blieb sein Blick an dem jungen Mann mit dem Mikrofon hängen. Der Sänger. Sein Gesicht kam ihm vage bekannt vor. Wo hatte er ihn denn schon einmal gesehen? Hier an der Schule? Nein, so oft war er hier noch nicht gewesen und er könnte sich bestimmt an dessen Gesicht erinnern, wenn er es hier gesehen hätte. Auf der Straße? In der Nachbarschaft? Er starrte auf die Gesichtszüge, als die Musik einsetzte und die Zeit plötzlich stillzustehen schien.

Er kannte das Gesicht aus einem Film. Einem Film, den er gesehen hatte. Einem Film, den er mehrmals gesehen hatte. Aber da war der Sänger noch ein Kind gewesen. Das Herz schlug ihm bis zum Hals, alles andere war ausgeblendet. Er wusste nicht mehr, wo er war, wer um ihn herum war, er sah nur noch den Sänger auf der Bühne und das kindliche Gesicht vor seinem geistigen Auge. *Was machst du … hier draußen?*

86. Kapitel

Frau Kreuzer-Santos

Frau Kreuzer-Santos führte Einzelgespräche mit Patrick und Samuel, um den Fortschritt zu dokumentieren. Obwohl sie den Eindruck hatte, dass es Patrick bei Frau Melderun und Dr. Blitz gut gefiel, entgingen ihr nicht die blauen Flecken an seinen Armen. Er versuchte, ihr glaubhaft zu versichern, dass er beim Skaten die Treppe hinuntergefallen sei. Sie machte sich Notizen in ihrer Akte. *Wen kennt man schon wirklich*, dachte sie sich.

Samuel sprach deutlich weniger, wobei er sich Mühe gab, nicht zu stottern. Er hatte erhebliche Fortschritte gemacht und sah auch nicht mehr krank aus. Er schien einen erfolgreichen Entzug durchgeführt zu haben. Allerdings hatte er keine Vorstellung von der Zukunft. Er wusste nicht, was er nach der Schule machen wollte, ob er eine eigene Wohnung beziehen wollte, was er arbeiten wollte. Er steckte im Hier und Jetzt fest und war froh, wenn ihm jemand sagte, was zu tun war.

Samuels fehlende Eigeninitiative konnte Patrick problemlos ausgleichen. Er hatte massenhaft Ziele, die möglicherweise hochgesteckt, aber nicht unmöglich zu erreichen schienen, und Frau Kreuzer-Santos zweifelte nicht daran, dass er es zumindest versuchen würde.

Herr Dr. Blitz war recht zurückhaltend und sprach den Heimunterricht nicht wieder an. Nichtsdestotrotz würde sie das im Auge behalten müssen. Nicht, dass der Junge von einem Tag auf den anderen aus der Schule verschwand.

Frau Melderun schilderte in positiver Manier die Fortschritte, die sich ergeben hatten. Frau Kreuzer-Santos kam nicht umhin zu begreifen, dass sie wollte, dass das Jugendamt endlich weniger Kontrolle ausübte und sie in Ruhe ließ. Diesen Gefallen würde sie ihr nicht tun; bei diesem Pilotprojekt musste sie schon genauer hinsehen. Außerdem war gerade erst bei einer Kollegin in einer betreuten Familie ein Säugling umgekommen, nachdem er heftig geschüttelt worden war. Grauenvoll. Nein, in ihrer Abteilung würde das nicht vorkommen. Sie würde da ein genaueres Augenmerk darauf legen.

87. Kapitel

Jeremias

Jeremias schlenderte vom Stall zurück und fühlte sich ein wenig entspannter nach der vor allem psychisch anstrengenden Situation, die er noch zu verarbeiten hatte.

Im Flur hörte er ein Geräusch, das ihn aufhorchen ließ. „*Mein Auto!*“, entfuhr es ihm, und er stürzte zur Haustür. Er riss die Tür auf, die durch den Schwung mit der Klinke an die Wand schlug, während Jeremias bereits auf den Treppenstufen auf dem Weg nach unten war.

Der Kies knirschte unter den durchdrehenden Reifen. Jeremias sah den Porsche Kreise drehen, dass der Kies nur so spritzte. Er wollte ausrasten und sich Patrick gleich vorknöpfen, sobald der Bastard das Fahrzeug verlassen hatte. Dieser schien ihn auch gesehen zu haben und lenkte das Fahrzeug an die Seite, wo er es abstellte und ausstieg.

Noch während Jeremias sich auf dem Weg zu Patrick befand, rief dieser: „Ich hab den Wagen mal umgeparkt, damit wir besser Fußball spielen können!“

Als Jeremias bei Patrick angekommen war, wollte er ihn am T-Shirt packen und ihn in Grund und Boden schreien.

Stattdessen sagte er: „Danke.“

Er ließ sich von Patrick die Schlüssel in die Hand drücken und starrte auf sein Auto. Er war nicht in der Lage, Patrick anzuschreien. Es ging einfach nicht.

Nachdenklich ging Patrick in Richtung Haus. Er hatte nicht damit gerechnet, keinen Widerstand zu erhalten. Äußerst ungewöhnlich. Geradezu beunruhigend und … langweilig.

88. Kapitel

Walther

Walther war seit dem Schulfest fahrig und durch den Wind. Seiner Frau hörte er sowieso nicht mehr zu und nickte alles ab, was sie wollte.

Er ging in sein Büro und schloss die Tür hinter sich. Er atmete durch und suchte die DVDs aus dem Schrank, die ihn so an den Sänger erinnert hatten. Er nahm einen Band aus seiner Antiquariatssammlung heraus und schlug ihn auf. Innen hohl zur Lagerung für anderes als Literatur. Ein Klassiker. Er hatte seiner Familie verboten, die Bücher auch nur anzurühren, weil sie unheimlich wertvoll seien und er nicht wolle, dass die beschädigt würden. In Wirklichkeit hortete er darin seine geheimen Fantasien. Er sortierte die Hüllen. Achtzehn Folgen, achtzehn verschiedene Fantasien. Nicht alle hatten ihm gefallen, manche fand er auch abstoßend, aber er wollte die komplette Sammlung haben, die Janus Entertainment produziert hatte. Nach der 18 hatte es keine Fortsetzungen mehr gegeben und es war ruhig um Janus Entertainment geworden. Das hatte er schade gefunden, aber es war nicht zu ändern gewesen. Er legte DVD Nr. 17 ein und stoppte die Aufnahme, als er das Kindergesicht gut sehen konnte. Er blickte in angsterfüllte, verheulte Kinderaugen, war sich aber sicher, dass es das gleiche Gesicht war, das er auf dem Schulfest gesehen hatte. War hier nicht noch irgendeine Kontaktadresse der Firma? Er wollte doch mal nachhören, warum er dem Jungen in der freien Welt begegnen konnte. Immerhin waren die Videos doch verboten und der Junge konnte bestimmt eine Menge erzählen über die Leute hinter den Kulissen. Vielleicht war er ja auch der Grund dafür, dass es keine weiteren Filme gegeben hatte – weil er abgehauen war und geplaudert hatte.

„Walther, jetzt komm endlich ins Bett!"

Seine Frau hämmerte gegen die Tür. Er stöhnte auf. Warum hatte er diese Frau eigentlich geheiratet? Hatte ihn je etwas an ihr fasziniert oder wollte er nur nicht mehr bei seiner Mutter wohnen?

89. Kapitel

Samuel

Samuel schlug die Augen auf. Der Wecker klingelte noch immer. Er rollte sich herum und schaltete die Weckfunktion des Handys aus. Er seufzte und ließ sich zurückfallen. Montag – eine neue Woche. Wieder der Auftakt einer Fünf-Tage-Qual. Sollte er sich krank stellen, um nicht hingehen zu müssen? Auf Dauer würde das auch nicht funktionieren, zumal er den Stoff dann niemals würde nachholen können. Der einzige Trost war, Nathalie dort zu treffen. Er rollte sich aus dem Bett und schlurfte ins Bad, während er wie ein Mantra in Gedanken wiederholte, dass er das schon schaffen würde, dass es nicht so schlimm werden würde und dass das Schuljahr bald vorbei sein würde.

***

Auf dem Schulhof war wie immer eine Menge los. Es war laut, weil alle durcheinanderriefen und sich über das Wochenende austauschten. Samuel versuchte die Geräuschkulisse auszublenden und blickte sich suchend nach Nathalie um.

Er entdeckte sie in Gesellschaft von Baran, Erik und dem Mixer. Sie hatten sie eingekreist und schoben sie um die Ecke, vom Schulhof weg. Irritiert blieb Samuel stehen. Er konnte sich nicht erinnern, dass Nathalie mit den Jungs was am Laufen hatte oder besonders gut auf sie zu sprechen war. Er folgte den Vieren.

Hinter einem Baum blieb er stehen und beobachtete die Szene vor sich. Sie hatten Nathalie in eine Ecke gedrängt. Erik schubste sie an der Schulter und Baran zog an ihrem Shirt. Sie schlug seine Arme weg, ihre Haare flogen und ihr Gesicht war wutverzerrt.

„Pfoten weg!“, meinte Samuel von ihren Lippen lesen zu können; oder hörte er es nur in seinen Gedanken?

Auf einmal war er wieder fünf Jahre alt und stand in einem dunklen, kalten Keller. Vor seinen Augen spielte sich eine ähnliche Szene ab. Die rothaarige Melissa schlug die sich ihr nähernden Hände weg und schrie: „Pfoten weg, du Drecksau!“

Ein hässliches, kehliges Lachen ertönte. Der Mann stopfte ihr ein Knäuel in den Mund und schnappte nach ihren Händen, mit denen sie sich erbittert wehrte. Sie war zu schwach.

Samuels Herzschlag pulsierte in seinem Kopf. Er hörte nichts anderes mehr. Er hörte nur das Rauschen und Klopfen seines eigenen Herzschlags.

Der Mixer schnappte sich Nathalies Arme und drehte sie ihr auf den Rücken, sodass Erik ihr das Shirt über den Bauch und über ihre Brüste schieben konnte. Sie atmete hektisch, was Samuel an ihrem sich schnell hebenden und senkenden Brustkorb erkannte. Ihr Mund war geöffnet; vielleicht schrie sie, aber er konnte es nicht hören. Er konnte ihre Schreie nicht wahrnehmen.

Samuel krallte eine Hand in die Baumrinde. Er hatte das Gefühl, dass sein ganzer Körper im Rhythmus seines Herzschlags vibrierte.

Eriks Hand klatschte in Nathalies Gesicht. Er umfasste mit einer Hand ihren Kiefer und brachte sein Gesicht nah an ihres heran. *Jetzt bringt er sie zum Schweigen*, dachte Samuel; das war immer so. Tränen liefen über Nathalies Gesicht und hinterließen schwarze Linien von den Augen bis hinunter zu den Wangen.

Samuel zitterte. Er ließ seinen Rucksack fallen und stürmte, ohne weiter darüber nachzudenken, auf die Gruppe in der Ecke zu.

„L-lasst s-sie l-looos!“

Ihre Köpfe fuhren zu ihm herum. Kurze Panik flammte in Eriks Augen auf. Baran reagierte auf die neue Situation sofort. Seine Faust traf Samuel an der Schläfe, was ihn sofort zurücktaumeln ließ. Der

Schmerz explodierte in seinem Kopf und seine Knie knickten ein. Erik hatte sich wieder gefangen und trat nach Samuel.

„Wo kommst du denn jetzt her, du Spast? Dich machen wir alle, du hättest dich nicht einmischen sollen!“

Samuel kroch rückwärts und richtete sich langsam wieder auf. Er blickte in Nathalies flehende Augen.

„L-lasst s-sie g-gehen!“

„Sonst was?“, fragte Baran provokant.

Ohne Vorwarnung sprang Samuel vor und trat Baran gegen die Knie, was diesen von den Beinen riss. Seinen Ellenbogen schlug er Erik ins Gesicht. Der Mixer ließ Nathalie los, um auf Samuel loszugehen.

„L-lauf, N-nat!“

Er hätte besser aufpassen müssen. Er hätte Elina beim Training besser zuhören sollen. Er hätte mehr üben müssen. Der Schlag traf ihn in Höhe der Niere. Vom Boden aus sah er gerade noch den Schuh auf sich zukommen.

90. Kapitel

Kelly

Die Türen der Notaufnahme öffneten sich und die Sanitäter rollten mit der Liege durch den Flur. Das Opfer war in eine Schlägerei verwickelt gewesen. Es bestand der Verdacht einer schweren Gehirnerschütterung. Ein CT wurde angeordnet und Kelly wurde zur Besprechung der Aufnahmen hinzugezogen. Sie diagnostizierte einen Schädelbasisbruch.

„Insofern bleiben wir bei der konservativen Methode?“, erkundigte sich der Assistenzarzt. „Stabilisieren und überwachen?“

„Nun, da Brüche im vorderen Bereich der Schädelgrube erkennbar sind, würde ich mir den Patienten gerne ansehen, bevor ich entscheide, ob nicht doch operiert werden muss.“

Sie traten auf den Flur und suchten das Behandlungszimmer auf, in dem der Patient bewusstlos auf der Liege lag. Das Gesicht war blutverschmiert, doch sie hätte es unter Tausenden erkannt.

Kelly entfuhr ein Aufschrei, den sie schnell mit einem kurzen Hustenanfall kaschierte.

„Was meinen Sie, operieren oder nicht?“ Der Assistenzarzt sah sie erwartungsvoll an.

Kelly starrte auf Samuel hinab. Entstellt konnte man es nicht nennen, die Brüche waren nicht sichtbar, der Kiefer war nicht ausgerenkt, die Augenhöhlen nicht eingedrückt. Die Brüche waren nur auf dem CT erkennbar gewesen. Bereits jetzt trat jedoch Nervenwasser über die Nase aus, sodass sich die Frage nach der konservativen Methode nicht mehr stellte. Es musste operiert werden, insbesondere musste verhindert werden, dass der Druck des Gehirns sich noch erhöhte und es zu irreparablen Schädigungen aufgrund einer Schwellung kam.

„Die Mutter wird in Kürze eintreffen“, verkündete die Schwester, die eben in das Zimmer trat.

Kelly sammelte sich. „Wir operieren. Bereiten Sie alles vor!“, ordnete sie an.

Kelly ballte die Hände zu Fäusten und versuchte das Zittern zu unterdrücken. *Du musst Abstand gewinnen, sei objektiv.* Sie wusste, dass die richtige Entscheidung gewesen wäre, den Assistenzarzt operieren zu lassen, der auf jeden Fall fähig war, diese Operation durchzuführen. Kelly konnte jedoch für nichts garantieren, wenn durch einen durch ihn verursachten Fehler ein negatives Operationsergebnis erzielt würde. Sie würde das selbst machen. Sie würde Samuel retten. Und dann würde sie sich mit Elina auseinandersetzen.

***

Elina hetzte in das Krankenhausgebäude, als würde sie selbst verbluten, und warf sich fast auf den Empfangstresen.

„Wo ist er? Wo ist mein Sohn?"

Die Empfangsdame blickte auf. Die Ruhe in Person, Situationen wie diese waren hier an der Tagesordnung, kein Grund die Nerven zu verlieren.

„Wie heißt er denn? Und wie heißen Sie … ach, Frau Dr. … Sie, ich habe ..."

„Melderun", erwiderte Elina gefasster. „Elina Melderun, und mein Sohn Samuel Melderun wurde hier vor Kurzem eingeliefert."

Sie nestelte ihren Personalausweis aus dem Portemonnaie hervor. Die Dame hob ihre Brille an und betrachtete prüfend den Ausweis. Dann schob sie ihn über den Tresen zurück.

„Ach so. Jetzt habe ich Sie fast verwechselt. Herr Melderun ist im OP. Das dauert noch eine Weile. Sie können im Wartezimmer Platz nehmen."

„Was ist denn passiert? Wird er durchkommen?", hakte Elina panisch nach.

Die Empfangsdame zog die Augenbrauen hoch. Ein Hauch von *Woher soll ich das denn wissen* umwehte ihr Gesicht.

„Am besten, Sie nehmen Platz und beruhigen sich erst einmal."

Elina fiel auf einen Stuhl und sortierte ihre Gedanken. Sie wusste noch nicht, wo sie im Moment lieber sein würde. Im Büro, in einem Krisengebiet, im Bett mit der Decke über dem Kopf, im OP oder hier auf diesem Stuhl. Ihr Sohn wurde nach einer körperlichen Auseinandersetzung operativ behandelt. Was hatte er für Verletzungen? Durfte er überhaupt einfach so operiert werden? Gab es da nicht erst Papierkrieg? Elina schüttelte den Kopf ob ihrer abwegigen Gedanken über Bürokratie. *Wenn er ohne Rücksprache mit mir als Erziehungsberechtigte operiert wird, wird es wohl dringend sein.* Diese Erkenntnis bereitete ihr Magenschmerzen.

„Frau Melderun?“

Elina blickte auf. Im Türrahmen des Wartezimmers stand eine junge Frau. Sie war nicht gerade dezent geschminkt, sodass sie durchaus noch ein Mädchen sein konnte und nur älter aussah. Ihr Rock war um einiges zu kurz. Fragend blickte Elina sie an.

„Ich bin Nathalie“, begann sie und schob sich noch ein Stück weiter ins Wartezimmer. Die eine Seite ihres Gesichts war gerötet und leicht geschwollen, die Wimperntusche verwischt, registrierte Elina.

„Ich bin mit Samuel in einer Klasse. Er hat mich heute beschützt“, erzählte Nathalie und schluckte.

„Eigentlich hatten die drei es auf mich abgesehen und er ist dazwischengegangen. Er ist einfach dazwischengegangen ...“

Der Satz verlor sich in der Luft und Elina machte etwas, was ihr seit dem Tod ihrer Zwillinge nicht mehr passiert war. Sie schluchzte hemmungslos.

***

Elina wählte die Durchwahl von Frau Kreuzer-Santos.

„Melderun hier, die Mutter von Patrick Blitz und Samuel Melderun."

Sie versuchte, das Zittern in ihrer Stimme zu unterdrücken.

„Ach ja, hallo. Was kann ich für Sie tun?", erkundigte sich Frau Kreuzer-Santos.

„Sie erinnern sich an das Thema mit dem Schulbesuch und dem Privatunterricht?"

„Durchaus, das ist mir in Erinnerung geblieben", bestätigte Frau Kreuzer-Santos.

„Nun – es hat sich erledigt."

Sie schluckte und wollte am liebsten ins Telefon schreien und jemanden verantwortlich machen.

Der nächste Satz kam in einem erstickten Flüstern. „Ich lasse nicht zu, dass meine Kinder wieder getötet werden."

Die Leitung blieb still. Frau Kreuzer-Santos hatte es die Sprache verschlagen.

„Ich dachte nur, Sie sollten das wissen."

Dann legte Elina auf.

***

Fortsetzung folgt

DANKE

Zuerst möchte ich bei meiner Freundin Kerstin bedanken, die es auch viele Stunden gekostet hat, mich mit ihrem professionellem Rat zu unterstützen. Unermüdlich war sie bis zum letzten Tag mit mir auf Fehlersuche und stand mir für meine Rückfragen immer zur Verfügung.

Bedanken möchte ich mich zudem bei meiner Freundin Barbara, die mir bei der Erstellung und Auswahl des Klappentextes behilflich war.

Darüber hinaus ein großes Dankeschön an meinen Lektor; der mir geholfen hat, den Figuren mehr Kontur zu geben und sie etwas zu erden.

Bei der Gestaltung des Covers hat mich jemand unterstützt, der wesentlich bessere Skizzen entwerfen kann als ich. Danke Lutz, ich weiß, dass auch du Freude daran hättest, dich öfter kreativ zu betätigen.

Danke auch an alle besonderen Menschen, die mir dieses Jahr zur Seite gestanden haben.

Ich freue mich über Rückmeldungen und Bewertungen sowie über Besuche auf Facebook unter https://www.facebook.com/autorinenikekirsch und auf Instagram unter https://www.instagram.com/enike_kirsch

Enike Kirsch, Dezember 2019

***

Gleich weiterlesen mit der Fortsetzung „Dunkle Wahrheit – Gegen das Vergessen“ kann man unter:

https://www.amazon.de/dp/B08CSRCG89/ oder

www.die-wortfiliale.de/dunkle-wahrheit-2.html

Printed in Poland
by Amazon Fulfillment
Poland Sp. z o.o., Wrocław

80402548R00228